Artes Mundi

世界が終わる夢を見る

亀山郁夫

名古屋外国語大学出版会
Nagoya University of Foreign Studies Press

はじめに

深い衝撃、または、世界が終わる夢を見る

人間というのは生きられるものなのだ！
人間はどんなことにでも慣れることのできる存在だ——ドストエフスキー

二〇一一年三月、私たちの日本で、もはや決して慣れることを許さない事態が起こった。慣れようにも慣れることのできない恐ろしい災厄——。この、未曽有の恐ろしい事態をまのあたりにして、私たちは今もなお呆然とし、自信を失い、未来に不安を感じている。しかしその傍らで、生きて、ある、ということのかけがえのない意味に目覚め、生命の「奇跡」に触れた人々も少なくないはずである。

では、はたして生命そのものを、無条件に「奇跡」と呼ぶことができるのだろうか。呼びえないし、生命は、それ自体ではけっして「奇跡」ではない。生命は、その規則的な営みの内に、深く豊かに「歓び」を感じるぬくもりを帯びてはじめて、生きた命としての価値をもつ。「歓び」を経験できる心がなければ、私たちの傍らで傷つき、苦しむ人たちとの豊かな「共苦」の心も生まれない。なぜなら、「歓び」こそは、私たちの心の、もっとも深い部分での震えを意味するからだ。

幸運にして生き残ることを許された私たちの責務とは、「けっして慣れない」という態度である。それは、生きのびた人間にとっての決意であると同時に務めであり、試練でもある。そして私たちの生命が、つねに社会の現実との生きた「交感」を保ち、ともに生きる「歓び」を感じつづけていくには、「歓び」の泉が枯れるという事態を、何としても回避しなければならない。大きな災厄の時代だからこそ、私たちの一人ひとりが、豊かな「歓び」の発見に努め、魂に確実な潤いを待ち続けなくてはならないのだ。

私の記憶をよぎるエピソードがある。

今からおよそ十年前のこと。一人のロシア人作家を成田空港に迎えた。都心に向かうポートライナーの車窓をのぞきながら、作家は、吃音の混じるやわらかい声で、私にいきなりこう問いかけてきた。

「ツナミが見たい、どうすれば見られる？」

一瞬、訝しい思いに打たれ、私は彼の顔を見上げた。

「ツナミは、いつでも見られるっていうものじゃありません、どうしても見たいのなら、NHKのアーカイブ室を紹介しましょう。でもきっと、期待するような映像は残っていないと思います。そういえば、最近、『ディープインパクト』という映画を見ましたが、凄かった。よかったら、ツナミはそれで見ることもできるのですが」

「その映画は、三年前にウィーンで見ました」

それから半年過ぎた十月、神戸のある大学に講演者として招かれた日の夜に、私はその作家と、ポートアイランドのホテルでビールグラスを傾けながら語り合った。

「ずっと聞きたいと思っていたのだけれど、あなたが成田に着いた日、電車のなかで言っていた『ツナミが見たい』って言葉、あれはどういう意味ですか？」

直接の答えはなかった。その代わりに、彼は、自分の吃音がはじまるきっかけとなった幼少時の記憶について語りはじめた。語り終えると、彼は、呟くように言った。

「トラウマを持たない文学なんて存在しない」――。

作家の名前は、敢えて明かさない。

三・一一からひと月ほど経ったある朝、YouTubeで深夜遅くまで津波の映像を見続けたせいか、明け方、大洪水で自分の家が押し流される夢を見た。それからまたひと月ほどして、今度は、私自身が泥まみれになって、まるで宝探しの気分で瓦礫のなかを漁っている夢を見た。

どうやら大震災との「シンクロ」が、いや、ツナミの「現前化」が、今まだ続いているらしかった。新宿のレストランで食事中、さらに有楽町国際フォーラムでの「ラ・フォルジュネ」音楽祭のコンサート会場で、「現前化」が起こった。深夜の入浴中には、あの地震が真夜中に起こったら、このうえどれだけ多くの命が犠牲になったことか、とまで空想した（その場合、ツナミの映像も、これほど多く私たちの目に触れることはなかったにちがいない）。

やがて私は、光景の「現前化」が、ある周期性をもって訪れてくることに気づいた。われを忘れて何かに没頭しているとき、まるで不意打ちを食らわせようと狙いさだめたかのように、それは襲ってくる。そしてこの「現前化」には、フロイトに通じる何かが隠されていると、うすうす予感された。

震災直後、私は、運命の何たるかを一つの手触りとして感じるとともに、自分たちがいま、神話的ともいうべき試練の時を生きている、という感慨を持つにいたった。執拗に、ヒステリックに集中攻撃をしかけてくる地震に、自然の獰猛な悪意すら感じ、その悪意の前で、逆に自分が身に覚えのない罪の意識にさいなまれていることに気づく。旧約聖書のノアの洪水への連想にはじまり、東北に住む人々の苦しみを、「ヨブ記」のヨブに重ねあわせていた。だが、キリスト教の信仰をもたない私が、あれほどの災厄のあとでさえ、ヨブのように真摯な祈りをもちつづけることは不可能だった。

それにしても、神をではなく、自然を憎むという感覚が消えるまで、どれほど時間がかかるのか。つい先日、漁を再開した三陸沿岸の人々の明るい表情をテレビで見たが、彼らは海を、それこそ生みの親のように愛していることを知った。ヨブと同じで、彼らは災いを憎んでも、海を憎むことはしない。

そうしておよそ二ヶ月が過ぎたある日、私の脳裏に、思いがけず一つの疑問が浮かびあがった。「三月一一日二時四六分」は、いつ、どの時点で定められたものだったのか、という疑問である。だれかが、この日のこの時刻に大地震が起こり、その三十分後には大津波が押し寄せ、多くの人々が犠牲となることを知っていたのではないか。私の目は、おのずから自然の景色に向かう。この雲の動きは、偶然か、運命か。この風のそよぎは、偶然か、運命か。

すべての現象に、偶然と運命をめぐる問いが付随するようになったのだ。ことによるとそれは、一種の神的体験に近いものだったかもしれない。かりにもし、大地震が、八六九年の貞観地震の際にすでに運命づけられていたとしたら、そしてその貞観地震もまた、さらに千年前の大地震によって運命づけられていたとしたら、三・一一の災厄も、結局のところは、宇宙という恐ろしく巨大な「予定調和」のなかの一コマにすぎなくなる。他方、現象の限りない多様性のなかに、確実な答えを見出そうとする地震予知学など、遺伝子治療や分子生物学と同様に、一種の運命学にほかならなくなる。

大震災とは、つまり神が支配する領域に一歩一歩近づこうとする人間に対する警告、「近づくな」のサインなのかもしれない。もし私がキリスト教の神を信じていたら、この災厄すら神が決めた掟、定めと感じたかもしれない。あるいは、「予定調和」の宇宙を構成するモナドとさえ——。

三月一一日以降、私は自分のすべての行為に、いつにもまして罪の存在を感じるようになった。この罪の感覚は、私がフロイト的と呼ぶ何かでもある。けれど、自分を律しようという思いは起こらなかった。むしろそれとは逆に、一口のワイン、ひとかけらのサンドイッチにも歓びを見いださなくてはならない、とさえ感じるようになった。

そんなある日、私はふと、ウェブ上に、アレクサンドル・プーシキンの戯曲『ペスト蔓延下の宴』

のテクストを求めた。遠い学生時代に読んだ作品だけに、内容はうろ覚えだったが、恐ろしくデカダン的気配を含んだ作品、という記憶があった。タイトルそのものが物語の中身であるような作品なので、いま改めて詳しく書くことはしないが、読み返してみて、それがデカダンではないことを知った。それよりむしろ、死の絶対性を前にした、生命の賛美——。

では、かりに現代にドストエフスキーが生きていたとして、彼はこの災厄のあとにどんな作品を書くことができたろうか。彼が同時代人として経験できた災厄は、知られるかぎりクリミヤ戦争しかない。しかしその彼にも、それに匹敵する個人的な体験があった。その経験のなかで、彼はこう記した。

「人間はどんなことにでも慣れることのできる存在だ」。

だが、ドストエフスキーがこのとき手にしていた発見とは、「どんな苦しみにも慣れることのできる」人間の強さ、逞しさだった。そしてそれは、あくまでも、苦しみを受ける立場から生まれた、苦しみの言葉だった。青年時代、ユートピア社会主義にかぶれ、国家反逆罪の罪を問われ、死刑場にいちどは立たされた彼の脳裏を、福音書の次の言葉がよぎらなかったという保証はない。

「神よ、神よ、なぜ、わたしを見捨てるのか」。

これは、ゴルゴタの丘でのキリストの叫びであるとともに、死刑場での、ドストエフスキーの叫びであり、やがてそれは、無実の罪で苦しみを受ける、すべての子どもの悲鳴に変わった。『カラマーゾフの兄弟』に登場するイワン・カラマーゾフは、こう主張する。

「人はみな、永遠の調和を苦しみであがなうために苦しまなければならないとしたら、子どもはそれにどう関係する、どうだ、ひとつ答えてくれ？　なぜ子どもたちは苦しまなくちゃならなかったのか、なんのために子どもたちが苦しみ、調和をあがなう必要などあるのか、まるきりわかんないじゃないか」（『カラマーゾフの兄弟』第二部第五編「プロとコントラ」）。

読者に思いだしていただかなくてはならない。この右の引用文が、そもそもどこに起源を置くかということだ。答えだけを記しておこう。ドストエフスキーは、『カラマーゾフの兄弟』の執筆にあたって、次のような目標を立てた。

「ロシアの『カンディード』を書く」。

フランスの啓蒙思想家で、ロシアとも縁の深いヴォルテールが『カンディード』を著わしたのは、一七五九年。小説の冒頭には、「この最善なる可能世界においては、あらゆる物事は最善である」という基本メッセージが掲げられている。だが、この一節に集約された、哲学者パングロスが唱える「万物調和」の哲学は、主人公カンディードが見聞・経験する不幸や災厄によって、劇的に突き崩されてしまう。思えば、この『カンディード』こそは、この小説の執筆に先立つ四年前の一七五五年、ポルトガル・リスボンで起きた大震災の衝撃から生れたものだとされている。

震源地は、サン・ヴィンセンテ岬の西南西、二百キロ。推定マグニチュード八・五〜九・〇。犠牲者の数は、津波による死者一万人を含む約六万人――。

何という符合だろうか。リスボンを訪れたパングロス博士とカンディードを、大地震が襲う。

「たちまち足元で大地が揺れるのを感じた。港の海水は泡立って高く盛り上がり、停泊中の船を砕くのだった。炎と灰の渦が、町の通りや広場を覆いつくし、家々は崩れ落ち、屋根は建物の土台のところにまで倒壊し、土台は散乱し、三万人の老若男女の住民が廃墟の下敷になってつぶされる」

そこでパングロス博士は叫ぶ。

「この現象の充足理由は、いったい何だろう」

それに対してカンディードは、こう答えるのだ。

「これこそ世界の最後の日です」と。

『カラマーゾフの兄弟』誕生の起源には、大地震という遺伝子が埋め込まれていたのだ。翻って、ドストエフスキーがこの東日本大震災ののちに書きえた小説は『カラマーゾフの兄弟』に他ならないという結論も、ここに一つ、おのずから導き出されてくる。

大震災から二ヶ月間、私は読書に手を伸ばす余裕を持たなかったが、つねに脳裏に輝きつづけていた本が何冊かある。それらは、私の人生に確実な潤いをもたらし、それぞれの段階において確実に重要な意味を持った本ばかりである。

何よりもそれは、私自身が幸せにもその翻訳者となった『カラマーゾフの兄弟』。幼いころから、世界全体に襲いかかる圧倒的な力、フロイトのいう「世界没落体験」にとりつかれ、深い無力感と戦ってきた私が、ある意味で、生命そのものへの信仰を取りもどすきっかけとなった小説と呼んでもよい。

他者の苦しみに、罪なき子どもの涙に、限りなく寄り添い、決してそれを忘れないという、祈りにも似た心がなければ、「カラマーゾフ、万歳」のシュプレヒコールが、あれほどの深い陶酔に満たされることはけっしてなかっただろう。

世界が終わる夢を見る

目次

はじめに　深い衝撃、または、世界が終わる夢を見る……3

Part 1

神の夢――『1Q84』のアナムネーシス……18
憑依力と反射神経　中村文則『悪と仮面のルール』を読む……42
「悪」とドストエフスキー　中村文則との対話……47

Part 2

報復、または白い闇……72
分人たちの原罪　平野啓一郎『決壊』を読む……88
今、ドストエフスキーを読み直す　平野啓一郎との対話……99

Part 3

「終わり」を見つめる方法……126
空前なる小説の逸脱　辻原登『許されざる者』『韃靼の馬』を読む……134

「主人公の運命」と自由　辻原登との対話……143

Part 4

神のなきがら、または全体的災厄を見つめるドストエフスキー……166
裁かれた虚空　髙村薫『太陽を曳く馬』を読む……197
カタストロフィ後の文学　髙村薫との対話……240

おわりに……282

本書で使用した書籍データ……285
出典一覧……286

Part 1

神の夢
──『1Q84』のアナムネーシス

1

いまや、百万人の読者がいる。

いまや村上春樹の『1Q84』について語ることは、みずからの政治信条を語る以上に、何かしら普遍的なレベルでのイデオロギー表明となるような気がする。二〇一〇年五月の時点で、『1Q84』(BOOK1~3)の総売り上げは三百万部に達した──〔二〇一五年十一月現在八百三十万部〕。何よりもおびただしい数の読者の目があり、その多くが、この小説から得た印象に何かしら不安を覚え、肯定か否定か、二つの極を行きつ戻りつしている現実がある。では、読者のそうした迷いは、はたしてどこから生まれたのか。

第一にそれは、いうまでもなく、空前絶後のベストセラー化にある。『1Q84』が社会現象と化したおかげで、読者は素直に孤独に、その読後感にひたることができなくなった。それは、ある意味で不幸な事態といってよいだろう。

迷いの第二の理由は、作者がこの小説で行おうとした実験そのものにある。多くの読者がいま陥れられているジレンマは、ごく単純である。要するに読者は、アレゴリーとして書かれ、アレゴリーとして読みとられるべき物語を、自分の人生に照らしたリアルな物語に翻訳したいという願望をぬぐいきれずにいるのだ。

村上春樹の文学は、本来、少数の読者のためのものとしてあった。『世界の終わりとハードボイルドワンダーランド』にはじまるパラレル・ワールドの手法一つをとっても、一般の読者が気安く近づけるようなものではない。また、小説中におびただしく用いられる古典文学や音楽への言及も、並の教養人のレベルをはるかに超えている。

にもかかわらず村上の読者は、まさに作者とともに、そしてその一作ごとに、読み手として進化しつづけてきたのだった。ところが、いま改めておびただしい数の新しい読者が加わった。しかも彼らは、村上がその完成に励んできたパラレル・ワールドの、まさに極めつきともいうべき結実に、いきなり出くわしたのだ。

では、そのパラレル・ワールドの結実とは、はたしてどのような状態をいうのか。また、過去の小説と、今回の『１Ｑ８４』が根本的に異なる部分はどこにあるのか。

端的にいって『１Ｑ８４』では、『ねじまき鳥クロニクル』でも『海辺のカフカ』でも実現されることのなかった試みが、取り込まれている。それは、作者自身のすさまじい執念に裏うちされた、象徴化の試みである。その執念の前にいま多くの読者がたじろいでいるというのが実情なのだと思う。そして奇妙なことに、象徴化の執念が高じるにつれて、小説はかつてない劇画的ともいうべきダイナミズムを加速させることになった。

さて、村上春樹の小説が読者に働きかける力を私なりに要約すると、フロイトのいう〈快感原則〉と〈現実原則〉の両極へのゆさぶりをとおして、無意識（エス／イド）への下降を読者にうながし、そこから一気に『ファウスト』的な、総合性の高みへと引き上げていく点にある。その意味で彼の小説は、どこか弁証法的な特質をもっている。

〈快感原則〉か〈現実原則〉かの二項対立は、多くの場合、作家自身の統合的かつ総合的な教養や知性と、一般読者とのあいだの著しい乖離《かいり》をも暗示している。たとえば、『１Ｑ８４』の数ページに現れる知的なアイテムを拾いあげるだけでも、その意味は理解できるだろう。

冒頭の場面で、読者の耳に響いてくる音楽は、ヤナーチェクの『シンフォニエッタ』であり、その数ページ後では、マイケル・ジャクソンの『ビリージーン』が読者の耳になだれ込んでくる。ヤナーチェクのファンである読者が、マイケル・ジャクソンのファンであることもあるといった例は、百万の読者のなかでも、きわめて少数だろう。

他方、〈快感原則〉と〈現実原則〉のゆさぶりから、読者をいわば一種の原始的な記憶のなかへ降り立たせる方法については、村上自身、かなり自覚的であるように感じられる。最近、刊行されたインタビュー集『夢を見るために毎朝僕は目覚めるのです』では、『海辺のカフカ』について彼自身が語る、「古代にまで」さかのぼる「血の引き継ぎ」という観念に深く通じあっている。しかし、小説テクニックという側面から見た村上春樹は、読者の好みや気分を顧慮することなく、エイゼンシテインの映画でいうところの一種の「アトラクションのモンタージュ」を、たびたび発動させる。『ねじまき鳥クロニクル』における、ノモンハン事件の衝撃的な描写などがよい例である。

むろん、読者の性差などいっさい顧慮されることはないし、読者は等しくふるいにかけられていく。かりにこの〈快感原則〉と〈現実原則〉へのゆさぶりにうまくリズムが合わず、超自我の縛りのなかにおとなしく閉じこもろうとするなら、村上の小説の深層にも、天上の高さにも、けっしてたどり着けないにちがいない。読者が常に肝に銘じるべき態度は、日常生活のリアルな感覚を眠らせ、「見世物」の世界にだまされるという、素直な心構えである。村上が、『1Q84』のエピグラフに、一九三〇年代の大ヒット曲として知られる「It's only a paper moon」(「ここは見世物の世界。何から何までつくりものでも、私を信じてくれたならすべてが本物になる」)を掲げたのも、それなりの強い動機づけがあった。

2

さて、百万人の読者のなかには、小説の冒頭に描かれる場面と同じ時間帯に、渋谷方面に車を走らせ、三軒茶屋付近で渋滞に巻き込まれる読者も少なくないはずである。その数が、日に日に増えつづけていることはまちがいないし、遅れて手にした読者も、その偶然の「出会い」に喜びを覚えることだろう。

こうして『1Q84』は、そのページごとに、人々の人生に生起するさまざまな偶然が折りかさなるという、万物照応の美しい世界が花開くのだ。少し飛躍した言い方をすれば、エリファス・レヴィのいう「神の夢」なのかもしれない（詩「万物照応」より、「目に見える言語で形づくられたこの世は神の夢だ」）――。村上春樹が、じっさいにここで挙げたレヴィの世界観、すなわち「世界の終わり」という観念と、東洋的な輪廻転生を混ぜあわせたシンクレティックな世界観に通じていたという証拠はない。しかし、『1Q84』の根底から湧き上がる雰囲気が、けっしてどちらかに一元的に集約できる世界観でないことはまちがいない。

思うに、村上春樹は、「世界の終わり」の予感のなかに凄まじいロマンティシズムを見る、ある意味でマゾヒスティックな想像力のもち主である。それはどこか、三島由紀夫を思わせるところさえある。

作家のロマンティシズムは、しばしば心的外傷に起因する代償作用とされるが、おそらくは彼の幼少時の体験にも、何かそれの起因となるものがあったのではないかと想像される。では、その代償の行きつく先とは、何か。村上がこの『1Q84』において見出した救いの原理とは、プラトンのいう「アナムネーシス」（想起）にほかならない。

　「アナムネーシス」とは、そもそも「人間の魂が真の知識であるイデアを得る過程」をいい、「人間の魂が真の認識に至る仕方を、生まれる前に見てきたイデアを思い起こすこと」とする考え方である。しかし、ここで改めてイメージすべき「アナムネーシス」は、この定義と少し異なり、より具体的なイメージに彩られている。

それは、ほかでもない、毒蛇にかまれて死んだ妻エウリュディケーを慕い、冥界に旅立つオルペウスの「想起」である。冥界の王ハーデースによる「けっして振り返るな」との命令＝掟を、ちいさなきっかけで破ったオルペウスは、愛する妻を永遠にうしなう。オルペウスが経験する、いや、オルペウスの神話に同化するわれわれが経験するその切なさの感覚こそが、「アナムネーシス」なのである。

前提としてあるのは、いうまでもなく、「喪失」の感覚である。そしてこの「アナムネーシス」のモチーフをたくみに使用しながら、二十一世紀の現代に、新たな「父殺し」のドラマを構築してみせたのが、『海辺のカフカ』だったと私は考える。

『海辺のカフカ』では、『オイディプス』にまでさかのぼる「父殺し」文学の系譜が脈々と息づいていたが、むろん、ドストエフスキー『カラマーゾフの兄弟』も例外ではなかったし、『海辺のカフカ』を執筆中の村上が、『カラマーゾフの兄弟』を念頭に置かなかったという証拠は、どこにもない。

周知のとおり、村上春樹は、生涯に残る読書体験の一つとしてドストエフスキーの『カラマーゾフの兄弟』を挙げてきた。

翻訳者の一人である私にとっても、『カラマーゾフの兄弟』こそは、私の読書経験における最大の事件だった。だからこそ、というべきだろうか。私は、彼が『カラマーゾフの兄弟』に見た最大のテーマが何であるかを常に考え、考えあぐねてきた。また、一翻訳者として、二十一世紀のいまに『カラマーゾフの兄弟』がなぜ読まれるのか、その理由を明らかにしようとして苦闘してきた。

しかしそのなかで、一つだけ確信をもって答えられることがあった。『カラマーゾフの兄弟』が読まれる理由とは、そもそも「父殺し」が死語と化して、その言葉がはらんでいる強烈な毒性に対し、読者の多くが免疫体質を獲得しているからだ、という答えである。今日「父殺し」という言葉に、生々しいタブー性を感じることのできる読者は、限りなくゼロに等しい。破壊衝動と自己抑制のバランス機能を失った現代人は、そのぎりぎりの境界線すらしっかりと認識できなくなっているのではないかとさえ私は思う。死刑を願望して、犯罪に走る人間がいる。では、そうした現代に生きる作家が、どのようにして「父殺し」をめぐるモチーフを、現代人向けに料理できるというのか。

『海辺のカフカ』を読み進めながら、私はやがてこの小説が、二十一世紀という時代において超モダナイズされた「オイディプス」の再現であることを悟った。

ソフォクレスの『オイディプス』にしろ、ドストエフスキーの『カラマーゾフの兄弟』にしろ、問題は責任の取り方にある。「父殺し」の衝動は、人間だれもが無意識のうちに隠しもつ欲望であるにもかかわらず、人間はその無意識の欲望に対する責任を、どこまでも引き受けなくてはならない。

オイディプスの失明とイワン・カラマーゾフの発狂は、まさに「神罰」として意味づけられるが、たとえ最終的に罪を「認知」するにしても、真の罪は、はたして彼ら人間の側に存在し、人間が最後まで責任をもって引き受けなくてはならないのか。

私なりに解釈すれば、『海辺のカフカ』が現代の読者に突きつけていたテーマの一つもまた、そのようなものだった。田村カフカは、有罪か、否か。

3

二〇〇九年二月、村上春樹は、エルサレム賞受賞を記念する講演を行った。タイトルは「壁と卵」だが、あまりにも単純すぎる二分法に、彼の文学観が集約されるはずもなかった。読者の少なくない部分が、そこに深化された二枚舌の存在を、嗅ぎあてたのではないだろうか。そこには印象的な言葉がある、エルサレムという場を考えるならば、高度に政治的としかとらえられない「イソップ語」の存在が感じとれる。

「高くて、固い壁があり、それにぶつかって壊れる卵があるとしたら、私は常に卵側に立つ」

「その壁がどれほど正しく、卵が正しくないとしても、私は卵の側に立つ。他のだれかが、何が正しく、正しくないかを決めることになるだろう。おそらく時や歴史が」

「私たちは皆、じっさいの、生きた精神を持っている。『システム』はそういったものではない。『システム』がわれわれを食い物にすることを許してはいけない。『システム』に自己増殖を許してはならない」

読者はまた、この「壁と卵」という比喩によって、二〇〇一年のナイン・イレヴン＝9・11を思い浮かべたかもしれない。具体的には、ツインタワーの壁とそこに突っ込んでいく二機のボーイング機である。では、一見対立しあう壁と卵どうしの親和性、その関係の両義性という点に、彼の想像力は及んではいなかったのか。

村上春樹は、「講演」でこの「システム」の例として、「爆弾、戦車、ロケット弾」などを挙げたが、これらはあくまでも「システム」のメトニミー（比喩）にすぎない。原文を手にした私は、彼が多義的に、いわゆる「イソップの言葉」で語ろうとしているのではないか、との疑いをもった。限りなく公的であるからこそ許されうる、「嘘」(public lie)――。

思うに、彼が置かれていた立場は、複雑きわまりなかった。なぜなら、彼は「システム」の前で、「システム」に謝辞を述べるという立場に立たされていたからである。そして、その「システム」の壁に守られている人々のなかに、少なからず自分を愛するファンがいることも、しかも彼らもまた「卵」であるということをも、念頭に置かざるをえなかった。

そこはかとない曖昧さを残しながらも、力強い言葉に透けて見えたのは、私なりにいう「二枚舌」である。彼は、「壁がいくら正しく、卵が正しくないとしても」という条件節にこそ、注意すべきだったのだ。それこそが、両義性の証しだった。

思えば、『1Q84』の二つの「卵」が戦いを挑んだ相手こそ、この「システム」だったのではないか。では、その「システム」とは、はたして何だったのか？　宗教法人「さきがけ」に象徴されるファナティックな宗教団体だろうか。あるいは、この宗教団体によって支配される、異次元の世界だろうか。それとも、まさにその狂気そのものだろうか。1984年と1Q84年の境界は、タクシー運転手が別れぎわに口にした「見かけにだまされないように。現実というのは、常にひとつきりです」という言葉を思い返すたびに、曖昧になった。問題は、世界にあるのか、それとも認識する主体としての登場人物のうちにあるのか。

「システム」との戦いは、壁と卵に象徴される、非均衡な対立とは限らない。登場人物の青豆に殺害の指令をくだす老女もまた、一つのシステムではないだろうか。卵の比喩にイメージされていたのは、必ずしも人間という固ゆでの「卵」ではない。壊れれば液体に化してしまうような生命そのものの「人間」なのだ。

しかし、最終的に私が『1Q84』に見出したのは、ある意味での、「壁」と「卵」の共同性である。恐ろしいと私が感じたのは、まさにその点にあった。作家はなぜかしら、いやおうなく矛盾した世界観に立たされている。システムのなかにも卵が存在し、システムそのものが、ことによると卵になり代わるかもしれないという可能性の発見が、そこには示されているように見える。ゲーテ的な、ドストエフスキー的な、成熟のしるしだろうか。

この両義性は、「エルサレム講演」では明確には記されなかった部分、あるいは意図的に隠された視点である。「システム」を前にしては、スターリンも、あるいはオーウェルの『一九八四年』に登場するビッグブラザーも、「卵」にすぎない。彼らもまた、ことによるとシステムの犠牲者であるかもしれない。もしそうであるなら、純粋な正義心で抵抗できる「高くて固い壁」は、いったいどこに存在するのか。作家が常に立とうとする「卵の側」に、どれほどに堅牢な足場があると信じ、かつどれだけの希望を見出せているのか。彼が、「生きた精神」と呼ぶところのものとは、何なのか。

4

『1Q84』について、ここで、私なりの印象を述べなくてはならない。

私がこの小説を「恐ろしい」と感じた理由の一つは、オーウェルが『一九八四年』で予言した「システム」の恐怖が、あるいは村上春樹がイメージする「とても長い腕」の恐怖が、現代においては、一個の独裁的な力を帯びた権力システムというより、不定形かつ集団的な悪意として、個々の人間の運命を蹂躙しかねない恐怖に連なっていると感じたからである。小説的な現実では、現代の時点から四半世紀後の時代の設定でありながら、その恐怖は変わらずに存在する。やはり登場人物の天吾の前で起こる、数々の奇怪な事件。番犬の死。愛人の「失踪」、謎めいた人物による謎めいた訪問と電話。

しかし、それらのシステムに抗しながら生きる二人の人間の、気高い美しさにも読者は魅了される。皮肉好きの読者であれば、そこの描かれた登場人物が、どこかアニメ的に単純化されていると感じるかもしれない。しかし、アニメ的であることのどこに、この小説の瑕疵《かし》とすべき部分があるだろう。作者は書いている。これは、「見世物小屋」であり、「ペーパームーン」の世界だと。むしろ、登場人物が紙細工的なものであることは、この小説が成立するために欠かせない要件なのである。なぜなら、読者が『1Q84』をとおして経験する喜びとは、エクスタシーの音楽、「共時的な体験」そのものの「想起」の力、アナムネーシス（「想起」）の力の悲しい偉大さ、美しさだからである。脆弱な「卵」を、かけがえのない生命のシンボルとしての「卵」たらしめるアナムネーシス――。

この世界に、もはや革命の熱狂はない。世界変革の夢は語られない。語られるとしても、それは人間の認識と感覚における革命しかない。感覚の革命からしか、世界は変えられないのだ。そうした絶望のあげく、代償として手に入れようとするもの、その二つの姿が、ここでは描かれる。一つは「さきがけ」に見られる集団的な狂騒への没入であり、もう一つが「想起」への回帰である。

「システム」に対するアナムネーシスの戦い、アナムネーシスのはかない全能性への愛を告白したのは、ある意味で当然だったかもしれない。もはや、そこに足場を置くしか救いようがないほど、世界は「終わり」に近づきつつあるのだ。それが、おそらくは彼の絶望と世界観の基本なのだ。一人一人が自己を解放し、エリアーデの『十九本の薔薇』の登場人物のように、ひたすらダンスに興じることなのだ。

一種のパルプフィクション的なこの小説の作りが、気に入らないという人もいるかもしれない。何人かの登場人物が戯画的すぎる、という批判が生まれるだろう。しかし、作者の意図が戯画的に描きだすことにあったら、その批判はたちどころに意味をなさなくなる。深みは、個々の登場人物からではなく、ダンスから、ディオニュソス的な陶酔感から生まれる。

そもそも世界は終わりかけていて、われわれの生命の営みそのものが「神の夢」であり、神によって書き記される、一冊の壮大な書物の記号にすぎないのだ。だが、たとえ「神の夢」であっても、「卵」たちの意味は変わらない。

『1Q84』の神話世界において主題となりうるのは、ヒロイズムである。ヒロイズムこそは、ありとあらゆる神話の出発点にある、根源的な感情である。そして、ヒロイズムを規定しているのは、まさに自己犠牲である。

現代において、この自己犠牲という原始的感情を描く手段を、文学は失ってしまった。それゆえにこそ、『1Q84』は、文学というよりも、手塚治虫の『火の鳥』や、宮崎駿の『風の谷のナウシカ』といった、映像のジャンルに近づかざるをえなくなったのだ。文学は、この『1Q84』をもって、それらとほとんど同一化される、統合的なジャンルへと変貌した。人間の認識と、客体としての世界が、拡張したからである。そして、このヒロイズムが絶対的に拒否しているのは、アイロニーである。

5

村上春樹には、「全体」を描きとりたいというすさまじい執念がある。私が「恐ろしい」という声をあげたのは、そこに描かれた組織的暴力に対する恐怖ばかりではない。絶大な運命の力を意識した作者の境地をも、恐ろしいと感じたのだ。

運命の力に組み敷かれたマリオネット人間たちの悲惨。それは、青豆にしても、ふかえりにしても、天吾にしても同等である。

ただし、「卵」たちの希望は失われない。運命、いや全体性の暴力は、イントネーションを失ったふかえりの、無調的な言葉と音の連なりに示されている。だが、十歳で父親に凌辱された彼女の、深く沈んだ声に満ちわたる治癒の力に気づき、この小説がいやおうなく深い二重性をはらんでいることに気づく。その二重性とは、善と悪の相対性、という観念である。私が『1Q84』に感じた魅力とは、ことによるとその、ぎりぎりの倒錯性だったのかもしれない。

青豆と「さきがけ」の教祖とのあいだで交わされる、『カラマーゾフの兄弟』をめぐるやりとりに注目しよう。

「この世には絶対的な善もなければ、絶対的な悪もない」と男は言った。「善悪とは静止し、固定されたものではなく、常に場所や立場を入れ替え続けるものだ。ひとつの善は次の瞬間には悪に転換するかもしれない。逆もある。ドストエフスキーが『カラマーゾフの兄弟』の中で描いたのもそのような世界の有様だ。重要なのは、動き回る善と悪とのバランスを維持しておくことだ。どちらかに傾き過ぎると、現実のモラルを維持することがむずかしくなる。そう、均衡そのものが善なのだ。わたしがバランスをとるために死んでいかなくてはならないというのも、その意味合いにおいてだ」

ここに、村上春樹のドストエフスキー理解の根本があるのだろうか。たしかに、ドストエフスキーは『罪と罰』から『カラマーゾフの兄弟』にいたるまで、常に善悪の相対性について語ってきた。ナポレオン主義者のラスコーリニコフが、その典型である。彼は、金貸し老女殺害がなぜ悪として見られるか、最後まで完全に納得しきれない。彼が信じている歴史の正義は、ことによると、「エルサレム講演」における「時と歴史」と大きくは変わらないかもしれない。

『カラマーゾフの兄弟』のイワンは、大審問官においてまさに、全体主義システムと絶対的な精神的自由の相克を描きだしてみせた。アリョーシャから、「フリーメーソン」を疑われたイワンは、その双方の正義という立場に身を置いて語っていたのだ。

じっさい、ドストエフスキーはこの観念を、ゲーテの『ファウスト』から引いていた可能性がある。それは、イワン・カラマーゾフに二重写しにされたメフィストフェレスのセリフ「常に悪を欲し、常に善をなすあの力の一部」である。だが、「さきがけ」の教祖は、メフィストフェレスよりも、イワンよりも、さらにそこから一歩奥深い地点に立っていた。すなわち、「善と悪のバランスを維持しておくこと」――。

問題は、『1Q84』の世界が、この悪魔的人物の支配下にあるという事実である。そして、その絶大な力の支配のもとで、青豆と天吾のぎりぎりの「出会い」が実現するということだ。

私は、この出会いの場面の天上的な美しさに、恥じることなく酔った。ところがこの、あまりに切なくロマンチックな光景にひたりながら、あろうことか、スターリン独裁のもとで書かれたある小説を「想起」していた。それこそが、ロシアの作家ミハイル・ブルガーコフの『巨匠とマルガリータ』である。

スターリンに象徴される悪魔ヴォランドの采配のなかで成就される、巨匠とマルガリータの愛。その倒錯的な美しさは、ブルガーコフにおける全能者スターリンに対する礼賛の思いの裏返しだった。スターリンへの礼賛は、日常性の果てしない俗悪さのなかに美しく屹立する、音楽的精神そのものだった。ブルガーコフからすれば、ソビエト社会の現実の恐ろしい俗悪さにくらべれば、独裁権力の醜悪さのほうが、はるかに崇高なオーラに包まれていた。ブルガーコフはその危険性に気づきながら、なお独裁者による恩寵の物語を描きあげようとしていたのだ。その意味で、『巨匠とマルガリータ』は、深く倒錯的だった。

では、『1Q84』はどうなのか。

この四次元的な世界が深くデカダン的であることは、多くの読者が共通して抱く印象だろう。だが、現実の俗悪さに対する吐き気が、権力との一体性の幻想を生むことはない。青豆の独裁者殺しは、ブルガーコフ的な倒錯から辛うじてまぬがれようとする良心と、戦いの証しだった。

6

『1Q84』BOOK3における物語の運びは、意外なほど単純である。青豆と天吾の物語を軸に、二進法のリズムを規則正しく刻んできたBOOK1、2とは異なり、BOOK3は、新たに三進法のリズムを取り込んでいる。

ここでいう三つめの軸とは、むろん、牛河の章である。『ねじまき鳥クロニクル』ですでにおなじみの登場人物だが、この小説での役割は、よりいっそう明確なものとなっている。容貌魁偉《ようぼうかいい》のこの人物は、比較的穏やかな三拍子のなかで「常に悪を欲して、しかも善をなすあの力の部分」を演じ、ついに道化の宿命として、闇に葬られる。揺らぎはじめた世界のルールの、犠牲者というわけだ。

さて、BOOK3を手にした読者がまっさきに驚きの声をあげるのが、青豆の「再登場」ではないだろうか。私自身、どのようにしてそうしたトリックが許されるのかと、怪訝な思いで、BOOK2の最後の数ページを開き直した。

多くの読者は、「青豆が死ぬことを中断したのは、遠い声を耳にしたからだった」といった説明では、とても納得できなかったのではないかと思う。しかし、思うにBOOK3は初めから予定されており、その伏線をいたるところに張っていた。作者として、むろん、BOOK2のまま物語を置き去りにすることも可能だったろうし、かつての村上であれば、そういう選択肢も取りえたにちがいない。なぜなら、2のようなラストであれば、何よりも青豆にまつわる倫理的な問題を片づけられる、つまり彼女は、暗殺者としての重い罪を償うことができるからだ。

しかし、象徴化、完結化の意図を実現するために、青豆は初めから死をまぬがれる運命にあったといってよい。作者は青豆の「再登場」を念頭に置きつつ、九月初めの嵐の夜、ホテル・オークラと高円寺のアパートで起こった神秘劇（ミステリア）を、全力でもって描ききった。もちろん、青豆にまつわる同じ倫理的な理由から、作者がBOOK3に足を踏み入れることにそれなりの戸惑いはあり、それなりの危険が伴ったことは、いうまでもないことである。『１Ｑ８４』全体のなかで、ＢＯＯＫ３がになっている役割は、ＢＯＯＫ１、２の物語を整理し、新たに語られるべきドラマの露払いを行うことだ。

とはいっても、すべての謎が解き明かされるわけではなく、後半に入ってからは、むしろ新たに謎がいくつか書き加えられている。死んだ牛河の口から飛びだした、五人のリトルピープルの存在がその一例だろう。無意識の暴力が支配する『１Ｑ８４』の世界で、彼ら五人のリトルピープルは、新たな悪の連関を築きはじめるにちがいない。

では、新たに語られるべきドラマとは何だったのか？

謎の解体と謎の生産、という二重の作業を行いながら、村上はかなり意図的に読者を、一つの道筋に立たせようとしていた。それが、先ほど書いた象徴化、完結化の試みである。そのきっかけとなるのが、ほかでもない、青豆の処女懐胎だった。物語はここから、一気に中世の神秘劇もどきのドラマへと変容しはじめる。

九月初めの嵐の日、青豆と「さきがけ」リーダー深田によって暗黒のなかでとり行われた「儀式」が、疑似セックスとしての意味を帯びていたこと、他方、天吾とふかえりのセックスが逆に無限に観念化された行為として描写されていたこと、それはすべて、処女懐胎の神秘劇へと連結させるための伏線だったことがわかる。作者は、この二組の男女によって演じられた儀式を、リアルな想像力ではなく、頭で、文字どおり、象徴ないしアレゴリーとして受けとめるように読者に要請している。

思えば、登場人物はこの瞬間からすべて、この象徴劇に奉仕する演技者にすぎなくなり、神話的な完結性のために、人間の心の動きまでもが加工され、ついに人間を超えたものとなった。殺人行為も、人格喪失の決定的な徴とはならず、むしろＤＶ（ドメスティック・ヴァイオレンス＝家庭内暴力）こそが徹底して罪悪視されて、ＤＶに抵抗するための殺人は、肯定される。

では、この処女懐胎の神秘劇を準備したのは、何であったのか。なぜ『１Ｑ８４』は、ここまで行きつかざるをえなかったのか。背景に横たわるのは、この小説全体が象徴レベルで展開させている、男性原理と女性原理の終末戦争である。男性原理がはらむ根源的な暴力性は全否定され、女性原理による復讐の劇が演じられていく。

ところが、男性原理の最たるカルト集団「さきがけ」のリーダー深田の死によって、状況は根本から変わりはじめた。「世界のルールが緩み始めている」という言葉が意味しているのは、善と悪の絶対性の垣根が揺らぎはじめている、ということだ。何よりも深田が、恐ろしく両義的な存在であったことが発端にあった。しかしいかなる戦争にも正義はなく、正義がなければ、青豆の殺人行為は意味をなさなくなる。

7

問題は、青豆の戦いに、どのような倫理的裏づけが与えられているか、ということだ。

読者に思い出してほしいのは、青豆の同性愛的な傾向がしきりに強調されていることである。物語のラストで、１９８４年への「出口」に向かう階段を上るときにさえ、彼女は過去の死んだ女友だちの名前を呼び、救いを求めている。他方、同じ同性愛的傾向をもつタマルは、最後にきて恐るべき暴力性を発揮した。それこそは、ルールの「緩み」を象徴する事件だった。

男性原理と女性原理の根本的な対立は、青豆の乳房の大きさの違いとも関わりがある。古代ギリシャ神話に登場する、女性のみの狩猟部族アマゾーンは、"a"（否定）+"mazos"（乳）、すなわち「乳なし」を語源にもつ。アマゾーンたちは、武器として弓を使う際、右の乳房が邪魔となることからこれを切り落としたため、そのような呼称を用いるにいたった。青豆の乳房に左右のアンバランスが生じたのは、ほかでもない、アマゾーン集団に擬せられた女子ソフトボールのヒロイン（ピッチャーで四番バッター）としての宿命だったのだと思う。

では、どのようにして、この二つの原理の和解は可能となるのか。女性原理の最終的な勝利のために、その仲立ちの役割を果たすのが、天吾である。彼は、聖母マリアの夫ヨセフとして、新しいキリストの父親となる。おそらくはその構図こそが、青豆と天吾の二人が、かりに１Ｑ８４

に踏みとどまった場合に遭遇しえたかもしれない、新しい試練だったと思う。

しかし青豆の決断は、みずからが神話の犠牲者となることを回避することだった。善と悪の境界が不透明となり、世界のルールが緩みはじめた以上、みずからの行為の正当性を確認するためにも、1Q84から逃走せざるをえなかった（「何が善なるものであれ、何が悪なるものであれ、これからは私が原理であり、私が方向なのだ」）。

青豆が、「私が原理」であり、「方向」であると自信をもってつぶやくことができたのは、ひとえに、その胎内にきざした新しい生命のゆえである。だが深田×青豆、ふかえり×天吾の、みごとなシンメトリーをなす肉体と精神を回路として「誕生」すべき新たなキリストは、1Q84の世界においては、むしろ「悪をなすもの」としての宿命を、になわされているにちがいない。それとは逆に、青豆のいう「原理」とはもちろん、どこまでも生命をいつくしむという信念だった。

しかし、ここまで来て、ふと私の想像力にブレーキがかかる。そもそも、過去の四人のDV者を殺した暗殺者・青豆とは何ものなのか、という疑念である。彼女は、いつ、どこでみずからの罪を清算し、免罪符を手に入れることができたのか。

「さきがけ」のリーダーをのぞく三人の暗殺は、すべて1Q84ではなく、1984年と同じ次元で起こった出来事ではないか。その意味ではむしろ、1Q84年こそが隠れ家になりえたはずである。復讐の二文字によってすべては正当化され、帳消しとなるのか。思うに、青豆が1Q

８４からの真の生還者となるには、逆に彼女自身の人間的な「甦り」が、問題とされなくてはならなかったのではないか。なぜなら、彼女の行動をどう正当化しようと、テロリストの烙印が消えることは永遠にないのだから。

私がいま、ひそかに思い浮かべる続編『１９８５』では、天吾のリュックサックに入った小説の全貌が明らかにされる。持ちだされたフロッピーに刻みこまれているのは、書きかけの『１Q８４』である。

現実の青豆にとって、１９８４年のどこにも安寧の場所はなく、彼女はいずれ認識の新しい段階に向かうことになるだろう。赤坂の高層ホテルから仰ぎ見た月が暗示しているものこそが、その青白い未来ではなかろうか。むろんこれは、村上が『It's only a paper moon』のメッセージに忠実に、見世物小屋の幕引きを、いささか強引に行った結果にすぎないとしても。

憑依力と反射神経

中村文則『悪と仮面のルール』を読む

爆発的な力を備えている、という点において、中村文則は、現代の若い作家のなかでも稀有の存在である。最新作の一つ『掏摸』を読み終えた私は、そのけた外れの才能に、羨《うらや》みの念を抱くことを禁じ得なかった。

二十代半ばにしてデビューした彼が、その三十代を、固い礎石をしっかり踏みしめるようにしてスタートできたという事実、それが私には、ちょっとした奇跡に映ったのだ。

作家でもない私が、羨みを禁じ得なかった理由は、ほかにもある。それは、彼が生得的に持っている、憑依力とでもいうべきある種の力であり、かつまた、動物的ともいうべき反射神経である。その二つの理想的な結合のなかから、『掏摸』は生まれた。構成にはわずかの緩みもなく、何よりも、前衛詩に通じる感覚の描写が魅力的だった（「さっきポケットに入っていたガムを虐げるように嚙んだ」）。

では、その中村が、現代日本の作家として、確実に意識しつづけているテーマとは何なのか。少し回りくどい表現になるが、それはたぶん、暴力と悪が、それらを為すものの意識の極限において生み出すところの自由の感覚ということだろう。中村の小説には、その感覚的な境地に対するエクスタティックな共感が確実に渦を巻いている。

むろんそうした、ある意味で危険であり、また反倫理的ともいうべき姿勢が、作家自身の内心の葛藤を呼びおこさないはずはない。それゆえ彼の小説は、最終的に、自らの倫理的な回復を一つのかりそめの結語として提示せざるをえない。

たとえば『掏摸』のラスト。賽《さい》の一振りのように、絶体絶命の路地裏から表通りに投げ出された血まみれの黒い五百円貨は、金環食のようにゆらめき立つ生命への回帰、ひいてはニヒリズムの克服を暗示する。しかしそれは、けっして作家的な良心の証といった生易しい「結語」ではなく、むしろ、内なるニヒリズムとの戦いにおける小休止にすぎないのだ。

絶対悪のめくるめく感覚というテーマは、『掏摸』からわずか八ヵ月後に出た『悪と仮面のルール』で新たに思索し直された。物語の仕立ては、『掏摸』よりもはるかにスペクタクル的な快感に満ちているが、やはり何かがちがっていると感じられる。

では、その「何か」とは何なのか。

巨大な資産をもつとある企業家の家に生まれた主人公久喜文宏は、十一の年に、父親から「十四歳になった時、お前に地獄を見せる」と告げられ、香織という美少女との奇妙な同棲生活に入る。二人はやがて、幼くも倒錯的な性の営みのなかで、その愛の宿命性にめざめはじめる。そして十四歳の接近とともに、父の予言した「地獄」が、愛する香織の身の上に関わることを予感した「僕」は、その事態を回避すべく、父殺しを決行する。

それから十数年が経ち、久喜家を出た文宏は顔面整形を施し、「新谷弘一」の名のもとに、消息不明の香織の行方を探りはじめた。だが、彼女の周辺には、よこしまな欲望を抱いて接近する何人かの男たちの影が伸びていた。いっぽう、町では、テロリストのグループJLによる、政治家を狙ったテロが続発し、その犯行声明には、文宏の記憶にしっかりと焼きつけられた一言が記されていた。「幸福とは閉鎖だ」——。

中村は、この小説でかなり意図的に、現代の風俗を彩るさまざまなアイテムを利用している。アルコール・薬物中毒、顔面整形、近親相姦、父殺し、さらには政治テロ、戦争ビジネス。古い世代の読者なら、思わず眉をひそめるかもしれないアイテムばかりだが、現代の若い読者は、むしろそれら一つ一つが、ほとんど違和感らしきものもなく自分のなかに滑り込んでしまう事態に、驚きの目を見張るだろう。思えばそうした状況にこそ、われわれ読者が生きている時代の異常性があり、まさにその意味において、中村は時を得た、と言ってもよいのである。

反復するが、本書を貫くテーマは、『土の中の子供』以来、彼が倦むことなく追求してきた、暴力や強制にまつわる自由と快楽の問題である。みずからは手を汚さずに、人間の生と死を支配する、あるいは黙過するという神的な感覚にとりつく、崇高な自由の感覚、世界と人生への徹底した侮蔑、破壊の快感（「自分がこの世界の中で最も価値のあると思っているものを、完全に破壊すること」）。

これらのテーマは、むろんそれ自体、少しも目新しいものではない。サド侯爵（『悪徳の栄え』等）

を直接の源として、サド文学の影響下にあったドストエフスキーもまた、『虐げられた人々』から『カラマーゾフの兄弟』にいたる悪の系譜に連なる人物をとおして、このテーマを執念深く追求してきた。しかし問題は、そうした文学的な系譜を辿るのとは別のレベルで、このテーマがはらむ現代性である。中村の小説によみがえったサド哲学に、現代社会を根底において突き動かしている病的な力を感じるのは私だけではないはずだ。

思うに、この小説には、『掏摸』と根本的に異なる点が一つある。それは、端的になぜ「人を殺してはいけないか」というテーマ性への自覚である。この小説で作家がめざす倫理的な回復は、もはや「小休止」以上のポジティブな意味を与えられている。主人公の久喜は、人間を殺すことから生じるある根本的な「誤作動」について次のように語る。

「人間を殺した衝撃を、無意識に精神のどこかに封じ込めずに、ちゃんと受け止めた時、人間は確かに誤作動を起こすよ」

「誤作動」とは他でもない、殺人者の内面に蠢きはじめる「人生の美」と「人生の温度」の喪失という事態である。しかし中村が問題としたのは、果たしてそれだけだったろうか。

私の個人的な印象に過ぎないかもしれないが、この小説の基層には、どこかしら「キッチュ」とも呼ぶしかない高度なインターテクスチュアリティの気配がみなぎっている。それは、太宰の『人間失格』であったり、ドストエフスキーの『罪と罰』であったり、村上春樹の『1Q84』あるいははるか遠いギリシャ悲劇だったりする。そしてそれらテクスト同士のずれをみごとにコーティングしているのが、中村の憑依力であり、その憑依力がしっかりと見定める先に、一種独特の運命論の世界が、古代的宇宙が広がっている。

かりにこの小説を予言的と呼ぶことができるとすれば、それはたかだかこの二十年間で、私たちの一人一人が恐ろしくもメタフィジックな感覚を身につけ、上から目線で世界を眺め下ろす態度に慣れてしまったということだろう。では、そうした運命論やニヒリズムの目線から、私たちはどうすれば抜け出せるのか。自らに与えられた憑依力の代償として、中村はほかのどの作家にもましてその処方の提示を求められているような気がしてならない。

「悪」とドストエフスキー

対談　亀山郁夫×中村文則

「会話」の推進力

中村　亀山さんにお会いすると、緊張してしまいます。なぜかというと、僕にとってドストエフスキーという作家はすごく大きくて、ドストエフスキーが実際に書いた創作ノートなども含め徹底的に研究している方は、ドストエフスキーの半身に感じてしまうんです。

亀山さんの場合、『カラマーゾフの兄弟』と『罪と罰』を翻訳なさっていて、ドストエフスキーが書いた原文にじかに触れて、かつ作品としてつくり上げていく。それを経験し、達成された方は、僕の中ではもう普通の人ではないというか、畏怖を感じます。だから、お会いするとなると、非常に緊張するわけです。

亀山　お会いするのは三度目ですね。

中村　『カラマーゾフの兄弟』は、大学生のときに新潮文庫で読みました。あのときのイメージがとにかく強烈な体験で、自分の中で余りにも大き過ぎるんです。亀山さんの新訳が出たとき、当然興味はあったのですが、最初に読んだときの印象がどうなるのかと、手にとるのがすごく怖かったんです。

でも、そうはいっても気になるので手にとって読んだら、『カラマーゾフの兄弟』にもう一回初めて出会えたような新鮮な感じを受けました。ドストエフスキーと最初に出会ったときに体験する喜びって格別だと思うんです。一気に読んで、それをもう一回体験することができました。きょうは本当にお礼をいおうと思って来ました。

亀山 そういっていただけると、とても嬉しいです。

中村 亀山さんの新訳は読みやすい翻訳といわれているけれども、当然ながら読みやすさだけでなくリズムがあって、リズムから熱が生まれてくる印象がありました。僕はロシア語が全然わからないですが、この熱は恐らくドストエフスキーそのものの熱なのではないかと感じました。本当にすばらしいお仕事です。相当な労力ですよね。そのことが最新刊『ドストエフスキーとの59の旅』にもたくさん書いてありました。すごく興味深かったです。亀山さんのこれまでのドストエフスキー研究の成果も書かれていますし、人生の洞察や知への思いとか、様々に深くて人と文学のかかわりにしみじみ感じ入りました。

亀山 どうしよう。今日は僕のほうが聞きたいことが山ほどあるのに（笑）。

僕は芥川賞をとられた『土の中の子供』を刊行当時すぐに読んで、本当にショックを受けました。こんなに若い人がよく書けるなと思ったし、しかもまたわからないようにうまくドストエフスキーを盗んでいる。しかもそれは、ドストエフスキーばかり研究している人が読んだらわかるけれども、一般の読者には絶対わからない。見事に引用の織物になっているわけです。『土の中の子供』でいえば、暴走族がいきなりタクシードライバーに殴りかかるシーンで、「こいつの叫び声、何か変だぞ」「おもしれえなあ、何だこいつ、おもしれえよ」というあたりは、『地下室の手記』

の中の「私」のせりふがスッと近づいてきたりしていて、一種のインターテクスチュアリティーの見本じゃないかと思ったほどです。これは、方法的にかなりの高等技だと思いましたね。それにしても、暴走族のセリフがひじょうに印象的でした。

中村 ありがとうございます。

亀山 つね日ごろ思っているんですが、ドストエフスキーは翻訳によって生きていく作家なんですね。中村さんの小説は、じつに精巧な日本語で仕上がっていますが、ドストエフスキーの原文は時に、破綻をきたすわけです。文体を磨きあげることなんかそっちのけで、何よりも、感覚や気分の描写や事物のリアリティを優先する。その意味で、当然のことながら、所々かなり情緒的な文体で書かれている。でも、情緒的というのは感傷的という意味じゃありません。むしろ生理的といったほうがよいかもしれません。

中村 同じ表現を同じセンテンスの中で繰り返し書いたりするとドストエフスキーの研究書で読んだことがあります。それでは、読むほうは読みづらいですよね。

亀山 そうです。反復を恐れませんね。ある意味で作家の精神状態がひじょうによくわかる文体なんです。何といっても生理的ですから。生理的というか身体的なリズムが重視される。それが、非常によく出ているのが、会話の部分ということでしょうか。ドストエフスキーでは、会話が生命です。で、僕が、中村さんの『掏摸』と『悪と仮面のルール』を読んで気づいたのは、「私」「僕」を主人公にした告白体で書いていながら、ものすごくポリフォニックな動きを感じることなんです。原因がわかりました。

要するに、耳がいい、というか、圧倒的に

会話がうまい。このところ、僕もかなり小説を読んできましたが、これほど会話に卓越した作家ってそうはいないと思っています。それじゃ、どこがすごいかというと、さっきリズムといったけれども、むしろ人間の生の声、地の声にどこまでも肉薄しようという執念ですね。はねる音から句読点の位置から全部、計算されている。例えば一人の女性が出てきた瞬間にまったく不自然さや違和感がなく、目の前に文字どおり女性がパッとあらわれるような感覚を与えてくれる。それは会話が完全に生理的なリズムを体現しているからです。で、お聞きしたいのですが、中村さんの会話のすごさを褒めている批評家っていますか。

中村 会話文はあまりいわれたことはないですね。

亀山 なぜ僕が会話にこだわるかというと、ドストエフスキーの翻訳をしていたときに、そのことを感じたんですね。会話が物語の推進力になっているので、会話の部分で、どこまで登場人物のこまかい心のニュアンスを伝えられるかが生命だと思ったんです。会話文は、地の文とちがって日本語の規範からは大きく逸脱してしまう恐れがある。この逸脱を否定しようとする古典的、保守的な読み手あるいは書き手もいると思いますが、そのあたりに大胆に切り込んでいっているのが、中村さんの文学の特質ですね。

中村 ドストエフスキーの影響があると思うんです。ドストエフスキーは重要なことを会話でいうんですよね。『カラマーゾフの兄弟』で大審問官のあの壮大な思想も、結局会話の中です。ゾシマ長老のほうはアリョーシャが書きとめた感じですが、それでも人類愛についてもまた会話文として書いている。『カラマーゾフの兄弟』も『罪と罰』も三人称というか、カラマーゾフの方は「わたし」が出てくるから微妙だけれども、とにかく重要なことは会話なんです。しかも、会話だからこそのリズムがあって、体内により深く入っていくんでしょうね。

亀山 すばらしい影響です。

「運命」という主題

中村 ドストエフスキー作品を最初に読んだのは『地下室の手記』でした。高校のときは太宰治にハマっていて、当時は文学が好きというより太宰治が好きだったのかもしれません。

亀山 『悪と仮面のルール』を読みはじめてまもなく、頁の余白に、『人間失格』、葉蔵と書き込みました。予感はあたっていたわけです。『罪と罰』のスヴィドリガイロフの連想も生まれました。それに、ソフォクレスの『オイディプス』ですね。そして最終的には、村上春樹の『海辺のカフカ』と『1Q84』です。さきほど、インターテクスチュアリティーなどという古めかしい言葉を使ったけれども、ある種いろいろなジャンルの作品が物語の表面に浮かんでは消えて行く、そんな反復をくり返しながら、なおかつすばらしい推進力で物語は展開していく。ずいぶん凝った小説だな、と思ったのですが、でも、そうしたコア・テクスト群とでもいったものをもののみごとにコーティングしていくのが、何というべきか、中村さんの、かなり特殊な作家的才能なんだと思いました。

中村 いろいろな作品から受けた影響を全部出して、上乗せしてさらにこねくり回したんだと思います（笑）。

亀山 『人間失格』は、やはり意識されていたんですね？　というか、無意識のうちに出てきたんですね。

中村　無意識だと思います。太宰治はたぶん全部の小説に入っていると思いますが、そこを指摘されたことは余りないです。

亀山　そうでしょうね。わかります。以前、髙村薫さんと『太陽を曳く馬』をめぐって対談したとき、いくつかのモチーフについてドストエフスキーからの影響を指摘したんですが、否定されました。一切、意識したことはない、というんです。作家というのは、読んだ小説をぜんぶ自分の血肉にしてしまう獰猛で貪欲な生き物なんだと思いました（笑）。

中村　僕は一応ドストエフスキーが好きだと公言しているので、みんなドストエフスキーと比較してくれるんですが、実は結構太宰治も入っています。『人間失格』の解説に、これは『地下室の手記』の深さを超えていると書いてあるのを見て、『地下室の手記』というタイトルっていいなと思い、大学一年生のときにはじめてドストエフスキーを読んだんです。

亀山　なるほど。

中村　そうしたら、『人間失格』よりも『地下室の手記』にハマってしまったんです。読みづらいし、何だこれは、と思うんだけど、読み終わったときに、ここには非常に深いものがあると感じて、もう一回読み直したんです。一回目よりは二回目のほうが理解できた気がしました。それで『罪と罰』を読んで、こんなにすごいものがあるのかとノックアウトされた状態になり、『カラマーゾフの兄弟』で完全にやられました（笑）。その辺りから「文学」ということを意識して、海外文学や日本文学を様々に読むようになりました。あれを読んでいなかったら僕は恐らく小説家になっていないのではないか、なっていたとしてももっと先だったのではないかと思うんです。それぐらい大きかったです。

亀山さんは、『罪と罰』について、最初に読んだときのイメージと翻訳したときのイメージがずいぶん違うということを書かれていますよね。

亀山 そうです。

中村 『ドストエフスキーとの59の旅』で、「若い時のように、殺人を犯す主人公とのシンクロは起こらなかった」と書かれていますよね。「だが、『読解』という知的な作業をとおして、あらためていくつか大切な発見に立ちあうことができた」と。僕の場合は劇的な変化ではなかったですが、やはり最初とその後に読んだときとで印象が違ったんです。最初は何となくの違和感でした。これは果たして「罪と罰」なんだろうか。ラスコーリニコフには良心の呵責があるのか。これは要するに自分がシラミかシラミじゃないかというその葛藤ではないかと疑問に思ったのが最初なんです。

二回目に読んだときには、亀山さんもお書きになっていて、僕も本当に同感なんですが、『罪と罰』ってやはり「運命の書」なんですよね。「意志の書」と「運命の書」の二つがあり、断ち割られているという印象すら受けたと。読んでいくと、ラスコーリニコフはかなり偶然性に支配されています。まず老婆が一人になる時間を偶然知ってしまう。斧のエピソードもそうです。あるべきところ(台所)になくて、偶然別のところ(納屋)を見たらあった。しかも、老婆のところにだれにも見られずにスルスルと行くわけです。

亀山 まさに「運命」なんですね。で、今回、『悪と仮面のルール』を読み、『掏摸』を読んで、『土の中の子供』から確実に進化している何かがある、と感じたことがあるんです。それは、中村さんの想像力が、何かしら古代的なもの、というか、運命の全能性というところにまで翼を伸ばしていることです。わずか五年前の時点で気づかなかったテーマにいま新たに踏み込んでいく事実というのは、三十代に入った中村さんの一人の作家、一人の人間としての成熟を暗示するだけじゃなくて、いまの時代がものすごく悪くなっているという直観が根本的に作用しているんだと思いましたね。こうなると、運命の全能性といった問題に向かわざるをえない。

『悪と仮面のルール』は純文学とエンターテインメントを一定程度、一つに合体するような新しい領域の作品だと思うわけです。現代の風俗を象徴するようなアイテムが次々と飛び出してくる。かりに二十年前の読者だったら、むかむかするぐらいのあざといアイテムですが、それが、今ではすべてきれいに日常生活の常識と化している。読者としてそれらのアイテムに対する違和感がまったくなくなっているんですね。麻薬から爆弾テロ、整形手術まで、昔なら「よくまあ揃えたね」と皮肉の一つも出てきそうな仕立てなのにもかかわらず、それがわれわれの共通感覚にすっぽり収まっている。きわどさやえげつなさをほとんど感じさせないほどに時代が切羽詰まってしまって、僕自身、われながら何かすさまじいところに立っているな、と改めて感じました。

でも、こうした時代の到来というのは、ことによると中村さんにとっては運が味方しているということなのかもしれない。つまり時代が中村さんを待っていたということです。『土の中の子供』のときですら、小説と時代状況との間にはまだまだ齟齬と乖離が存在していたはずなのに、時代はもっともっと悪くなってきて、中村さんの想像力の世界に急接近している、という印象を受けるのです。これはきっと、今の日本でドストエフスキーが読まれているのと同じ状況なんだと思いますね。一般の人々の想像力が作家の想像力にどんどん近づいてくる。

中村 たしかに時代との共通認識というのはあるかもしれないです。

亀山 昔は気づかなかった運命の主題がいま気づかれているのは、ある絶対的な運命の力のもとで、一人一人の人間が本当に無力に生きざるを得ない時代状況が現出しているからだと思います。僕は『掏摸』を読んでいるときに、運命の代名詞というか、代理人として木崎という存在があると感じました。

もちろんドストエフスキーでいえば、ワルコフスキー公爵とかスヴィドリガイロフを思い浮かべたけれども、「ブランドのわからない黒のスーツを着込み」、「ブランドのわからない時計を左手に巻いていた」木崎なんかは、どこか『カラマーゾフの兄弟』の大審問官を思わせますね。でも、直接的には『悪徳の栄え』や『ジュスティーヌ』といったサド侯爵の哲学に通じているのだ、と思います。究極の悪とは一体何なのか。究極の自由とは一体何なのか。

サドの文学というのは、鞭の快楽とかいったそんな常識的なものでは全然なく、ある意味でものすごく崇高な、ある意味でものすごく運命論的な世界観であり、現実の悲惨さの肯定であり、かつ人間を支配することの快楽ということを意味しています。カミュが『反抗的人間』の中で、たしか、「サドは最終的にオナンになった」といったことを書いていたと思うんですが、『悪と仮面のルール』では、まさにそれが捷三ですよね。完全に孤絶した空間に、つまり地下室に閉じ込められてしまう。あれはオナンと化した監獄のサドと同じです。これもまた、中村さんが意識的に造形したのだとすれば、改めてここで脱帽します（笑）。この作品の地下室のイメージは、サドが最終的にたどり着いたある種の自由の境地なんだろうなと思うし、ある意味では、ドストエフスキーの地下室とも通じていますね。

中村 文学には悪い奴の系譜があると思うんです。日本の片隅ですけれども、そういう系譜の中に、少しオーバーになってもいいから自分なりの悪い存在を登場させていけたらなと。なぜかはわからないですが、悪い人物を書いていると僕自身がすごく生き生きする（笑）。

亀山 本当にそうですね（笑）。たしかに、ある切迫した状況、犯罪を実行しようとするような現場の心理状態は圧倒的です。そもそも人を殺すときの人間の心理状態を書ける作家って、そうはいないと思うんです。登場人物に憑依しないととても書けない。トルストイは一度だって書けなかったし、ドストエフスキーにしても書けたのは、一度かぎりです。『罪と罰』でしか書けていないわけです。つまり憑依というか、トランスというか、殺人者とのシンクロの経験は一回しか訪れてこなかったと思うんです。作家が、この憑依力を描く犯罪の描写には、それに近いものがあると思いました。それを持っていたら、相当に強いなと思いますね。どうやら、その強さが、中村さんにはあるみたいです（笑）。

中村 そういう場面を書くときに、自分が一番生き生きするのがわかるのですが、自分に疑いを持つときもあります（笑）。でも、これは僕がどうしようもない奴なんだからと思って、もう書くしかないです。

亀山 中村さんはことによると犯罪者なんじゃないかと思いますよ（笑）。でも、恥じる必要なんてありません。だってドストエフスキーもそうでしたからね。つまり、現実の体験を小説の中のどこでどうディテールとして書き込んでいくのか。もちろん想像された世界もある意味では現実の体験なのだけれど、ドストエフスキーの場合、『悪霊』のなかの「スタヴローギンの告白」なんか、作家がほんとうに殺人や幼女凌辱を経験しているのではないか、と思えるほどにリアリティがある。裁判でいう「秘密の暴露」に近い何かです。真犯人しか知りえない事実のリアリティとでもいうのでしょうか。「スタヴローギンの告白」はほんとうに危険ですよね。

中村 あそこ、大好きです。

亀山 幼女凌辱のようなモチーフもかなりそれに近い体験があって、その体験を、たとえば『罪と罰』の老女殺しなどの描写にスライドさせて書いているみたいなところがあると思います。ドストエフスキーが描いている不安の体験や恐怖の体験というのは、純粋に想像力のレベルで生み出すことができるのかと思える域にまで達しているんですね。中村さんの描く犯罪の描写には、それに近いものがあると思いました。

「黙過」「悪」「反復」

亀山 『悪と仮面のルール』を読んでいて、ちょうど真ん中でカタルシスが起こりました。読者はあそこでいったん解放されるんです。たしか一八〇ページあたりだと思いますが、そこまで読者はものすごい不安に陥れられている。整形手術をして、自分がなりかわった男の素性が徐々に明らかにされていく。あそこまでは、読者がもはや最後まで自分を保ちつづけられないだろうと思えるぐらい、ものすごい不安をかき立てる。作家がどういう精神状態で書いているのか、僕にはわからないですが、それぐらいの緊迫感が漂っている。

ところが、小説のまん真ん中で一種のカタルシスが起こるんですね。そこで読者は救われる。あそこで、文宏が整形手術をしてなりかわった新谷の過去があれ以上グイグイ前面に出てしまったら、読者の神経は参ってしまったと思いますね。でも、幸い、小説のまさに折り返し地点で、ある種エクスタティックな頂点とカタルシスへの分岐点が生まれる。不安と恐怖がスーッと鎮静化していく。見事だなと思いましたね。

中村 ドストエフスキーはかなり意識的に構成を、数字にもこだわってつくり上げています。僕も色々とやってみたのですが、やはり神秘的なものも加えたいと思いました。

『罪と罰』は本当にしかるべき筋を通って老婆を殺してしまう。最後は神の存在が見え隠れする。僕は信仰を持たないので、神秘的ではあるけれども、同時に違和感も覚えるところです。「運命の書」ということが自分の主観から確信に変わったのが、亀山さんがお書きになった『『罪と罰』ノート』の「黙過」の問題を読んだ時です。

ラスコーリニコフの犯罪が、神の黙過で行われたということから見えてくる「ラザロの復活」の黙過の発見がある。『罪と罰』の中で引用されているラザロの復活は結局、自分の奇跡を見せるためのキリストの黙過……。それがこの小説の裏テーマというか、やっぱりこれは間違いなく「運命の書」だと思ったんです。

亀山 「黙過」の問題ですが、『掏摸』の木崎は根本的に不作為というか、みずから手を下すことの快感よりも、直接的なものではない、神的な自由というか、神が経験しているある種の絶対的自由というものを、人間が人間の身において経験することが最高の快楽だというふうにいっている。それはドストエフスキーがつかみ取った一つの究極の真理であり、そのニヒリズムをどう乗り越えるかが大きな課題になったと思いますね。

でも、面白いことに、『悪と仮面のルール』で、そのニヒリズムの体現者である兄の久喜幹彦と戦う文宏自身が、直接は手を下すことなく相手に自由に死を選ばせている。最後に彼の犯罪性の意味について、刑事の会田から大きな罪ではないという理解が示されますが、実際にすべて最終的には相手の自由に委ねられている。死の杯を口にするもしないもその人の意思によるものだし、父親の捷三を閉じ込めるときもそうだし、常に相手に選択の自由を与える。しかし、選択の自由を与えるというのは、ある意味でものすごく傲慢なんです。

中村 そうです。自分が殺人をする感触を味わいたくないという傲慢さです。

亀山 それは逆にいうと父親である捷三の血を受け継いでいるし、まさに「邪」の系譜の中にある一つの独自のアイデンティティーのあり方だろうと思うんです。

中村 それは悪対正義ではなくて、悪対悪になっている。結局、正義とは何かではなく、悪対悪の話なのでちょっとブラックかなとも思いましたが、それがないと小説がもの足りないかなと思ったんです。『罪と罰』を意識したところがいろいろあるんです。

亀山 それは明確に感じましたね。僕がこの作品を解説したいぐらいです。善と悪の終末戦争がまさに『悪と仮面のルール』であるとすれば、善と悪というものすごく月並みなカテゴリーが今これほどリアリティを持って感じられちゃうというのは、想像力の中でわれわれ全員が犯罪者になっているからだと思うんです。つまり本質的には悪対悪なんですね。想像力の中で自分が犯罪者だということを、むしろ大らかに包み込む何か共同体的な力はもう存在しませんから、だれもが否応なくヒステリックに自分自身を犯罪者としてぎりぎりまで突き詰めていかなければならない。そんな状況が生まれてきているんだろうなと思うんです。

中村 亀山さんはラスコーリニコフにいう予審判事ポルフィーリーの言葉に言及してますよね。「一億倍も醜悪なことをやらかしていたかもしれないんです！」という言葉。

亀山 刑事の会田はポルフィーリーですよね。小説の冒頭に提示される刑事の短い手記は、最後になって入れたものですか。それとも最初から入っていたんですか？

中村 これは執筆する段階では最初に書きましたけれども、僕の創作ノートの段階では後からです。

ポルフィーリーと会田のことをいうと、昔から刑事対犯人っておもしろいんですよね。いろいろなパターンがあるけれど、僕が一番好きなのは『罪と罰』です。

でも、初めから確信をもったポルフィーリーが自分の手の中で動くラスコーリニコフを追い詰めていくやりとりを真似するわけにはいきませんから、じゃ、ポルフィーリーの影響を受けた自分なりの刑事像をつくろうと考えたんです。それで僕が一応考えたのは、ボクシングでいうとスレスレのパンチをひたすら打ってくるけれども、完璧には当たらない刑事というものです。かなり惜しいところを突いてくる恐怖がある。ど真ん中にはなかなか当たらないけど、常にかすられる恐怖を書こうと思ったんです。

亀山 小説を読みながら、僕は違うように感じましたね。読者はもうある極限的な恐怖というか不安に陥れられているので、会田があれ以上情け容赦なくドスン、ドスンとパンチを打ち込んできたら耐えられなくなったんじゃないでしょうか。中村さんのおっしゃるスレスレのパンチには、どこか曖昧でヒューマンな部分が感じられて、それが救いになっていると思いましたね。だからこそ最後で何かを期待しているという部分は、ああ、やってくれたという感じでしたね。あれが『罪と罰』のallusionというか、目に見えないreminiscenceであることに気づいた人はほとんどいないと思います。気づいたのは、きっと僕だけだという確信さえ持っているくらい（笑）。

あの「一億倍の醜悪」をこの小説に重ねあわせると、会田＝ポルフィーリーの密やかな願望を、じつはテロリストグループのＪＬや、文宏＝新谷自身が体現していたということになる。つまり、ポルフィーリーのラスコーリニコフに対する期待が、会田の文宏に対する期待に重なるわけです。もう少し突っ張ってほしかったという願望ですね。

では、中村さんがかりにもそうした書き方をしたということが、いったい何を意味するか、ということです。それこそは、ドストエフスキーと同じような現代の日本社会や日本文化に対する一種の批評ということになると思うんです。ドストエフスキーが恐ろしくペシミスティックに農奴解放後のロシア社会を見つめていたとすると、中村さんの現代日本を見つめる目もそれぐらいペシミスティックだということでしょう。
僕がこの小説を読みながらおもしろく思ったのは、会話と会話の間に差しはさまれた小さなディテールが持っている含蓄です。そして脇役たちの意味です。彼らは非常に広い視野で世界をとらえようとしている。最後に文宏の道連れとして海外に旅立つ吉岡恭子が良いこといいますね。「なんでか知らないけど、この国には人を殺してもあまり悩まない娯楽とか文化が溢れてる気がする。人を殺しては駄目だと言っているわりにはね」とか、文宏に顔面整形をほどこす医師が、「外国では、神という概念がある」といったりする。こういう登場人物たちの呟きにこそ、この小説が約束する多声性はあるのだと思うわけです。僕がとくに気に入ったのは「外国では、神という概念がある」というこのひと言です。これはむろんアメリカ礼賛なんかじゃなくて、むしろ激烈な日本批判です。どんどんダメになっていく日本に対するものすごい危機感の表明だと思うんです。

中村 『カラマーゾフの兄弟』では、「神がいなければすべて許される」ということがありますが、これは二つの意味で困る言葉なんです。まず、簡単にいえば、日本には神がいないから、それでは困る。

亀山 だから今、困っているんですよね。

中村 もう一つは、今の時代だけではないけれども、神がいるから許されるという側面が強くなってきている気が僕はするんです。例えばオウム真理教は結局、自分たちの空想の神がいるからあんなことをしてしまった。さらには第二次世界大戦にしろ、人間神という神があるから、ああいうことができてしまう。イスラムの過激派テロにしてもそうです。神がいるからテロを行う。

新約聖書だけ読めば戦争はなかなかできないはずが、旧約聖書の一部分だけをあえてピックアップして演説する場合もある。神がいなければ許されるというのも、日本には神がいないから困る。おまけに、神がいないがゆえに勝手な神をつくり出して、もしくは歪めたりして、それが「神がいるから許される」に転換されてしまう。これは恐ろしい事態ではないかと今思っているんです。

オウムの事件があったのは僕が高校のときですけれども、非常に驚きました。神というものを勝手につくって、神がいるから許されると傘でサリンの入った袋を突いてしまう。あんなこと完全な無神論だったらやらない。だけど、無神論だからこそ勝手に神を生んで、自分たちのオリジナルの神の中でやってしまう。あれは非常に恐怖だなと思いました。今回の小説では、神というものを外側に置いて、いわゆるイメージされる神というものとは別の、反復の運命論を入れるということをしました。神に関する小説の構想もあるのですが、今回は神抜きというわけじゃないけれど、神を外側にちょっと置いておく感じで何とか話を進められないかなと思ったんです。

亀山 なるほど。

中村 『罪と罰』で、ソーニャがルージンにだまされそうになったときに、ラスコーリニコフがソーニャに「ルージンみたいなやつが死んであなたたちの家族が助かるか、それともルージンが生きてあなたたちが破滅するか。どっちを選ぶか」ということをいいます。あそこは僕、非常にドキドキして読んだ記憶があります。あの博愛主義のソーニャは何と答えるんだろうって。でもソーニャの答えは「神さまの御心を知ることなんて、わたしにはできませんもの」でした。僕が最初に読んだ新潮文庫版では「どうしてそんなつまらない質問をなさいますの?」で、亀山さんの場合は「むなしい質問」です。

このつまらないとか、むなしいとか、これも恐らくポリフォニーというものだと思いますが、でもそう書いた作家みずからが『カラマーゾフの兄弟』でもう一回その問いを繰り返すんです。アリョーシャが、よりによってイワンに「ほんとうにどんな人間でも、だれそれは生きる資格があって、だれそれは生きる資格がないってことを、自分以外の人間について決める権利があるんですか?」というわけです。イワンは肯定してしまいます。これはドストエフスキーにとって重要な問いだったのだと思います。

現代においていろいろな事件が多発していることを抜きにしても、戦争など人類史全体がその繰り返しでずっと来ている。それに対する逆の動き、神がいなくてもだめなんだということを何とか書けないかと思いました。これは『罪と罰』に対する尊敬と、現代の社会に生きている人間として、そこから自分なりにどう上乗せさせていけるのかというのが、今作を書くときにいろいろ考えたことではあるんです。それは今、非常に単純に「何で人を殺しちゃいけないのか」という一言にパッと変わっていますが、もとをただせば、ドストエフスキーが二回、『罪と罰』と『カラマーゾフの兄弟』でいった言葉なんです。これを現代の人物達でできないかと……。

亀山 今回、この小説を読んで、とくに「邪」の系譜に連なる人々のけだるげな表情の描写が気にいりました。何度も何度も押韻のように繰り返されていくあの感じ、とてもいいと思います。父親の久喜捷三にしろ、兄の久喜幹彦にしろ、世界を見ることにすら倦み疲れてしまった人間です。これを内側から描くことは恐らく不可能で、外的な描写あるいはセリフを通してしか表現できない。だけどその内面を描写する本当に小さな一言一言が、逆に彼らの虚ろさを見事に出しているなと感じました。

ドストエフスキーが『悪霊』の中でスタヴローギンを描くときの手法と似ていますね。内面の描写には全く立ち入らずに、外面の本当に小さな小さな表現でけだるい内面を伝えていく。

どれだけ憑依できるか

亀山 三十代を『掏摸』『悪と仮面のルール』という二作でスタートを切ることができたことは、ちょっと奇跡に近いと思います。これからどういうふうに小説を書いていくのか。一応テーマは見えたなという気がして、安心したというか、一種、羨みのようなものを感じました。ドストエフスキーもテーマが無尽蔵にあったわけではなく、それぞれ作家として、その時代との対話のようなもの、あるいは時代に対する考えを、さまざまな登場人物の口を通して語らせている。

『悪と仮面のルール』でも、時代に対するいろいろな批評的言辞が挟み込まれているのは当然で、それが作品とどう有機的につながっているかは、余り問題にしなくてよいのかもしれない。トピックとしてそれなりに本質的な何かをつかんでいればいいと思うんです。『カラマーゾフの兄弟』にしても、テーマ性という点から改めて捉えなおした場合、さほど数多くのトピックが提示されているわけではない。むろん、「大審問官」における天上のパンか、地上のパンか、といった議論はきわめて重大だし、それが、ゾシマ的な原理とイワン的な原理の対決という形で反復される点なんかは見事というしかありません。でも、それがどこまで『カラマーゾフの兄弟』の物語にとって本質的な意味をもつかというと疑問符がつく。結局のところ、一つのドラマを丹念におもしろく書いていくというのが作家の仕事なんだと思うわけです。

ドストエフスキーも、デビュー作の『貧しき人々』以降、おおむね中篇で勝負してきて、長篇作家になるのは四十代半ばを過ぎてからです。『悪と仮面のルール』は、日本のサイズでは長篇ですけれども、ロシアだと中篇に入ります。中篇小説を骨太なテーマで書ける書き手というのは、そう多くはいないのではないか、と思うのですが……。

中村 予定では次の小説もその次の小説も中篇です。二百五十枚から三百枚ぐらいのものが多分二つ続いて、その次に長いのを考えていますが、書く前からその大変さがわかるので、どうしようかなと思って（笑）。

亀山 『掏摸』の後書きを読むと、かなりの精神的エネルギーを出しつくしたという印象を受けます。あれだけ集中して『掏摸』を書き、しかも『悪と仮面のルール』の執筆もほとんど同時進行で……。

中村 途中まではそうです。

亀山 ものすごい精神的エネルギーだと思う。

中村 次回作、次々回作と中篇を書いて、その次に長篇を書くときの自分の労力と書き終わったときを考えると、その後、頭がおかしくなるか、倒れちゃうんじゃないかと思って、怖くて手がつけられないんです。そこはよほど体力と精神力をつけないと。

亀山 こういう言葉を聞くととてもうれしくなります。あれだけのものをそうサラサラと書かれては困ります（笑）。そんなのは人間業じゃありませんからね。今回、この二つの小説を読みながら感じたんですが、中村さんはもう半端じゃなく登場人物に憑依というか同期していたはずで、ともかくも向こうに行っちゃったみたいな印象を受けました。そうじゃないと書けない部分が、つまり憑依の想像力とでもいうべき部分があるわけです。

そこでお聞きしたいのですが、ああいう、何かもう、別質とでも言うしかない想像力というのは、どこから出てくるんですか。インスピレーションみたいに、上から降ってくるのか、それとも自分の体から絞り出すんですか。

中村 自然に出てくるんですが、やっぱりなりきるんです。登場人物にどれだけ憑依できるか。それで、そのときの自分が感じたことを書く。結局、憑依ですね。

亀山 それがドストエフスキー的なんですね。

中村 憑依するから疲れるというか、書いているときは、日常のいろいろなことが本当におろそかになってしまうんです。

亀山 それはそうだと思います。さっき、真犯人しか知りえない「秘密の暴露」を例にとりましたが、そうした憑依の体験がなければぜったいに現れてこない、一種の啓示的なリアリティとでもいうべきものが時々現れるんですね。「さっきポケットに入っていたガムを、虐げるように噛んだ」(『掏摸』)とか、「時計の動いていく針が少し鋭くなった」(『悪と仮面のルール』)とか。

中村 でも、意識的にこれは憑依なんだなと思うようになったのはここ最近です。デビューしたのが二十五歳のときで、若いですよね。よくわからないままデビューしたんですが、三十歳を超えて、小説というのはこういうことなのかと、自分なりにいろいろわかるようにはなってきたんです。その中の一つが、無意識をどれだけ使えるかということと、とにかく憑依すること。主役も脇役もその人物にどれだけ入れるかです。

亀山　『悪と仮面のルール』でのドラッグの描写も、ドラッグ描写をただ単に書くだけではなくて、そのときの顔の表情をどう見るかみたいなところまで書いている。あれもやはり憑依しないと絶対に書けないと思う。ただ、憑依ということを考えるときに、僕は少し不安に感じることがあるんですよ。作家は基本的に憑依してものを書くんだろうけれど、憑依する力が弱まったときに何が書けるのか。ドストエフスキーが非常に幸せだったのは、てんかんの病を持っていたことだと思うんです。発作が起こるたびに死を経験していた。すると過去の経験は更新される。てんかんの発作のたびに一度死んでまったくのゼロになる。記憶喪失の状態になって忘れてしまう。また新しくゼロから始めることで生命の経験みたいなものが絶えず更新されている。だから、六十歳近くになっても、少年の世界が書けるわけです。つまり憑依する力は、てんかんの発作の度にリセットされたということです。でも、中村さんはまだ三十代です。

中村　三十代って作家にとって結構重要なんですよね。

亀山　そうですよ。さっきも言いましたが、この二作で三十代のスタートが切れたというのはほんとうにすごいことだと思う。

中村　太宰治の『斜陽』が三十八歳で、村上春樹さんの『羊をめぐる冒険』が三十三歳です。安部公房の『砂の女』も三十八歳ですし、トルストイなんて『戦争と平和』を三十代で書き始めている。あれを三十代で始めるなんて、頭がおかしいとしか思えないけど（笑）。

亀山 その意味では、ドストエフスキーはかなり晩成です。

中村 そうなんですよね。ドストエフスキーが『地下室の手記』を雑誌に掲載したのは四十三歳ですよね。もちろんその前の作品も好きですけど、「なんちゅうことを書くんだ、この人は」となってきたのはその頃で、どんどんよくなっていく。

亀山 そうなんです。

中村 僕は『カラマーゾフの兄弟』の完成度が群を抜いていると思います。あれは五十九歳で書き終えている。さらに続篇が完成していたら、もっとすごいものが、恐ろしいほどのものができていたはずです。なので当然作家によるんですが、ドストエフスキーはシベリアに行ったり、三十代でいろいろな経験があったと思います。

亀山 経験を積むことだけでいえば、現代はインターネットでほぼすべて経験できてしまう。いま作家はどういう形で経験を書けるのか。経験というと、ドラッグとか、セックスとか、そうなってしまうような気がするんです。それは大きいけれども、そうではなく人間としての生の経験を積んでいってほしい。

僕自身、大学時代にドストエフスキーにあれほどかぶれながらも、ドストエフスキーという作家を語れるだけの経験も能力もないとわかって、アヴァンギャルドの研究をはじめました。少なくともこの領域は経験が要らないからです（笑）。その後、スターリン時代の文化研究に移った。これも経験が要らないからでした。だって、スターリン時代を経験しろといっても経験のしようがありませんものの（笑）。でも、二十年間かけて小さな体験を積み上げていきました。そこで、ようやくドストエフスキーに接近できるような気になったんです。五十代に入ってはじめて……。

中村 僕もまだ、これからいろいろな経験をして、僕なりの『異邦人』『嘔吐』を書いてみたいと思います。

亀山 それにしても、中村さんがここまでドストエフスキーに精通しているとは思いもよりませんでした。作家っていうのは、本当に獰猛で貪欲な生き物だと思います。僕は、泡を食いました（笑）。

Part 2

報復、または白い闇

――テオ・アンゲロプロス『ユリシーズの瞳』にみる越境性のアポリア

1

不安定なリールの回転とフィルムのわずかな撓みを、心地よい横の揺らぎに残しながら、「最初のまなざし」がスクリーンに映し出すのは、石の壁のまえで糸を紡ぐギリシャの女たち――。この「瞳」を求めて、民族抗争に揺れるバルカン半島を、時計とは逆周りに旅を重ねるのが、テオ・アンゲロプロス『ユリシーズの瞳』の主人公Aである。

しかし、ここでの「瞳」の意味するところは、幾重にもあいまいな層をなして、ついに一義的に「肉眼」を意味することはない。人間が世界といまだ神秘的な関係を切り結んでいた古代、ギリシャ人は、「暗い部屋（カメラ・オブスキュラ）」の壁にうがたれた穴を通して入る光が、外界の光景をさかしまに映し出すことを発見した。しかし人間は、この「暗い部屋」に閉じこもり、おのれの身体を闇に同化させつつ、幻を見るという邪な喜びを実現するまでに、二千年の時を待たなくてはならなかった。そして二十世紀とともに明けた映画百年の歴史の終わりに、神はついに、その闇にいつまでも留まろうとするものに報復を下すのだ……。

ホメロス原作の叙事詩『オデュッセイア（ユリシーズ）』は、トロイアの都を攻め落とした主人公が、地中海の島々を転々として遍歴と冒険を重ね、ついに妻ペネロペイアの待つ故郷イタカへ帰還するまでの十年間を描いている。帰還後のオデュッセイアを待ちうけていたのは、ペネロペイアへの求婚者たちを退治し、一国の主として、混乱した祖国に秩序をもたらすための大事業だった。では、二十世紀末に現れたオデュッセイアはどんな運命をたどるのか。はたして彼は、どのような意味でオデュッセイアなのか。

アンゲロプロスがこのオデュッセイア神話に見たのは、鬱屈した放浪、実現せざる帰還、国家の分断という、ホメロスとはおよそ対極にあるアンチ・ヒーローの物語である。彼は、叙事詩のディテールをいくつか加工し、一九九〇年代の旧ユーゴ諸国の現実にそれらを重ね合わせた。みごとな着想というしかない。

しかし、かりにアンゲロプロスの関心が、分断された国境を渡り歩く男の内的世界を描くことにしかなかったら、何も大げさにオデュッセイアの物語を持ち出すまでもなかっただろう。なぜなら、これほどに錯綜した現代を表象化するにあたって、何がしかの神話的アーキタイプにすがることは、現実に対する生きたアプローチを失わせ、美的趣味への逃避ともとられかねない図式化にはまる危うさを孕んでいるからだ。

しかしそれでも、半島と内海を反転させ、地中海に浮かぶそれぞれの島々を、半島内の分断された少数民族のイメージへ転化させたアンゲロプロスの着想と手腕に驚かされる。もっとも、原作の主人公において、その遍歴の目的が、ホメロスによってはついに明かされることがないのに対し、主人公Ａの旅は、あまりにも明確な意思に貫かれている。Ａの旅は、遍歴ではあっても、放浪ではなく、その遍歴は、オデュッセイアのように自己目的的でもない。

ハーヴェイ・カイテル扮するギリシャ系アメリカ人の映画監督Ａが、自分の故郷であるギリシャ北部の一都市に戻ってくる。これまで彼がアメリカで製作してきた映画を回顧上映するというのが目的らしいが、反米感情のつよい土地柄ゆえ、上映中止をもとめるデモが生じ、町全体は騒然たる空気に包まれている。しかし、彼の帰国にはもう一つ、別の秘められた目的があった。二十世紀のはじめに登場し、歴史上はじめてバルカン半島をフィルムに収めた映像作家マナキス兄弟についての記録映画を作ることである。彼はそのために、マナキス兄弟が未現像のまま遺したとされる幻のフィルムの行方を求めて新たな旅に出る。

最初に向かった土地は、アルバニアだった。彼はその国境の前で、強制送還させられる一群の男どもを見、何十年ぶりで妹に会いにいく一人の老女を道連れにする。まずこのシーンで、アメリカ帰りの映画監督と、バルカンの住民に対してもつ国境の意味が、根本から異なることが暗示される。Aの前で、国境はまるで魔法のように、あるいは暖簾《のれん》のような気安さで聞かれてしまう。それは、彼がアメリカ国籍だからなのか、あるいは偶然、ないし一種の恩寵だろうか。いずれにせよ、幻のフィルムに対する彼のこだわりが、妄執の色を強めるほどに、彼の身体に課されるべき試練は和らぎ、その旅に見出している目的も見失われていく。

「あんた、何か探しているのか」というタクシー運転手の問いにも、Aはその目的をはっきりと告げることはできない、現代のオデュッセイアたるAには、目標こそあれ、厳密な意味での目的はなく、いわばそれを見つけること自体が旅の目的なのだ、

アルバニアからマケドニアへと逆時計回りに方向を転じた主人公は、次にマナキス兄弟の博物館があるモナスティルを訪ね、さらに首都スコピエを経由して、ブルガリアに入る。そこで彼は、パスポートの不備を理由に、国境駅の検問所で取調べを受けるのだが、その際、唐突にも、第二次大戦のさなか、ブルガリア陸軍から国家反逆の罪で銃殺刑の判決を受けた（後に減刑となる）マナキス兄の霊が彼に乗り移ってくる。

国境線上で起こったこの事件は、一見、映画監督Aの人となりを根本から変容せしめてしまうかのように見える。少なくとも、マナキス兄はその経験をぬぐいがたい傷として記憶に刻みつけたことはまちがいない。ところが、現実に主人公Aの身に生じたのは、むしろ一段と深い「退行」

であり、一種の「人格喪失」だった。魂をのっとられたAは、この後、あたかも陽炎のようにみるみる自分の存在感を失っていく。

退行、そして人格喪失の危機は、あらかじめ、映画監督Aをこの旅へと駆り立てた動機でもあった。その彼を苦しめている内面の問いが、国境駅で検問を受ける直前のシーンで告白されている。映画をはじめてみた人間の目、あるいは、「カメラ・オブスキュラ」をとおして、はじめて動く世界を記録しようとする人間の目の、もっとも無垢で、プリミティブな驚きを取り戻したいという願望——。

Aは「最初のまなざし、失われたまなざし、失われた無垢」とみずからの言葉で表現してみせた。だが、「まなざし」と「無垢」の喪失は、映画百年の歴史がたどりついた宿命である以上に、アメリカに亡命した映画人たる彼自身の悲劇でもあったのである。「忘れようとしたが、どうしても心を離れない」幻のフィルムは、彼がその「最初のまなざし」を取り戻すための、言ってみれば、一種の回春術にほかならなかった。

「二年前、デロスでロケハンをしていた。太陽に照らされたまぶしい遺跡。私は壊れた彫刻の間を歩きまわった。おびえたトカゲが墓石の下に逃げ込む。どこかでセミが鳴いている。からっぽの風景、荒廃の雰囲気。その時、何かきしむような音が地の底から響いてきた。見ると、丘の上のオリーブの木が倒れていく。オリーブの木が、ゆっくりと孤独に自分の死にむかって倒れていく。倒れた木の衝撃でアポロンの彫像の首が落ち、首は獅子たちの像や、男根像の間を転がって、アポロン生誕の地とされる秘密の場所に着いた。わたしは、それを簡易カメラに撮った。が、出てきた写真を見てがく然とした。何も写っていない。角度を変えて、もう一度撮った。写らない。黒い闇しか写っていない。私が眼を失ってしまったのか。何度も何度もシャッターを切ったが、どれも同じ四角いブラックホールだ。やがて、太陽が沈んだ。海を見捨てたかのように。私も闇に沈んだように思えた」。

一九九二年十月のトルコ地震の余波を暗示すると思われるこのエピソードをとおして、Aが語ろうとするのは、目の全能性を信じるものに対する神の報復である（しかも彼が用いたのは、簡易カメラだった）。世界に対して、あるいは神と同じ鳥瞰的まなざしを注ぐ映像作家の傲慢に対する、と言い換えてもよい。永遠につづく静けさのなかで、神のまなざしを浴びることで恩寵の時を生きてきたデロス島での体験は、彼に、カメラとフィルムが全能ではないこと、世界のすべてを写し取ることができるわけではないこと、別の言い方をすれば、世界には撮し取ることができないものが存在するということを、知らしめた。

同時に、恍惚の体験そのものも報復の対象となった。なぜなら、恍惚とは神の怒りを忘れることを意味するからだ。孤児のように置き去りにされた日没後の海は、神の報復として彼が授かった盲目という罰であり、仮死の隠喩でもある。

では、なぜ、Aの前にそうした裁きが下ったのだろうか。大戦終結後、共産主義政権の支配するコンスタンザからギリシャに移民したAが、アメリカに亡命し、そこで築いてきた映画人としてのキャリアと、それはおそらく無縁ではないだろう。デロス島でのロケハンが暗示する映画の内容も、たぶんそれと深く関わっているにちがいない。

そしてここに、問題を解く手がかりが一つある。それは、映画のなかで一度だけ言及されるエイゼンシテインの存在である。

一九三〇年代初め、十月革命の理想にすでにつよい疑いを感じはじめたエイゼンシテインは、異教の神々のもとに生きるメキシコ土着民の生活にふれ、それまで彼が抱いてきた世界観を根底から揺すぶられた。ソビエトに帰国した彼は、永遠回帰的な時の流れに革命を、スターリン権力そのものを置くようになった。

メキシコ体験をきっかけとするエイゼンシテインのこの変貌を、主人公Aのデロス体験に比較してみると面白い。なぜなら、『ユリシーズの瞳』の主人公が遭遇しようとしているのは、むしろ、内なる永遠回帰的なまなざしに対する断罪だからである。「四角いブラックホール」の報いとは、神のまなざし（つまり永遠回帰のまなざし）ではなく、生きた人間の目で世界を見よ、という教えではなかったろうか。

2

『旅芸人の記録』以来、アンゲロプロスにとって国境とは、それを跨ぎ越えようとするもののゴルゴタである。いや、国境は、アンゲロプロスにとってというより、むしろ、世界にあふれかえる亡命者や難民にとって、恐怖と恍惚のすさまじいせめぎ合いが現出する、このうえなく危険で熱い場所なのだ、夜行列車の中で、マナキス博物館の女性館員とAが交し合う激しい抱擁が、どこか発情とでも形容するしかない動物的な匂いを放つのは、国境越えという特異な気分に二人が突き動かされているからだ。

その抱擁は、異なる性が境界を越えようとする、バタイユ的なエロティシズムにどこか似ている。しかし、エロティシズムの後光が、それぞれの個体性の崩壊、つまりは死によっていっそう煌めきたつのに対し、国境越えという行為には、つねにその後光に対する恐怖と不安がつきまとう。なぜなら、国境の向こう側とこちら側には、それぞれに別の法が存在し、一線を越えようとするものの行動と思考のメカニズムを暴力的に変えてしまうからだ。

アンゲロプロスの映画にはいくつもの印象的な国境のシーンがあるが、先に書いたゴルゴタとの連想においていうなら、おそらくアルバニア国境の鉄条網に磔となった死体が、もっとも衝撃的なものの一つといってよい(『永遠と一日』)。実存的ともいうべき生死の体験を強いられた人々とはうらはらに、映画作家Aの国境越えは、予定調和的ともいえる恩寵に導かれている。その恩寵の導き手となる「永遠の女性」的な存在が、『オデュッセイア』に登場するニンフ、カリュプソであり、妻ペネロペイアである。

アンゲロプロスが、このいずれの役も、同じマナキス博物館の女性館員であるモルゲンステルンに演じさせたのは、それなりの理由があった。というのは、妻ペネロペイアの行い、すなわち、夫の帰還を待ちわびつつ、果てもなく糸を紡ぎつづけた彼女の行いに、アンゲロプロスは、映画の隠喩（リール＝糸車）そのものを見たからである。

彼女（たち）の導きのもと、あるいは逆説的に思えるだろうが、遍歴者の前に立ちはだかるはずの国境は、幻のように消えていく。それを可能にしているのは、オデュッセイアの英雄的な行為でも、一種の聖杯として意味づけられた未現像のフィルムでもなく、まさにこれら「永遠の女性」たちだ。『パルシファル』や『インディー・ジョーンズ』にも似て、「聖杯」へと向かう道は、たとえどれほどに困難な障害が待ちかまえ、複雑怪奇な迷宮をなぞりつつも、本質においては、つねに直線である。

さて、コンスタンザに辿りついたAは、女性館員と一夜をともにしたホテルで、大戦後まもない少年時代の夢を見る。夢のなかのAも、やはり写真を撮る少年である。自己同一性に対する確信が欠落しているという点で、約半世紀の時を経たいまも、Aは何一つ変わっていない。だから、検問所でとりついたマナキスの霊は、マリオネットのようにAを操ることができるのだ。自分は、マナキス兄であるのか、それともAであるのか。

コンスタンザまできた女性館員に「愛することができない」と涙をまじえて告白するシーンで、アンゲロプロスが暗示するのは、肉的な存在である彼女を愛せない男の「自己喪失」である。ハーヴェイ・カイテルの逞しい肉体は、つねに受身に、仰向けのかたちでしか、女性を受け入れることがない。その無用な逞しさこそは、まさに現代のオデュッセイアの前に立ちはだかった不条理の現実でもある。

翻って考えるなら、「愛することができない」というこの言葉こそ、「個人的な旅」へとAをうながした動機の根本であり、デロス島で彼に突然襲いかかった神の報復だった。しかし、Aが喪失したのは、「はじめての瞳」だけではない。アメリカへの亡命の後に彼はおそらく、たった一つの信念、一つの「人類的な夢」も失ったのだ。主人公Aは、いま、はじめての瞳への道を辿りながら、青春時代に追い求めた夢をもう一度、掘り起こそうとしている。

ブカレストの港で彼は、衝撃的な光景に出会う。オデッサの港から切り刻まれて運ばれてきたウラジーミル・レーニンの像である。クレーンによって、ヨカナーンの首のように持ち上げられるシーンが物語るのは、いうまでもなく、国境なきユートピアの終焉であり、人間の理性に根ざした共同体の崩壊である。

寸断された白亜のレーニン像は、ガラス片のように破砕したソビエト連邦の、あるいはチトー政権下でのユーゴスラヴィアの隠喩となる。一方、レーニン像を積んだ艀《はしけ》の舳先に立つAの姿には、かつてパリに学び、五月革命に熱狂したA＝アンゲロプロス自身の像が重なりあう。レーニンと理想の埋葬をみずからの手で執り行うA――。ドナウのほとりで膝を屈してまでレーニン像に十字を切る民衆をまのあたりにした彼は、「理想」を追い求める虚しさをいやというほど思い知らされたことだろう。

3

「ここはサラエボか、ここはサラエボか」――。戦火のサラエボに着いたAは、そう声をあげる。その声は、Aの魂と身体がすでに現実の歴史と同じ線のうえを歩んでいないことを意味する。カメラのフォーカスへと向かって走っていく彼の前方を、ポリタンクを抱えた市民が横断する。映画博物館の館長イヴォ・レヴィ（エルランド・ヨセフソン）に、フィルムの現像をうながす言葉にも、歴史の重さ、現実のリアリティは感じとれない。イヴォ・レヴィは言う。「たとえ現像に成功したとしても、この虐殺のなかで何の意味があるのか」。

いっぽう、Aは、「戦争と狂気と死の、そんな時代だからこそ」現像する意味はあるという。しかし、Aの口からその理由はついに明かされることはない。ユダヤ人レヴィとAの間に、芸術の有効性をめぐる意見の対立があることが浮き彫りにされる。にもかかわらず、レヴィは決断する。「一九九四年十二月三日、次第に大きくなる輪を描いて私は生きる。いろいろな物の上に載る輪を、最後の輪を閉じることはできないだろうが、これを試してみよう。最後の大きな輪を。私は神のまわりを回る」。

レヴィがここで言う「次第に大きくなる輪」とは、時間の経過とともにリールに厚く絡めとられていくセルロイドの層――、つまり死に向かって加速する彼の人生そのものだ。「最後の輪」が閉じられるとき、もういっぽうの生というリールは空になる。しかし最後のもっとも大きな輪が、白い闇のなかでの銃殺という恐ろしい事態によって閉じられるなど、Aは予想もしていない。十二月三日という具体的な日付には何らかの意味があるわけではないが、歴史的には、ボスニア救済のための会談が行われ、四ヶ月間の休戦協定が結ばれた時期にあたり、その日付によって、映画の最終シーンのもつ歴史的な奥行きが暗示される。

三巻のフィルムは現像に成功した。その成功を（そして休戦協定を）寿《ことほ》ぐかのように、サラエボの町を霧が覆う。フィルムが乾くまでのわずかな時間、レヴィの娘（モルゲンステルン）とAは、再会した恋人同士のように抱擁を交わしあう。

だが、「サラエボで踊るなんて夢のようだ」と一言発した彼の心に、突き上げるような喜びはない。なぜなら、Aの旅は完遂しておらず、そもそもレヴィの娘は、「最後の」ペネロペイアではないからである。では、Aの故郷はどこにあるのか。マナキスの未現像フィルムを手にしたAは、故郷にたどりついたのではなかったか。そうではない。なぜなら、この旅はユリシーズたるA自身の死によってしか完結しないからである。

映画館長のレヴィは言う。「ここでは霧の日は祭りの日なのだ」。たしかに霧は、いっさいの境界線を失わせ、時間を消しさり、人々を解放へと導くだろう。だが、霧は闇と同じく、いっさいの無法をはびこらせるカーニバルの空間でもある。国境が存在しないなどと考えるのはまやかしであり、霧の日にも、厳然とそれは存在している。

白い闇のなか、壁に仕切られた居住区では、セルビア人、クロアチア人、回教徒からなる「民族混成交響楽団」が音楽を奏で、二人の男女は、引き裂かれた恋人たちの物語（『ロメオとジュリエット』）を演じる。これらの断片的な映像は、ごく瑣末なエピソードではあるが、映画全体のテーマを同心円状になぞるものだ。やがて、砲弾によって穿たれた映画館の壁の穴に太陽の光をまぶした霧が這いこみ、レヴィとAはしばらくそこにたたずむ。この映画館こそ、まさにカメラ・オブスキュラそのものであり、穿たれた穴とは、写真、あるいは映画という、光と闇のコントラストによって織りあざなわれる芸術の原点であり、さらにいうなら、芸術と現実の接点でもある。

さらにレヴィとAは、この穴を通って現実の世界へと這い出していく。そこで彼らを待ち受けていたのが、歴史であり、「神」の報復であった。

墓地に近い公園を散策中、レヴィとその娘、家族全員が銃殺される。その殺害のシーンは、深い霧によってAから目隠しされる。彼らは霧の犠牲者であると同時に、この無力なるオデュッセイアの傲慢と好奇心の犠牲者である。

霧のなかでは、神でさえ過ちを犯しかねない、と復讐の血に飢えたセルビアの民族主義者たちは殺人を正当化する。完全な無力をさらけだすA、盲目となったA。その白い闇は、デロス島でAを絶望に突き落とした「四角いブラックホール」であり、蝕である。映像作家たるAから現実を遮断し、覆い隠したもの、それは、彼が取りつかれた幻のフィルムではなく、じつは、「カメラ・オブスキュラ」に留まりたいという欲望そのものなのだ。ここに隠されているギリシャの主題は、オデュッセイアよりもさらに文明化されている。仮に、この盲目と傲慢のモチーフを手がかりに神話を手繰りよせるとしたら、それはオイディプスの神話に他ならない。

永遠の妻ペネロペイアはオデュッセイアの帰りを待ちわびながら、毎日、糸を紡ぎつづけた。そして奇しくも残されたマナキスのフィルムが描きだしていたのも、糸を紡ぐギリシャの女性たちであった。彼女たちは、オデュッセイアの野心に虐げられた犠牲者たちともいえる。彼女たちが紡ぐ糸は、映画のリールのようにより大きな輪を描いていく。糸を紡ぐ女性にカメラを向けたマナキス兄弟は、はたして、それが、リールにフィルムを巻きとる自分の姿でもあることに気づいていただろうか。

マナキス兄弟の未現像フィルムに取りつかれた主人公のAが、越境のモチーフに絡め取られたアンゲロプロス自身の分身であることはおそらく疑いない（Aとはアンゲロプロスの頭文字でもある）。アンゲロプロス自身、インタビューの中で、少年時代に経験したギリシャ内戦について、「死、別離、武器をとって街頭に出ろと呼びかけ、夜に響き渡る歌。そしてそれから銃声」とともに長い年月を生きてきたと答えている。

しかし、それだけでは、国境のモチーフに対する執拗ともいえるこだわりは明らかにならない。国境越えの恐怖を、あるいは恐怖を感じることなく国境を越えるものたちに対する断罪を、彼はなぜ、いつ、どこで手に入れたのか。半壊した映画館の闇のなかで、「最初のまなざし」を見通したAは、フィルムの白い闇に向かい、胸に手を押しあてながら、つぶやく。

「今度わたしが戻るときは、他人の服を着て、他人の名をなのり、唐突に戻るだろう。君が私を見て夫ではないと言ったら、印を見せよう。信じられるように。庭の隅のレモンの木のこと、月光の入る窓のことを話し、身体の印を見せよう。愛の印を。二人して昔の部屋に登ってゆき、何度も抱き合い、愛の声を上げ、その合間に旅の話をしよう。夜が明けるまで。その次の夜も、次の夜も、抱き合う合間に、愛の声の合間に、人間の旅のすべてを、終わりなき物語を語りつづけよう」

叙事詩『オデュッセイア』のモチーフを素直になぞるこの台詞を、Aは、ほとんど茫然自失のまま朗読する。「他人の服を着て、他人の名を名乗り……、そこに秘められた思いとは、つねに「その印」をあばかれ、無名性のなかに沈むことのできなかったヒーローの、切なる祈りではないだろうか。

他者のまなざしによって纏《まと》わされたアイデンティティという衣服、そのまやかしの衣服を脱ぎすてたときこそ、みずからの「最初のまなざし」を取り戻すときだ。映画のラストで、主人公Aは、マナキス兄弟の「最初のまなざし」を手にし、終わりなき旅の「目標」にたどり着く。

だが、みずからの掌に握られた「目標」にどのような意味があるというのか。留まることをしらない遍歴者のAに残された放浪とは、みずからの「瞳」を針で突き刺したオイディプスの放浪であり、そうすることでしか、現代のオデュッセイアは、自らの人生のまことの主人公とはなりえないのである

分人たちの原罪

平野啓一郎『決壊』を読む

身体感覚としてのサスペンス

平野啓一郎の『決壊』は、二十一世紀日本の黙示録である。

このような物言いを、月並みと呼ぶ読者もいるにちがいない。だがインターネットの登場によってにわかに出来した「終わり」の光景を、これほど分厚いリアリティで描ききった作品を私はほかに知らない。四百字詰め原稿用紙で千五百枚。現代日本文学では、長編小説の領域に入る。読了に費やした時間は約八時間――。

しばしば言われることだが、長編小説には、読者の持続力を切らさない文体のリズムが求められる。その文体が、読み手のリズム感覚にどこまで合致できるかが、成否の決め手となる。むろん、万人の好みに合致する文体などというものは存在せず、作家は読み手がそれぞれにもっているリズム感を、みずからの文体に馴化させるための努力を惜しんではならない。しかし、他方、作家の側からは、Eメールやチャットでのコミュニケーションに慣れた現代の読者の生理に、どこまでおもねる必要があるのか、という疑問も生じてくる。むしろ、読者のリズム感覚を攪乱《かくらん》する長編小説の文体があってもよいのではないか。

平野啓一郎の『決壊』を読みながら、真っ先に思い浮かんだのが、長編小説の文体はどうあるべきか、という問いだった。その点、平野は、読者へのおもねりと読者の拒絶という硬軟両様の手法を使い分けながら、いささか強引とも思えるほどの独自のスタイルで、読者を物語の世界に吸引すべく腐心した。つまり、さまざまなレベルの文体を自由自在にコラージュすることで、読者を不安な心理状態に置くのである。現代の読者の想像力はすでに摩滅し、とりわけ、視覚的レベルにおいて多少のショックには反応しなくなっている。したがって、読者をたんなる観察者の立場に置きざりにしたまま、映像的なショックを与えようとしても、失敗に終わることは目に見えている。それよりも、一種のゲリラ的手法でもって読者を現場に立たせ、当事者たらしめる。作家の力量が試されるのは、まさにその点だ。

このような観点から見ると、『決壊』の世界は、じつに多様な文体によって織りあざなわれていることに気づく。親子の間で交わされる山口弁、韓国語の挿入、テレビインタビューの引用、落ちこぼれた子どもたちの会話、ネット関連の専門用語、ウェブの掲示板などで発せられる隠語の数々、それらに混じって、時として極度に唯美的な文章が顔を出し、一種の未来派的な人工的な文体が強引に割り込んでくる。こうして作者は、読者のリズム感覚を翻弄し、彼らの身体感覚を研ぎ澄まし、サスペンスならではの臨場感を醸成していく。

ちなみに、「サスペンス」とは、ある状況をめぐる不安な心理状態を言うが、『決壊』の平野がめざしたのは、多層的な文体とプロットが等分のストレスにおいて読み手の神経を宙吊りにし、その身体感覚を金縛りにする純文学的手法だった。

悲劇とは何か?

『決壊』を読み終えた私の脳裏に、浮かびあがってきたいくつかの言葉がある。パセティックな陰りを帯びたそれらのいずれにも、「グローバル時代」と「悲劇」の二つが含まれていた。今、ことあたらしくグローバル時代の何たるかについて語ることはひかえよう。それよりも、「悲劇」としての意味について考えなければならない。

アメリカの批評家G・スタイナーは、『悲劇の死』で、悲劇が否応なくはらむ不条理とは、人間が、犯された罪よりもはるかに重い罰を引き受ける点にある、と述べている。また、現出する悲劇がいかに悲惨な色合いを帯びるにせよ、最終的にそこに「償い」が保証されている限り、物語には「正義はあっても悲劇はない」とも言う。

スタイナーが後者の例として挙げるのが、「ヨブ記」である。ご存知のように、「ヨブ記」に登場する義人ヨブは、悪魔による果てしない試練のなかでもろもろの幸せを奪われながら、ひたすら神を求め、ついには神から最大の祝福に与《あずか》った……。

山口県宇部市に住み、さる薬品会社に勤務する平凡なサラリーマンの一家に、ある日、まさに不条理としか言いようのない災厄が襲いかかる。大阪に出張に出た一家の主・沢野良介が、突如、行方不明となり、京都市内のラブホテルの一室で、バラバラな惨殺体となって発見されるのだ。いったい彼は、どのような罪を、この惨《むご》たらしい罰で贖《あがな》わなくてはならなかったのか？

容疑者として最初に浮かびあがったのが、良介の兄の崇だった。良介が行方不明となった日の午後、出張先の大阪で彼が出会った最後の人物、ということで容疑が深まった。

国会図書館に勤める崇は、海外での勤務経験もある東大出の独身エリート。その端正なマスクで、女性たちから愛され、現実に何人かの女性と関係をもち、弟良介の妻とも、ひそかにメールのやり取りを続けている。

四十日以上に及ぶ拘留期間中、京都の周辺区域で、良介の身体の一部と思しきものが次々と発見され、同時に全国各地で類似の事件が多発するなど、崇の無実は一見ゆるぎないものに映るが、事件の一人歩きを押しとどめることはできず、曲解された事実の堆積の前で、必死の無実の主張も空しい。メールでの相談相手となった良介の妻、自分の母親からさえ疑われるありさまである（「良ちゃんを殺したのが、崇で良かった」）。だが、崇は、もちまえの知力を動員し、警察の取り調べに頑強に抵抗していく。

事件は、真犯人の「悪魔（６６６）」が、ラブホテル内での虐殺現場を映したビデオを警察に送付したことで全容が明らかとなり、崇は無事釈放となる。驚くべきことに、「悪魔」がホテル内での残虐な殺戮行為に利用したのは、中学校二年の少年だった。他方、無罪放免となって胸をなでおろしたものの、崇はなぜか、謎の犯人との共犯者意識から逃れられない（「自分が良介殺害の共犯者だったのだと言われても、止むを得ないのかも知れない」）。

スタイナーが定義する「悲劇」の主人公が、第一に、惨殺された沢野良介であることはまちがいない。また、みずからが犯した罪よりもはるかに重い罰を引き受けるという意味において、崇も含めた近親者たちの存在も、例外なくその当事者と言える。さらには、償いも報いももたらされないという意味で、バラバラにされた夫の身体の記憶とともに生きる妻の佳枝や、自殺する父親のいずれもが悲劇の当事者ということになる。良介の遺族に対して貼られる外的レッテル（風評）は、時とともに彼らの内側から傷痕へと反転していく。

有罪性と分人

しかし、平野がこの小説でとくに問題視したのは、無罪放免となった崇における「有罪性」の意味ではなかったろうか。作者の巧みな導きにもよるが、読者もまた、最後まで崇が有罪であるとの予感を拭うことができない。読者は、何より崇＝悪魔の分身関係に疑いの目を向ける。

では、現実に、崇の何が有罪だというのか？

沢野崇の有罪性は、一見、あまりに世俗的な外形をまとっている。結論から言うなら、崇が新たに背負わされた罪とは、原罪である。では、原罪を犯す、などという表現自体が成り立ちうるのか？

アダムとイブの楽園追放のきっかけとなる原罪とは、端的に言えば、神の支配のもとでの一対一の関係性からの逸脱である。禁断の果実が、無垢という黄金を二人から奪いとった。端的に、一組の男女が、アダムとイブであることをやめた。

ネット世界に通じた崇は、複数の女性とメールをやりとりし、複数の女性たちと性的関係をもち、なおかつ、みずからのうちに脈打つ自殺願望を自覚する。まさに自己分裂そのものを絵に描いたような男である。では、崇は私たちの現代、というよりネット社会において、特異かつ例外的な存在なのだろうか。むろんそのようなことはなく、むしろ現代人の基準に照らし、ある意味で、陳腐すぎるほどの行動パターンを反復している。では、なぜ崇の行動のみが、読者の脳裏に「悪魔」との連想を呼び招くのだろうか。

それは、エリート公務員、崇の「孤高性」にある。端的に言って、崇は生贄《いけにえ》なのだ。

四十日余りに及んだ拘留中の最終段階で、崇は、担当の刑事から「あんたが殺したんやな、弟さんを」と責め立てられ、一瞬、自白の誘惑にかられる。それはたんに、友人のコメントにある「拘禁反応」の結果ではない。平野の描写を少し長めに引用してみる。

「……取り調べで拘留されてた最後の方だけれど、俺は犯人が、自分の分身なんじゃないかという妙な妄想に囚われて、本気でそれを自白しそうになってた。ポーとか、ドストエフスキーとかの二重人格の物語みたいに、ひょっとしたら、自分から遊離したもう一人の俺が、あれをやってるんじゃないかって。——馬鹿げてるけど、その時は、真剣そのものだったよ……」

自白の衝動が、かりに「拘禁反応」に由来するものであっても、崇はその衝動に、そうした合理的な説明とうらはらな、何かしらみずからの存在になまなましく関わる、「二重人格」の意味を見出していた。思うにこれは、後に平野が「分人」と呼ぶ存在様式の最初の発見だった。「二重人格」(分身)にしろ、分人にしろ、その特異な存在形態に示されているのは、いずれにせよ、「一」としての統合性を失った人間の悲劇である。

「僕はもうね、一人って数えられるのを止めてもらおうと思ってる。いつもね、沢野さんたちって複数形で呼んでもらおうかと思って。ははは！　冗談だよ」

では、なぜ、この「分人」が強い禁忌をもたらし、死に至らしめるほどの罰を崇にもたらすのか。分人、すなわち自己の複数化は、かつてのキリスト教的な倫理にしたがえば、許されざる傲慢の罪に帰結する。キリスト教圏の社会には、それを断罪する倫理的な規範が存在していたが、現代の日本にそれはない。結果、崇は、まさに神の断罪を、みずからの内在的な声として受け入れなければならなくなる。

生贄である崇の罪とは、電脳空間にはまり、つかのまながらも全能的感覚に酔いしれる、すべての人間に帰すべき罪である。現代に生きるすべての人間が自覚しなければならない罪であるにもかかわらず、その有罪性に気づいているものは少ない。崇はその崇高性において、その有罪性に気づく最初の犠牲者なのだ。

分身と使嗾《しそう》

『決壊』では、「人格崩壊」の二つの姿が描かれる。単純化して言うなら、手を染める者と手を染めない者の親和。沢野良介を殺したのは、「悪魔」という名前に象徴される全人類的な、連帯化した無意識である。そして、その集合的な無意識の上に君臨しているのが、沢野崇ということになる。「悪魔」は、あくまでも崇の欲望を率先して実現しようとする使い走りでしかない。その意味で、崇と悪魔との間には、確実に審級が存在する。

この構図は、否応なくドストエフスキー『悪霊』との連想を呼び招く。

沢野崇を構築するにあたり、かりに作家平野が、ニコライ・スタヴローギンをイメージしていたとすれば、良介こそは、五人組の革命家集団によって惨殺されるイワン・シャートフである。他者の死の願望にからめとられたスタヴローギンの周囲には、その願望を代行しようとする「悪霊」たちが集いあう。

革命結社を自在に操るピョートル・ヴェルホヴェンスキーこそは、666こと悪魔であり、彼が差し向ける具体的な刺客が、懲役人フェージカ（友哉）である。流刑地帰りの「悪魔」フェージカが、黙示録の熱心な読者であることは、ここで改めて思い起こされてよい。

良介を殺害した悪魔は、崇の無意識のなかにひそむ普遍的な眺望を免れ、彼自身が運命のシンボルとなり、なおかつ全能者としてふるまう。圧倒的な印象を呼び起こすのは、崇の分身である「666」こと「悪魔」が、「孤独な殺人者」を夢見る十四歳の少年を使嗾するレトリックのみごとさだ。「殺人は、太古の昔から今日に至るまで、一日として例外なく行われてきたことだ。自然死と同じくらい自然にね」「殺人こそは、もっとも人間的な行為だ」「殺人は、人間の必然だ」「あなたは殺す人間として、世界に選ばれている」「いいか？　一対一で一人の人間を殺す。こんな方法は無意味だ。我々は、一個の主体として殺人を行ってはならないのだ。そうではなく、純化された殺意として、まったく無私の、匿名の観念として殺人を行う」「いずれも、殺人者は存在せず、ただ、殺意だけが黙々と、まるでシステム障害のように止める術なく殺人を繰り返す！　人々は、挙ってこの世界から離脱するだろう」

もう一つ、使嗾者にして黙過する神としての崇の、不気味な正体を浮かびあがらせる印象的な場面がある。堀川沿いのホテルで千津との情事を楽しんだ崇が、ホテルの窓越しに、良介の遺体の発見現場となった三条大橋の方向を眺めやる場面である。驚くべき『悪霊』との類似——。

宿命としての自殺

人間を分人に分化させる最大の媒体とは、インターネットであり、それ以外の何者でもない。インターネットによって、人類は分人という原罪を背負い、一つの共同体（ネットワーク）を形作った。そこにはもはや個人の、個別の犯罪は存在せず、全員が等し並みに連帯責任の罪を問われる。

では、日々刻々と膨張する分人たちの共同体を解体に導き、一対一の新しい黄金時代を作ることは可能なのだろうか？　それともわれわれは、次の新しい段階の悲劇に向かって、不可避の歩みを続けなくてはならないのか？

崇が辿り着く絶対的な個人という境地は、ことによると、分人の悲劇を分かちもつ崇にとっては救いの道となりえたかのように見える。しかし、それは錯覚だった。死者の声に耳が届かず、他者の痛みに共感できない彼に聞き分けられるのは、自分の声、果てしないモノローグである。モノローグは、悪魔の論理を、そのままそっくり自死の論理に置き換えていく。

「自殺は、太古の昔から今日に至るまで、一日として例外なく行われてきたことだ。自然死と同じくらい自然にね」

「自殺こそは、もっとも人間的な行為だ」

狂気とは、現実と非現実との境界が失われた状態をいうが、非現実のなかに現実の自己があり、現実のなかに非現実の自己が紛れ込む。自己と自己の果てしない往還、それが狂気であり、狂気の世界では、モノローグの言葉が、唯一の命令者の言葉となる。他者の声を聞くことのできない崇は、否応なくみずからの声にしたがうほかない。歴史と自然のメカニズムに飲み込まれ、そこに自分の声しか聴くことができなくなった分人の宿命である。圧倒的な自意識の戯れのなかに、根源的な生の願望は生まれない。崇は呟く。

「あそこに横たわっている死体と一体となりさえすれば」

『……俺はただ、捏造された自身の苦痛を、新鮮に保ち続けることでしか、生き続けることができない。痛みはつまり、ダイモーンの声だ』

自死に際して、崇は涙を流すことになるだろう。しかしその涙は、この地上から失われんとする自分の生命を惜しむ涙ではない。稲毛駅のプラットホームでの自死の場面が、すべてを物語る。分人の先駆者ドン・ジュアンの最期を思わせる崇の最後は、おそろしく人間的な輝きに満ちている。

「フロントガラス越しには、憎悪に満ちた、運転手の必死の形相がはっきりと見える。

崇は、涙に濡れた目で、静かにそれを見つめた。轟音の渦中に一つの沈黙が冴えて、意識のあらゆる地表に、凄絶な火花が炸裂した」

沢野崇は、人類が避けがたく突き進もうとする悲劇の、最初の犠牲者として死ぬ。崇の目に浮かぶ涙こそは、世界の最後の良心であり、なおかつ、楽園を喪失した世界との決別の涙である。

今、ドストエフスキーを読み直す

対談　平野啓一郎×亀山郁夫

なぜドストエフスキーなのか

平野『カラマーゾフの兄弟』（以下、『カラ兄』）に続いて、新訳『罪と罰』（光文社古典新訳文庫、全三巻）も残すは最終巻のみですね。

亀山この一年半は『罪と罰』の翻訳にかかりきりでしたが、七月に完結します。『カラ兄』が思いのほか多くの読者に恵まれ、『罪と罰』の新訳もできたことはうれしいですね。

平野ドストエフスキーがいま再び読まれている理由はいくつかあると思うんですが、一つには私たちが他者の問題に直面しているからだと思います。

二〇〇〇年以降、他者の問題を真剣に考える契機が二つありました。一つは九・一一の同時多発テロであり、もう一つは、ウェブ2・0といわれているインターネットの世界の出来事です。

それまでの一九九〇年代は、八九年に冷戦が終結し、アメリカの独り勝ちのような時代で、イデオロギー対立や他者の存在に対する意識が稀薄な時代でした。なんとなく、世界が暫定チャンピオンのアメリカを中心に世界がまとまり、わかり合えるような幻想があった。また、ポストモダン的な懐疑があって、何かを正しいと信じるのが難しく、人生の方向も見えにくい時代でもあった。

それが、九・一一によって幻想を打ち消すような、距離的に圧倒的に遠い他者が、自分たちなりに信じるものをもって登場した。他方、インターネットの世界では、例えば世代といった括りを無効にするような、他者の圧倒的な多様性を経験したんだと思います。

距離的に遠い他者が来て、他者の多様性も明らかになった時代に、もう一度、他者とどうやってコミュニケーションが取れるのかということを真剣に考える時代になった。

そのときにドストエフスキーに惹かれるのは、それが、最後まで絶対にわかり合えないような他者たちが、自分の信じるものを、あるいは信じないものを語り合っている世界だからだと思います。例えば、『悪霊』を見ても、最後まで誰一人として、お互いに「あいつの言うことはもっともだ」ということにはならない。

亀山 聴き入ってしまいました(笑)。いわゆるドストエフスキー・ブームの渦中にいると、見えないものもあります。そういう意味で、平野さんの分析は非常に興味深いですね。

『カラ兄』から『罪と罰』の時代へ

亀山 二〇〇八年の六月、秋葉原で無差別殺傷事件が起きましたが、平野さんの小説『決壊』(新潮社)の刊行もちょうど同じ時期でしたか。

平野 そうですね。事件の二週間後ぐらいでした。

亀山 『決壊』も無差別殺人を扱った作品ですが、ネット社会の闇に蔓延する悪意、あるいは犯罪と赦しといったアクチュアルなテーマを盛り込んだ傑作だと思いました。秋葉原事件との関連から、平野さんも発言を求められたんじゃないかと思います。

事件の一ヵ月後、実は私はNHK文化センターの講座の最終回で、「もう『カラ兄』の時代は終わりました。これからは『罪と罰』の時代です」と宣言しました。それは、秋葉原事件のもつ得体のしれない恐ろしさが、『カラ兄』を凌駕してしまったということを念頭に置いていっていました。

『カラ兄』のテーマは「父殺し」です。この「父殺し」は少なくとも人間の普遍的なテーマとして存在していても、われわれの心の内部で世代を超え、父という観念が恐ろしいくらい退化してしまった。

とすると「父殺し」が現代においてどれくらいインパクトをもちうるか、という点に疑問を感じ始めたのです。

『罪と罰』といえば、「ナポレオン主義」という選民思想にかぶれ、金貸しの老女アリョーナと、その年の離れた義妹リザヴェータを殺害したエリート青年ラスコーリニコフが、一人の優しい娼婦ソーニャとのふれあいによって罪の意識に目覚めるというのが、ごく一般的な理解です。しかし、私が翻訳を進める中で感じたのは、青年の傲慢さよりも運命の力、神の力あるいは神の悪意です。時代錯誤的といわれるかもしれませんが、不思議なことに、逆にそこにリアリティを感じたのです。

秋葉原通り魔事件によって明らかになった恐ろしさというのは、私なりの視点からいうと、そこで犯された犯罪の少なくない部分が、かなり運命的なものを感じさせるというか、運命の悪意です。にもかかわらず、その責任を人間が個人としてすべて引き受けなければならない点です。それは『罪と罰』に通じるものといってもいいでしょう。

平野『決壊』を書くときに、自分なりに悪の問題について考えようと思っていました。しかし、小説家としてやればやるほど、取り組み甲斐がないのが、実は悪の問題じゃないかという気がすごくしたんです。悪という問題は、神秘化してしまうことが一番よくないんじゃないかと思うんです。悪というのは、いくつかの問題が複雑に絡みあっているので、できるだけ即物的にアプローチしていくほうが現実的にはいいはずなんです。

しかし、悪のわからないところを神秘化して、それに取り組む作家も善の側の人間として神秘化される、あるいは悪に理解を示す人間として神秘化される。これが一番よくない。精神医学や社会学など、さまざまな分野が具体的に悪の問題にアプローチしている中で、文学が神秘的な悪というものをある種捏造して文学のテーマにするというのは、何かすごくつまらない気がしました。

ドストエフスキーの小説を読んで、悪の問題が本当に出てくるのかと考えるわけですが、結局、ドストエフスキーの世界は、悪の問題を扱っているというよりも、ものすごく単純化すると、信じるか信じないかという、そのいずれかの世界なんじゃないかと思ったんです。つまり、何かを信じるか信じないかという地点から世界が立ち上がっている。

現在のように、何を信じていいのか、何に寄り添って生きていったらいいのかわからない時代には、ドストエフスキーの世界はインパクトをもっているんじゃないかと思います。

亀山　いま、信じるか信じないかということをおっしゃったけれども、『罪と罰』は、読者が信じることなくして本当に読むことができるのかどうか。つまり、作品には神と信仰の問題が出てくるわけですが、神の存在を信じることなく、この小説はどこまで読めるのかという点に疑問が残ります。

六十歳になって私ははじめて、神とか運命といった超越的な存在を、どこかで意識できるようになった気がします。病的な自尊心をもってしまった独りの青年が、なぜ罪を犯すのかというとき、ドストエフスキーが描こうとしているのは、半分ないしそれ以上、ある意味で、神の悪意ともいうべき部分なんですね。

こういう読み方は、キリスト教が普遍的な力を失った時代の後では、ナンセンスだとされてきました。しかし、九・一一以降、いわば神と人間が剥き出しに対峙する時代に入って、ドストエフスキーの読みかえが必要なんじゃないかと思えるようになりました。実存主義的なアプローチと同時に、運命論的なまなざしというものの必要性です。

ラスコーリニコフは殺人を犯してもまったく反省の色がないし、むしろどこが悪いのか、と完全に開き直っている。この徹底した反省のなさに、ものすごいリアリティを感じるんです。

平野 実は僕も同じ印象をもっています。『カラ兄』では、最後には敬虔な三男アリョーシャに代表されるような、ロシア正教というセーフティネットみたいなものがある。しかし、『罪と罰』にはそれがない。そういう意味では『罪と罰』のほうがある意味、先鋭的です。

おっしゃるように、ラスコーリニコフは最後まで、あのシラミみたいなばあさんを殺してなぜ悪かったのか、いまいちピンと来ていない。

亀山 そうなんです。なぜ、そんなピンと来ないテーマを、ドストエフスキーはあの時代に描いたのか。そのヒントは、一八六〇年代のペテルブルグにあるんじゃないかと考えています。

ネット上の「本音」と格差

平野 以前、『読売新聞』(二〇〇五年八月十五日、十七日付)の座談会で苅部直さん、池内恵さんと三人で話したときに、今の日本と『罪と罰』に描かれる一八六〇年代のペテルブルグの雰囲気は、ちょっと似ているんじゃないかという話をしたことがあるんですね。

亀山 そうですか。実は私も同じことを感じていて、いろいろな場所で話していました。

平野 『罪と罰』に引きつけていうと、やっぱり、ナポレオンの存在が大きいと思うんですよ。

ナポレオンがヨーロッパから来て、これまでロシア人が信じてきたものを壊してしまった。しかも、多くの人間を殺していながら、英雄とさえいわれている。それを考えれば、高利貸しのばあさんが一人ぐらい死んでも誰も困りはしないし、自分が大事業を成し遂げるために殺して何が悪いというラスコーリニコフなりの理屈は、それはそれとして筋が通っている。当時のペテルブルグのインテリの中には、こういうニヒリスティックな考えをもつ人間がいたと思うんです。

ラスコーリニコフ的な考えは、例えば、秋葉原事件の被告が書き込んだ「勝ち組はみんな死んでしまえ」が象徴的ですが、あるいは「殺されても仕方がないやつがいる」のような、ネット上に一部とはいえ「本音」として語られているような雰囲気と通底していると思うんですね。

亀山 そうですね。勝ち組と負け組の二分化を肯定する、弱肉強食的な意識の勃興が、『罪と罰』の根底にある。平野さんのおっしゃるインテリの中には、ラスコーリニコフを追いつめる予審判事ポルフィーリーもいると思いますよ。彼は、ラスコーリニコフの思想になかりシンパシーを抱いている。そうでなければ、「太陽におなりなさい」とはまちがってもいわないと思います。彼はことによると、自分の隠された理想の代行者としてラスコーリニコフを見ているような気がするんです。では、現代の日本と、当時のペテルブルグの歴史的な共通性はどこから生まれてくるかというと、それは一八六一年の農奴解放です。農奴解放と同時に何が生まれたかというと、お金という新しい神です。

平野 なるほど。

亀山 それまで全国民の九割を占めていた農奴は、お金とはほとんど無関係な世界に生きてきた。それが農奴解放によって、初めて自分の身をあがなうという問題が生じる。要するに、お金が必要になったんです。そこでまず、お金が新しい神として登場したわけです。

農奴解放以前のロシアでは、いくつかの県で地主殺しが頻発しはじめていました。ドストエフスキーの父親も農奴に殺されましたし、ペトラシェフスキーの会の盟友で、ドストエフスキーが「ぼくのメフィストフェーレス」と呼び、バクーニンとならんで『悪霊』のスタヴローギンのモデルともなったニコライ・スペシネフという革命家の父親も、農奴に殺されています。

しかし、九割の農奴たちと一割の強者は、キリスト教の神の下に、あるいは皇帝のカリスマ的な威光の下で、二〇世紀まで続いても不思議はない、安定した世界空間をつくっていました。それが、アレクサンドル二世の農奴解放令によって、すさまじい混沌状態に陥ったわけです。手なずけられていない自由ほど恐ろしい動物はいない。

つまり、一八六一年から六六年までの五年間に、多くの逃亡農民たちが、大量にペテルブルグになだれ込みました。そのときの農奴たちと、そこへシベリアの流刑地から帰還したドストエフスキーには、二極化された世界が壊れ始めたことに対する戸惑いと恐怖があったと思うんです。

一方、日本では二〇〇〇年以降、経済的な格差が拡大し、二極化が始まったわけです。この二極化の終わりと始まりに、言葉は正確ではないかもしれませんが、ある意味でエントロピー的ともいうべき状況が生まれた。ベクトルは別の方向を向いているけれども、こういう交差する時点が、この二、三年の間にあったんじゃないかと思っています。

平野 やっぱり、秩序が危機に瀕しているときの感じなんだと思うんです。

メディアの問題

平野 僕にとっては、メディアの問題を考える上でも、ドストエフスキーは面白いんです。

他者同士がつながるときには、どうしても、メディアというものが必要になる。宗教的な存在もその「媒介」という語源的な意味でメディアですし、もちろんマスメディアとしての印刷物もそうです。

そのメディアの問題で一番面白いのが、僕は『悪霊』じゃないかと思うんです。

大江健三郎さんが『さようなら、私の本よ!』の中で『悪霊』を取り上げられていて、なるほどと思ったのですが、印刷機械がテーマになっているというのは大きい。

『悪霊』は印刷機械の取り合いで殺人まで起こる話ですが、ばらばらの人たちの間でコミュニケーションを成立させて、しかも自分がよしと思う方向に導いていくときに、どうしてもその思想を物理的に組織化して、伝播していくための手段が必要だった。これは今のようにインターネットがあって、誰でも自分の言葉を世界に向けて発信できる状況とは対照的です。

それからもう一つ、大江さんが「ジュネーブ」を取り上げている点も、非常に示唆的だと思います。「ジュネーブ」というのは、いるのかどうかよく分からないような組織で、「ジュネーブからこういう指令が来ている」と変な若者たちが言ってくるんですが、そうすると、それが若者自身の言葉なのか、本当にどこかに本部があってそう言っているのか分からないんですね。メディアという存在そのものが権力を持つという構造が、明瞭に描かれています。

『悪霊』の中で、ピョートルは、そういうメディアとしての架空の権力をふるうわけですが、それは構造的に、キリスト教と同じだと思ったんです。つまり、神はこう考えているということを教会はメディアとして解釈し、伝えるわけですけれど、実際に神がどう考えているかは不可知で、神がいるかどうかさえも分からない。

「ジュネーブ」は、だから「神」として読めます。伝える、間に入る、媒介する存在こそが権力になりうるというピョートルの描かれ方は、アイロニカルに、彼らが否定しようとしているキリスト教世界と、パラレルになっている。

亀山 そう。イエズス会ですね。

平野 そうですね。ニヒリズムを背景に、各人が「吾が仏尊し」となっているような個々ばらばらの時代に、絶対に分かり合えない他者たちを考察しようとして、ドストエフスキーがメディアの問題に着目していたのは、さすがの慧眼だと思います。そこに、同時代のほかの作家にはない現代性があるんじゃないかと思うんです。

人間のリアリティ

亀山 お話をうかがいながら、『悪霊』の現代性をひしひしと感じますね。印刷機械の問題は、ドストエフスキー自身、若い時代にペトラシェフスキーの会に関わった際、彼の管理下にあったため、死刑宣告の理由の一つに挙げられたものです。また、ジュネーブでは、ドストエフスキーの『悪霊』のスタヴローギンの、モデルの一人となったアナーキストのバクーニンが第一インターナショナルの活動に励んでいました。そういえば、大江さんは、沼野充義さんとの対談で、スタヴローギンを描くのは困難じゃない、といったいい方をしていましたね。

平野 小説の中では、キリーロフもたいしたことない、と書かれていますね。

亀山 で、ピョートル・ヴェルホヴェンスキーの一党を描ききるドストエフスキーの力量を称賛するわけです。なるほど、作家というのは、どんな小説でも、自分が書けば、という視点から見ているのか、と感心させられました。結局のところ、悪の神秘化はいくらでもできるし、それは逆に、底の浅いものにしかならないという認識が、大江さんにはあるような気がします。

つまり、悪の神秘化によってだまされるのは、私みたいな平凡な読者であって、すさまじい人間のリアリティが構造的に現れるのは、むしろ五人組の魑魅魍魎《ちみもうりょう》なのかもしれません。革命や革命運動を徹底してカリカチュア化できるのは、やはりドストエフスキーくらいの才能があってこそですが、スタヴローギンを描くドストエフスキーはじつはどうということがない、といいたいのかもしれませんね。

平野 僕もスタヴローギンは面白いし、大江さんは、作中であんなものは若者が好むだけだというようなことを書かれていますけど、キリーロフはやはり面白いと思うんです。死に方も含めて、たんすの間に挟まっているとか、かみつくとか。

亀山 コミカルだしね、粗暴なふりとか。

平野 あと、これはディテールですけど、キリーロフはいつも白湯を飲んでいるんです。

亀山 お茶じゃなくて、お湯。

平野 あれが妙にリアリティがあって、キリーロフみたいな人間が白湯を飲むって、べつに論理的に説明できないんですけど、印象に残っていますね。

亀山 すごいですね。

平野 ああいうところが、やっぱりうまいなと思うんです。登場人物が生きている。

部屋の中をずっとうろうろしてて、「白湯を飲みたまえ」なんてと言っているのが、へンに印象に残っているんです。

単に思想を言葉で説明するだけじゃない、一人の人間の生きた肉体を通して、個別の、具体的な問題として、ドストエフスキーは書くのがうまいんです。

亀山 うん。そこでミルクを飲んでるというのとは違いますから。

平野 違いますね。

「非モテ」とひとかけらの神秘

平野 ドストエフスキーの小説では、社会とそれに受け入れられない人間というテーマが、『地下室の手記』以降かなり色濃く出てきますね。

自分のことを優秀だと思っている人間が、社会で認められないことによって疎外感を味わい、犯罪に向かうというようなケースは、最近の殺人事件でもよく見受けられます。『罪と罰』の結末でも、ラスコーリニコフにはわからないことが二つあると書いている。一つは、刑務所の中で自分が嫌われているということ。もう一つは、ソーニャがみんなに愛されていることです。疎外感というのは大きなテーマだと思います。

それぞれの人間には、信じるところがあり、個性があって、あるコミュニティがつくられる。その中で他者同士がわかり合っていかなきゃいけないというときに、どうしてもそのコミュニティにうまく関われないということがある。しかも、人間の好き嫌いという感情には、突き詰めて考えたら、何かわからないところがある。

先ほど言及した秋葉原事件でも、「非モテ」、つまり異性にモテないということが異様に強調されていて、注目されました。これは一見、些細なことに神経質になっているという感じがしますけど、大きい要素なんだと思います。

実際、愛されるかどうかという二者択一には、最後の最後に、ひとかけらの神秘が残されている。つまり、どんなに容姿が良くても、どんなに相手のことが好きでも、誠実でも、相手から愛されるかどうかはわからない。自分から見れば、どう考えても愚劣としか思えない男のほうを、好きな女の子が愛してしまうということは当然あるわけです。その人に好かれるかどうか、受け入れられるかどうかという、このどうしようもない不合理性を、秋葉原事件の被告は、社会に自分が受け入れられないことの不合理性と重ね合わせて考えているんだと思うんです。

だから、どんなに努力しても、どんなに一生懸命頑張っても、最後の最後に他人が自分のことを愛するか、社会が自分を受け入れるかどうかというのは、合理的に説明がつかない何かがあるんじゃないかということを、感じているんだと思うんです。それは、自己責任が過剰に語られた時代に当然出てくる考え方だと思います。

亀山 そのとおりですね。

インターネット検索で自分の名前とヒット数をはじき出す。ヒット数が、世界からどれだけ認知されているか、どれだけ愛されているかどうかの尺度にもなりうる。しかしヒットしない人間は無数にいるわけです。で、そこで、どんなことであれ、愛されていることの証を求めたい。

平野 昔、『白夜』を読んで、それこそ甘ったるい短篇だなと思ったんですが、いまそれを愛されるかどうかという観点から読み返してみると、ちょっと面白いかもしれませんね。

亀山 平野さんは「ひとかけらの神秘」と言われたけど、ラスコーリニコフにとってソーニャは、「ひとかけらの神秘」たりえたのでしょうか。

平野 そうですね。ソーニャがなぜあそこまでラスコーリニコフの面倒を見てやろうと思うのか、やっぱり最後のところは神秘だとしかいいようがありませんね。

秋葉原事件の被告と同じような立場にいる人が『罪と罰』を読むと、自分にもソーニャがいてくれたら、こうはなっていないと思うかもしれない。

亀山 いみじくも、ソーニャはラスコーリニコフに「なぜもっと早く会えなかったのかしら」といっていますからね。

母と子の物語

亀山 今回『罪と罰』を訳していて、ある研究者の意見に出会ったんですが、そのソーニャの顔と殺されたアリョーナの顔が、非常によく似ているんですね。ドストエフスキーはこのあたり、かなり精緻に計算して書いている。つまり作家は、そうとう意識的にラスコーリニコフが殺した金貸し老女と、彼を救うソーニャを一体化させているんですよ。

顔だけじゃない、金貸し老女の名前はアリョーナ・イワーノヴナ、つまり彼女の父親の名前は、イワンです。他方ソーニャは、ソーニャ・セミョーノヴナですから、父親の名前はセミョーンです。ところが、ここでドストエフスキーの凄さが出ていると思うんですが、登場人物に何か勘違い、いい間違いをさせた時には注意しなければならない。そこには必ず、何か隠された意図が潜んでいる。ドストエフスキーはラスコーリニコフの親友ラズミーヒンに、「ソーニャは、たしかソーニャ・イワーノヴナだ」とか言わせているんですね。つまり金貸し老女と同じイワンの名前をもつ父親だったということにしている。もう一人の殺されたリザヴェータの父親も、名前はイワンです。つまり、ソーニャと、殺された二人の血縁性がイメージできるように工夫しているんです。

そこで何が浮かび上がってくるか、というと、少し飛躍するかもしれないんですが、普遍的な女性性の殺害者、という構造です。ラスコーリニコフは、女性を、女性的なものすべてを殺している。

さらにつきつめると、ある種の「母殺し」です。これは私なりの解釈ですが、『罪と罰』を「母殺し」の物語だといっているのは、じつはカリャーキンというロシアのドストエフスキー研究者なんですね。では、ラスコーリニコフの本当の母親であるプリヘーリヤを殺したのはだれか、というと、徹底的に詰めていくと、やはりラスコーリニコフということになる。彼のエゴが母親を殺したという構造になっている。つまり小説の中で、最後に彼が母親のプリヘーリヤを訪ねたのはまちがいだった、訪ねたことによって完全に狂わせてしまった、というわけです。

アリョーナを殺し、リザヴェータを殺し、ソーニャを破滅の道に導き、母親を狂死させるラスコーリニコフに対して、母的なものを再生していくのが、親友のラズミーヒンなんですね。ラズミーヒンの名前がドミートリーなのは、偶然の一致ではありません。ドミートリーの語源は「デメーテル」で、大地豊饒の女神です。

結局のところ、ラスコーリニコフは権力に目覚める、で、もっというと、ラスコーリニコフ自身の精神性のあり方の危険性というものは、やっぱり「ロシアの大地殺し」とでもいっていいのではないでしょうか。なぜなら彼は、その母性あるいは大地といってもいい、その無限にやさしいヴェールを引き裂くことなしには、自立できないからです。

母的なものすべてが忌まわしく、厭わしい。だから彼がソーニャの説得によって大地にキスするのは、象徴的です。ここでは、母性性と大地が一体化されている。つまり、汚した大地というのは、汚した母性だといわれている。殺した母親に謝れ、とドストエフスキーはいっている。

で、実際にロシアは母系社会であり、おそろしく母性的な国なので、一人の男性が自立するには、そうした母的なしがらみを断ち切る必要がある。ラスコーリニコフもそうだけれど、『悪霊』のスタヴローギンにしても、母親との関係はきわめて複雑です。つまり、ロシアは根本的には、フロイト主義ではない。父殺しの神話が民族的な遺伝子に組み込まれているトポスではない。

ですから『カラマーゾフの兄弟』の父殺しで、イワンはだれから自立するかといっても、相手は父親ではないんですね。父親などものの数ではない。母親はすでに死んでいて、殺されるべき母親のステータスは空位です。いっぽう、ラスコーリニコフの、あの凄まじくも救いがたい傲慢さは、それだけ母親の権力の強さを暗示しているのです。要するに、ラスコーリニコフが抱いている誇り、傲慢というのは、一人の男が成り立つための根本条件なんです。

平野 そういう意味でいうと、『決壊』でもそのテーマを扱ったんですけど、酒鬼薔薇事件以降、母親と息子の関係というのがかなり注目されるようになりました。

亀山 そうなんです。非常に似ているんです。ですから、かりに平野さんが、現代の日本が『罪と罰』の時代のロシアと似ているというふうに感じとられたとすれば、今度は『罪と罰』が書かれた一八六六年に限定することなく、ロシアのメンタリティー、近親相姦的とも思えるようなすごい母性の強さ、これが問題になる。それが現代に至るまで続いている。

平野 うん、そうですね。いまの話はすごく面白くて、結局、ソーニャと殺されたアリョーナが似ていて、しかもリザヴェータとは知り合いで、もしかしたらソーニャを殺していたのかもしれないわけですよね。

亀山 そうなんです。そう書いている、イメージがダブります。

平野 ええ。だけど、作家ドストエフスキーがラスコーリニコフ自身にそのことを気づかせて、具体的に反省させているわけじゃないんですよね。

亀山 そこはそう。いいことをおっしゃいます(笑)。そこのところ、ドストエフスキーは逆に、一生懸命になって気づかせようとしているわけです。

平野 ラズミーヒンのいい間違いとかを使って。

亀山 ラズミーヒンの勘違いとか、ソーニャとアリョーナの顔とか、ラスコーリニコフが死んだリザヴェータの十字架をソーニャから手渡されるときに、そういえばこの十字架に見覚えがある、といわせることで、気づかせようとしている。でも、それを気づかせようとしているのは、究極的には、神なんですね。ところがラスコーリニコフはそれに気づかない。本人は最後まで気づいていない。

平野 そうですよね。それで、彼が最後まで人を殺したことにピンと来ていないような感じの印象を強くしているんでしょうね。

亀山 母の死にも、全然ショックを受けていないみたいなところがありますからね。でも、悲劇的ですね、ラスコーリニコフという男は。

しかしそういう彼を、ドストエフスキーは必死で救い出そうとしていますよね。エピローグの舞台となったオムスク監獄のそばを流れるイルトゥイシ川の場面が、とても印象的です。救済のイメージは、川の向こうに広がるアブラハムの大地ですが、私自身は、なんとしてもラスコーリニコフがあのイルトゥイシ川を越えて向こうの世界に渡れるとは思えないんです。実は、シベリアを流れるこのイルトゥイシ川と、ペテルブルグを流れるネバ川のイメージが、おそらくダブルイメージされていると思います。

物語の前半で、ラスコーリニコフはいったんネバ川に飛び込もうとしますよね。彼がアブラハムの時代に行くためには、その川を渡りきらなければならない。しかし、飛び込んでそのまま、という可能性もある気がするんです。

皇帝殺しと検閲

亀山　『罪と罰』がどうしてあんなに甘ったるい終わり方になってしまったんだろうか、と思うことがあります。たしかに泣ける話ですし、私自身も翻訳しながら、じーんと来ました。しかしやはり、なぜ、という疑問が残る。これは根本問題としてあります。

なぜかというと、『罪と罰』は最初、異なる二つの小説として構想されていた。一つは「酔いどれたち」という小説。そしてもう一つが、殺人犯の手記のかたちをとった告白体の小説です。後者はもう最後まで譲歩せず、自殺する物語なんですね。で、こちらの告白体小説には、まったく救いがないわけです。『悪霊』におけるスタヴローギンの自殺と同じように、ぜんぜん光明がない。ところが、ここにもう一つの小説『酔いどれたち』を重ねると、いやおうなく救い、光明が出てくる部分があるんです。

ということは、『罪と罰』そのものは、出自からみて本当は割れているはずなんですね。主人公のラスコーリニコフには、語源的に、断ち割るもの・断ち割られているもの、という意味がありますが、『罪と罰』はいくつかのレベルで二つに断ち割られている小説といっていい。それはこの小説が、意志の書という側面と、運命の書という側面の二つをあわせもっていることにも通じます。ラスコーリニコフは、極限的な理性の持ち主としての加害者であると同時に、悪魔に魅せられた犠牲者でもあるわけですからね。

では、何があのように甘いエピローグを準備させたのかといいますと、やはり検閲への配慮だったんじゃないかと思うんですね。『罪と罰』を構想しはじめる一八六五年ころのロシアというのは、さきほど述べた農奴解放の影響もあって、言論面では百花斉放《ひゃっかせいほう》的な自由があった。ドストエフスキーがかつて夢中になっていた空想社会主義者シャルル・フーリエの思想なんかが、大手をふって流行している。窃盗の疑いをかけられたソーニャを窮地から救う社会主義者のレベジャートニコフがその典型です。

ところが、『罪と罰』の執筆が順調に進んでいる一八六六年の四月に、皇帝アレクサンドル二世の暗殺未遂事件が起こってしまった。そのときのドストエフスキーの精神状態を考えなくてはなりません。つまり、ラスコーリニコフを不用意にニヒリストとしては描けなくなった。ドストエフスキーには前科があるからです。

ラスコーリニコフは、明らかにアナーキストです。プルードンを読んでいるふしが見られる。結局は自分の身を守るためにも、自分の小説を検閲から救い出すためにも、ややあからさまに、右寄りの姿勢を演技せざるをえなくなった。皇帝暗殺未遂のあった四月から、小説が完成するまでの約一年間、ドストエフスキーは苦しんだと思いますね。つまり、政治との妥協を考えたと思うわけです。いずれにしても、この暗殺未遂事件が『罪と罰』の執筆にどう影響したか、これは興味のつきない問題です。

被害者という視点

亀山 現代では、例えば光市の母子殺害事件のように、根本的に被害者の存在が非常に大きくクローズアップされていますね。しかし、『罪と罰』には、被害者という視点がゼロなんです。

平野 実は殺された側の話が何も出ていないというのも、『決壊』を書こうと思ったモチベーションの一つでもあったんです。

亀山 なるほど。『罪と罰』とは正反対ですね。やはり、殺される側の問題がまったく書かれていない小説というのは、きわめて異様な感じがします。

ひょっとすると、現代では殺される側の立場というより、被害者の家族や遺族の方々の悲しみやアフターケアに関心が集中して、人間社会における罪と罰の構造とその意味が、根本から変わってきているように思います。

確かに、実存主義的な立場から言うと、ある意味でそれは非本質的と言えるけれど、実際に、殺された被害者の視点が存在しないと、加害者は野放図に自分の傲慢さを増長していく、という可能性を秘めているわけです。『罪と罰』においてドストエフスキーが扱えなかったのはその被害者の視点です。

ドストエフスキーは、人を殺しても、それによって哀しまれることのない孤立した人間を被害者として描いていますね。「シラミ」の比喩が典型的です。なぜか。それは、『罪と罰』では、更生の問題を原点に据えていたからです。私のたんなる直観ですが、彼は、どこかで、人間は殺されても仕方ない原罪的存在だ、と考えていたような気がしてならないんです。これはむろん極論ですが。その殺されても仕方ない原罪的存在と、殺されてはならない絶対無垢の境界線は、七、八歳という年齢に引かれていた。『カラ兄』の無神論者の次男、イワン・カラマーゾフの思想には、はっきりとそれが透けてみえます。

平野 いま被害者の問題を大きく取り上げるのは、犯罪を抑止するには、被害者の悲しみをリアルに想像すること以外にないという考えが、社会的に共有されているからだと思います。取り返しのつかないことはすべきではないと強調することでしか、ある意味では殺人は抑止できないと思っているし、『決壊』でもそういうことを書いたんです。

けれども、ドストエフスキーの場合は、もう少し飛躍していて、「被害者がかわいそうだから」ということ以前に、人は人を殺すべきではないことを納得できるのかということを、実験的に書いているのではないかと思うんです。

だから、被害者の問題を抜きにした中で、ラスコーリニコフという人間が、殺すべきじゃないということを納得できるのかどうか、ということを書いたんじゃないのか。

亀山 そうなんです。そこで彼は完全に行き詰まっている。面白いのは、『罪と罰』の草稿段階では、殺されたリザヴェータは妊娠六ヵ月という設定だったことです。彼女のお腹のなかには、男の赤ちゃんが宿されていた。しかしおそらく、それはあざとすぎるということで削除された。仮に草稿のモチーフが最終的に生かされた場合、当然、裁判のプロセスで、その事実が浮かび上がる。そうすると、二人ではなく三人殺したことになる。もしこのモチーフが抹消されず、最終稿まで残っていたとしたら、小説は根底からひっくり返ったと思いますね。殺された赤ちゃんには、「犠牲者」としての絶対的な意味がある。ラスコーリニコフの傲慢も何もあったものではない。

平野 無垢なる存在を一人殺したことになるし、そこから身籠もらせた相手もいるというように、物語が他者性に向かって開けていく。しかし、最終的にあえてその方向へは開かなかった。

亀山 そうですね。小説の中にそこの部分を開いていくと、リアリズムそのものになって、収拾がつかなくなってしまったと思います。

赦しは可能なのか

平野 犯罪と刑罰について考えると、赦しという問題に直面しますね。

赦しの問題で一番身も蓋もない考え方は、やっぱり終わらせるということだと思うんです。一つの犯罪が起こって、加害者、被害者双方にとって一番つらいことは、永遠に終わらないということです。

赦しというと、一般的にはそれによって加害者の中の何かが終わると考えられていますが、かつては被害者に対しても「終わらせる」という機能があったはずなんですよ。赦しという契機がなければ、被害者は憎しみ続けることになり、そのために生命の力を永遠に消費し続けることになる。

赦しに何らかの価値が与えられているからこそ、被害者もそれを選択して、自分の中の何かを終わらせることができていたんだと思います。非常に苦しい選択ですし、本当に終わるのか、と問われ続けるべきですが。

ところが現在では、赦しの価値そのものが信じられなくなってきていて、刑罰こそが、何かを終わらせる一つの契機だというように、社会が傾いてきているように見えます。

メディアでも死刑を望む被害者遺族の声は届いてくるんですが、加害者が死刑になった後、遺族たちはそれによって何か自分たちの気持ちが落ち着いたのか、何か終わったのかというフォローの報道は、ある種の遠慮もあって、なされてはいない。加害者を死刑にすることによって、本当に被害者の問題が終わるのかどうか。

亀山 私は被害者が赦すという契機は、神が介在しない限り不可能なんじゃないかと思うことがあります。

例えば、自分の愛する家族が無残な殺され方をしたとする。その傷はぬぐえない。にもかかわらず、現にその犯罪者が存在する。その存在自体が消えない限り、憎悪は消えません。消えない以上、赦しも生まれてこないと思うんです。憎悪の対象を自分の記憶から消すという選択が、実は死刑であり、私は死刑論者ではありませんが、それでもやはり苦しい選択の一つだとは思います。

そこで、仮に赦しを前提として考えるなら、結局は、自分自身が神に向かわざるをえなくなる。

『罪と罰』の場合、神が悪意をもって人間に働きかけはするが、被害者の立場を神自身が代行するわけです。そして救済する。

平野 僕は、殺人事件に関して赦しの問題が一番難しいのは、赦す本来の主体がもうすでにいないということだと思うんです。

亀山 本当ですね、とても鋭い指摘だと思います。

平野 だから、誰も当事者ではないから、加害者に対して赦す権利がない。確かに、僕の親が殺された場合、それに伴って被害を被ったから、僕には赦すか赦さないかという権利はあるかもしれません。しかし、本質的に赦すという感情は何かをされた当人のものだから、やはり違います。

亀山　ドストエフスキーは『カラ兄』で、そのことを書いていますね。イワンがアリョーシャに言っている。わが子を殺された母親に、その殺害者を赦す権利はない。だから、将来において、神の世界、調和の世界が実現したとしても、その母親にはぜったいに殺害者と抱きあってほしくない。なぜなら、殺害者を赦す権利があるのは、殺された子どもだけだからだと。ドストエフスキーの本音は、最終的にここにあったのではないかなと思います。

平野　そうですね。やっぱりこの点が、殺人に関して赦しの問題を一番難しくしているところだし、結局、誰であっても死者の声を代弁することはできない。

裁判員制度導入の時期に

平野　ドストエフスキーは、自身がてんかんだったことが大きいと思うんですが、脳に異常があったかどうかとか、医学的なアプローチを小説の中に取り込んでいますね。これが面白いし、現代的ですね。

いわゆるキリスト教上の善と悪や、罪とか悪人といった範疇に収まりきれない問題に対して、病という視点を新たに入れている。こうした点もいま読み返してみて、古臭さを感じさせない理由の一つだと思います。

亀山　確かにそうですね。

『罪と罰』が書かれる一八六六年にクラフト＝エビングの、いわゆる心神喪失理論というのがロシアで、裁判の中に入ってくる。それに『悪霊』に着手した六〇年代終わりには、ロシアの大学に初めて精神医学の講座が開かれるんです。

ヨーロッパとの同時代性を獲得していたロシアに、そういった精神医学が入ってきたのを、ドストエフスキーは全部小説に取り込んでいったわけですね。ほかの作家は、それをやってない。

先ほど「悪の神秘化」についておっしゃられていましたが、ドストエフスキーには神秘化ではなく、悪に対して、病的な、精神医学的なものの問題の一部としてそれを位置づけてみようという視点が絶えず働いていますね。

平野 社会秩序を維持するためには、殺人を禁止しなくてはならないし、ルールは守らなくちゃいけない。しかし、法やルールを守れない人間がいる。そこで、なぜ守れないのか原因を追究していくときに、家庭環境とか、脳の器質的な要因、遺伝的な要素などを明確にしていこうというのが、いまの時代の方向性だと思います。

これはデリケートな問題を含んでいるんですが、ひと昔前まで遺伝や環境といった要因は曖昧なものだった。ところがいま、DNAの解析がかなり進んでいて、いくつかの遺伝子が複合的にある環境にさらされたときに、ある種の疾患が発症しやすいというようなことがわかってきつつある。

しかし、重要なのは、疾患がわかっても治療に相当時間がかかるということです。治療しえない状況の中で、それが不幸にして事件という形を取ってしまったとき、どこまで犯罪として問えるのか、最終的に、本人が責任を取る方向でいくのかどうか。こうした点を考慮していけばいくほど、情状酌量の余地がどんどん大きくなっていく。いま本当に難しい時期に入っているのに、現実には五月から裁判員制度が始まった。これでいいのかなと疑問に思います。

亀山『罪と罰』の時代背景となった一八六五

年には、ロシアが近代国家に脱皮するために裁判制度の見直しがされた。そして、重大と目される事件について陪審員制度の導入が完了したのは、『罪と罰』の連載開始からまもなくのことです。『カラ兄』の最後にも陪審員が出てきますが、いまの日本の状況とも似ていると思います。

平野 そうですか。裁判員制度と陪審員制度の導入という観点からしても、読まれるのにちょうどいいタイミングなんですね。

Part 3

「終わり」を見つめる方法

「犠牲」、または茶番劇を見つめる神……タルコフスキー『サクリファイス』を観る

故国ソ連を捨て、異国をさまようタルコフスキーが行く先々で求めていたのが、魂の不死について臆することなく語れる場所だった。その彼が、放浪の果てに辿りついた場所は、スウェーデンの南、バルト海に浮かぶゴットランド島。敬愛するベルイマンの傑作群が生まれた島という以上に、故国ソ連までの百数十キロという距離の近さがどこか因縁めいている。

タルコフスキーにとって、魂の不死とは、ノスタルジーの感覚とじかに結びつく何かだった。ノストス（「帰郷」）と「アルゴス」（「痛み」）の二つの知覚の融合から生じる名状しがたい感覚こそが、神の存在の認識に通じる唯一の道として意識されていたのだ。

むろん現実に存在するロシアは、「故郷」の仮の姿でしかなく、彼の脳裏では、より普遍的な大地のイメージが息づき、そこに棲息する地霊たちとの原始的な交感の姿が思い描かれていたに

ちがいない。そしてその交感への同化を通して、彼は、人類が失おうとする原初的な調和の感覚に辿り着こうとしていたのである。

タルコフスキーのように、超越との同化という果てしない願望に囚われた人間の目に、現代の人間世界は、まさに科学技術の支配下でグロテスクに自我をのさばらせた傲慢の化身と映る。神がいつ怒りの声を発するか、彼らはその時を待ち続けている。そしてついにその時が訪れてきた。それこそは、どんな人力をもってしても抑制できない核戦争の勃発である。

だが、核による汚染は、国家、宗教の違いなど顧みることなく拡散していくため、単一の神に救いを求めることは意味がない。真のペシミストは、個別の宗教の無力さを知り、世界を統合する見えざる力に向かって自らの祈りを伝えようとするはずだ。

事実、タルコフスキーもまた、そうした普遍宗教に救いを求め、R・シュタイナーの思想に傾倒した時期があった。知る人は多くないと思うが、シュタイナーの「第五福音書」には、世界の宗教・思想上の差異をのりこえ、それらの基幹に通じ合う普遍的特質によって世界全体の友愛を実現しようとする思想が説かれていた。しかし悲しいかな、現実的に人が複数の神々に祈ることは困難を極める。

演劇界から引退した後、さながらハムレットのごとく「言葉」の世界に生き、堂々めぐりの思弁にはまりこんだ主人公アレクサンデル。知的快楽主義に淫した彼は、同時に、ごくわずかな不意打ちにも耐えられない極度に臆病な人間である。しかも、彼は今もって、神の恩寵からもっとも遠く隔てられた地点にある。なぜなら、演劇界を退いたとはいえ、彼の一人芝居はいまだに止むことがないからだ（それが夫婦間の不和の原因でもある）。その意味では傲慢の化身ともいうべき彼が、終わりの予兆を前に、「主」との和解を模索しはじめる。和解のハードルは高く、自らが持てるものすべて供物として神に捧げるか、それらを敢然と否定し去ることにしか、救いの道はない。

物語の鍵を握る狂言回しが、異次元の世界に通じ、メフィスト的な悪意さえ滲ませる、郵便夫のオットー。アレクサンデルの誕生日祝いに高価な中世ヨーロッパ地図をもって駆けつけた彼が（「犠牲がなければ、贈り物ではない」）、屋敷の広間で「悪い天使」の羽にふれ（轟音を発して頭上を過ぎる飛行機の隠喩）、癲癇のような発作を起こした瞬間から世界は異次元へスライドする。核戦争の勃発を知らせるテレビニュース——。悲劇は、自他の境界で生じるため、妄想と現実の垣根はおのずから取り払われてしまう。

核戦争勃発のニュースに接し、「動物的」ともいうべき恐怖に怯えるアレクサンデルは、愛するイサクを生贄に捧げたアブラハム同様、声を失ったわが子を殺戮しようとまで思い立つ（その気配に気づき、寝返りを打つ息子の目は開かれている）。そして深夜、姿を現したオットーに唆《そそのか》されるまま（「マリアと一夜をともにすれば、すべては解決する」）、教会の裏手に住む「魔女」の家を訪ね、つかのまの交わりをもつ。

キリスト教の神に救いを求めつつ、魔女と交わりをもつという設定は多義的だが、その交わりがいかなる性格をもつにせよ、そこにある特権的な意味が付与されていることは間違いない。キリスト教に逐《お》われた異教の神々も世界を苦難から引き上げる霊力を持つと、タルコフスキーは考えているかのようである。それは、二重信仰の地ロシアに生まれた彼にとって、きわめて自然な発想だったにちがいない。

神の恩寵のごとき静かな朝の訪れ――。アレクサンデルの祈りが神に通じた結果だろうか。それとも嵐の前の静けさにすぎないのか。アレクサンデルにとって終末の時間はなおも持続している。しかも前夜、彼が神に誓った約束はまだ何一つ果たされていない。

残された犠牲の手段は一つ。息子の不在を確認したうえで自宅に火を放つ（辛うじてアブラハムの供儀を避けることができた）。自己滅却ないし自己無化の衝動が彼に襲いかかる。アレクサンデルは、あたかもベトナム戦争に抗議して焼身自殺した仏教徒のごとく劫火に立ち向かおうとして、果たせない。ラストは、遠距離撮影による道化芝居――。

神は微笑ましげに、そして冷徹に彼らの茶番劇を見守り続ける。

チェルノブイリ原発事故の発生まで十か月。

アイスランドのファウスト……ソクーロフの『ファウスト』を観る

なぜ、人は『ファウスト』に惹かれるのか？

人は、という主語がふさわしくなければ、なぜ、芸術家は、『ファウスト』に惹かれるのか？

『ファウスト』には、天才的と呼ばれる芸術家のナルシシズムをそそる何かがある。

映画のジャンルでは、F・ムルナウ、ルネ・クレールといった映画芸術の草創期の天才たちが、オペラのジャンルでは、グノー、ベルリオーズ、リストら主にロマン主義の作曲家たちが、小説のジャンルでは、T・マン、ドストエフスキー、ブルガーコフらがこのテーマに果敢に立ち向かってきた。

答えは、それなりに用意できる。天才、凡人を問わず、永世と快楽は、死すべき人間の永遠の夢であるし、あるいは、現世的な権力がめざす最後の到達点といっていい。その到達点をめざし、虚しく生命力を枯らしていくのが凡人の定めであるなら、その見果てぬ夢をどこまでも見続けることが、芸術家にとっての最大の励ましとなる。では、ソクーロフが『ファウスト』に託した天才の運命とはどのようなものだったのか。

ソクーロフもまた、先人の多くの芸術家たちと同様、ありとあらゆる知を渉猟《しょうりょう》したあげく、その無意味さを悟った人間の絶望という主題を基本に置いている。ファウストの探求心は、ついに人間の肉体のなかに魂の実体を探しもとめるという究極の段階に来ており、そこから先はもはや神の恩寵にすがりつくしかないぎりぎりの状況にあった(「何もかもはかない、悪臭を放つ」)。

他方、ゲーテのファウストは、「私のなかには二つの魂がある」という言葉が示すように、その絶望からの出口をはっきりと見定めていた。その二つの魂とは、「欲望をむきだしにし」、現世にしがみついて生きようとする魂と、「高く地上から飛翔して、天界のものたちに憧れる」魂である。そのファウストが最終的に選んだ道こそが、前者、すなわち、人間として生命を生きつくし、人類とともに死ぬという覚悟だった。

ソクーロフの『ファウスト』は、ゲーテの原作を自由に翻案しつつ、徹底した脱構築を志している。観客は冒頭から、その異様に猥雑なたたずまいに圧倒されるにちがいない。廃墟とも見誤りそうな町なかを、餓死寸前の状態でさまようファウスト。ゲーテの描くファウストには、「巨人的」ともいうべき圧倒的な精神のオーラが感じとれたはずだが、ソクーロフの描くファウストには、もはや英雄性やカリスマ性など、微塵も感じられない。

ソクーロフのファウストは、メフィストの巧みな誘導によってずるずると破滅の道に引きこまれる、受身の天才でしかないのだ。

衝撃的なのは、マルガレーテとの恍惚の眠りから覚めた彼の眼前に立ち現われる光景である。甲冑に身を包み、馬上の人となったファウストとメフィストの前から、緑の大地も水車小屋も失われ、「天国」と称される巨大な岩塊の原野が立ち現れる。メフィストはその地を「地の果て」「無」の世界と呼ぶ。

死後の世界に旅立ったマルガレーテを救うには、この「地の果て」にある地獄に赴かなくてはならない。敏感な読者なら、お気づきだろう。ソクーロフは、甲冑姿で馬上の人となった二人に『ドンキホーテ』の物語を二重写しにし、「永遠に女性的なもの」の象徴であるマルガレーテをドゥルシネア姫に変貌させている。

突如、岩山の向こうから吹きこぼれる間歇泉《かんけつせん》と、そして遠くに仰ぐ氷河群。アイスランドの風景である！　ファウストとメフィストのワルプルギス行をカットしたソクーロフの『ファウスト』には、極度に暗号化された「引喩」が潜んでいたことがここで明らかになる。それは、ほかでもない、「ロシアの負のファウスト」を描いたドストエフスキーの『悪霊』である。

あらゆる悪に倦みつかれた主人公スタヴローギンは、少女を凌辱し、死に至らしめたあと、ヨーロッパ遍歴の旅に出るが、彼の旅の最終目的地がアイスランドだった。この神がかった天才と、マルガレーテを誘惑し、ついには死刑に追いやるファウストが二重映しになる。ヒントは、「間歓泉」をまのあたりにしたファウストが、自信に満ちあふれて「お前の正体はわかった」と叫び声を発する場面だろう。これは、まさに、スネッフェルス山の火口に立ったスタヴローギンが発した叫びでもあったにちがいない。

大地の底から吹きこぼれる熱湯を前にしてファウストはみずからの天才を確信し、メフィストと袂を分かつ。岩塊の下からメフィストが吐く呪いの呻き「ここからどう出て行く？」も、天上からひびくグレートヘンの「どこへ行くの」の声も顧みられることはない。傲慢な哄笑とともにどこまでも「天国」をめざして突き進むファウストに狂気の影が忍び寄る。

「素質と精神さえあればいい。それで自由な地に自由な民を創れる」と豪語する彼を、眼前に広がる「虚無」の光景がみごとに裏切っているのだ。

「ロシアの負のファウスト」は、アイスランド行からの帰還後、ロシアの田舎町で縊死を遂げるが、ソクーロフは、はたしてアイスランド後のファウストにどんな運命を用意していたのか。ことによると、これは、マルガレーテとの恍惚の眠りのなかでファウストが夢みた、未来のひとコマにすぎないのか。

空前なる小説の逸脱

辻原登『許されざる者』『韃靼の馬』を読む

『許されざる者』を読む

不吉な影と、美しく、晴れやかな光に縁どられた作品である。辻原登が自家薬籠中のものとする短編的手法のすごみを随所に生かした大長編。即興的な筆の走りと、伸縮自在な物語空間。歴史上可能性ある限りに結ばれる人と人の出会いが、勢いのあるエピソード群が、奇跡的ともいうべき有機的な糸で一つの巨大なタペストリーに織り上げられる。歴史が、運命が夢に見たもう一つの物語。小説の主人公は、運命といってよい。運命、と言っておけば、この小説が不可避的におびている不吉な影の説明にも役立つ。

物語は、熊野出身の医師・槇隆光が、インド・ボンベイ大学での留学を終えて、故郷の町森宮に帰還する場面からはじまる。晴れがましい帰国を迎える二つの虹——。雨上がりの春の一日の幻想的な清々しさがとても心地よい。作者は、槇の帰還を待ち受ける人々の期待と思惑を暗示的な筆づかいで描きだしていく。槇の姪にあたる千春と、千春に密かに恋する肺病やみの建築設計士の若林勉。群衆のなかに怪しい影を落とす革命五人団、その周辺を走り回る女記者。私の連想はおのずから、作者の物々しい野心を感知する。ことによると、辻原は、ドストエフスキー『悪霊』のパロディでも書くつもりなのだろうか、と。しかしその期待は完全に裏切られていく。彼の筆使いには、『悪霊』にあからさまに示された社会主義への敵意はさらさら見られない。何といっても森宮は、社会主義の栄えある「温床」といってもよい場所なのだから。それより不思議なのは、この森宮の町全体に満ちわたるのは、汎神論的な霊気である。槇はこの、社会主義と汎神論的世界の統一者としてこの町に君臨しているかのようだ。しかも、彼は、予想された悪の主人公どころか、無類に清々しい好人物である。

歴史小説、いや、歴史ファンタジーらしく、作品では、無数のドラマが描かれる。槇隆光と永野夫人の「不倫」の恋、西千春をめぐる、めまぐるしい恋の鞘当て。その千春を毒殺しにかかる悪魔的な女の存在、陰謀によって槇と夫人の間に割って入り、あわよくば大逆罪によって永遠に駆逐しようという魔の手。そして遠く日露戦争での生と死を賭した兵士たちのドラマ。だが、私たち読者は、この複雑きわまりない世界を、どこまでも安定した流れに身を任せながら読み進めていくことができる。物語の先がどんな不安な気配に彩られていようと、語り手は、それを克服し、回復する仲立ちとして存在する。じつはそれが、この小説の力であり、魅力であり、治癒力なのだ。主人公の槇と槇の愛馬ホイッスルが語り合い、槇に敵対する警察署長の愛犬ブラウニーが主人にもましてまっとうな正義漢としてふるまう限り、肺病を病んだ勉の愛車トーマスが心地よい爆音を立てつづける限り、この小説が悲劇的な結末によって読者を苦しめることはない。語りの魅力はそれほどにも、重大な意味を帯びている。

では、なぜ、われわれはここまで「安心」ということを、あえて表に出さなくてはならないのだろうか。

それは他でもない。読者の心を絶え間なく脅かすラストのストレスである。なぜなら、この小説が扱っているのは大逆事件であり、物語の主人公は、この事件で処刑された大石誠之助という事実がある。

物語は、終わり近くに来て、槙と永野夫人の禁じられた恋と、その槙を、刑法一一六条によって追いつめようとする署長の悪意によって間一髪の地点にまで追いつめられる。槙に対する「大逆」の疑惑は、史実をなぞっている。いや、史実そのものである。しかし、物語と歴史は、ここから大きく二つの道へと分岐し、槙には別の運命が用意されることになる。物語はカタルシスを、史実はカタストロフの道を、まっしぐらに突き進むのだ。

『許されざる者』を読み終えた私が、その晴れやかなカタルシス感覚と同時に味わったのは、モデルとなった事件への猛烈な関心であり、歴史小説はどこまで逸脱が許されるのか、という、ある種の根本的な問題だった。

少しばかり予断を含んだ言い方になるが、歴史には唯一絶対性ともよぶべき記憶が存在する。修正主義といった疑念が生まれてくるのはまさにこの唯一性の基準に関わっている。小説のジャンルがそこの縛りからどこまでも自由であってよいという保証はない。しかし私たちがいま、『許されざる者』において手に入れようとしているのが、まさにこの自由である。史実を知る読者と、知らない読者との間で決定的に読後感は異なるということだ。つまりこの小説は、読者のなかで自ずから枝分かれする何かを先験的に持っているという事実である。それは、歴史小説ないし歴史ファンタジーと呼ばれるジャンルの二重性そのものだが、『許されざる者』で絶対的に優位を占めているのが、小説性の自立であり、ファンタジーの優位である。ただし、この小説のファンタジー性のもつ魅力を味わえる読者は、むしろ史実にうとい読者ということになる。しかしその経験の深さを確認するには、ぜひともその史実に立ち向かわなくてはならない。

そもそも歴史小説とは、実在の人物をメインにすえ、ある一定の時代を設定しつつ、そこでの史実をなぞりながら、なおかつそこに想像力によって産み落とされた小説をいう。その意味では、『許されざる者』は、確実に歴史小説といってよいが、史実をなぞるということにどこまで縛りがかかるのか、かけられるべきなのかという、どこか倫理的な問題は存在してしかるべきだろう。このぎりぎりの境界線上にあるのが、『許されざる者』ということになる。

舞台となる森宮は、和歌山県の架空の町であって、紀伊・新宮ではないが、地理的には、完全にその姿をなぞっている。「毒取ル」の異名をもつ主人公・槇にはモデルがあり、それは、大逆事件によって処刑された大石誠之助である。槇の周辺には、幸徳秋水、森鷗外、田山花袋、堺利彦らが実名で登場する。物語には、史実とは異なるディテールがそれこそはかり知れずある。永野夫人は、完全にフィクション上の人物である。処刑の運命にあった金子スガは、結核で死ぬ。

私が、このようなまわりくどい史実との微妙なちがいについてこだわるのは、この小説のもつ不吉な暗さと、晴れやかさのコントラストのなかに生じる辻原の独特の境地に言及したかったからである。そして何よりも興味の中心は、この小説には、続編が存在するのか、という問いである。書かれるとすれば、大逆事件は、どう扱われるのか。これが歴史小説であるなら、続編は書かれるべきだろう。しかし、続編が書かれるためには、辻原はあまりに多くの逸脱を許してしまっている。辻原自身、「物語の詐欺師」を自称している。もし、続編が書かれないとするなら、ラストシーンでの槇の新たな旅立ちは、逮捕、処刑へと至る彼の運命から枝分かれした、もう一つの運命であった可能性がある。

『許されざる者』が、唯一絶対性の記憶としての大逆事件に対して一種の冒瀆を含むことはいなめない。にもかかわらず、無実の罪で断頭台の露と消えた大石は、百年後の今に新たな生命を得たことになる。私は切に続編が書かれることを望んでいる。私は今から、槇の処刑の場面に思いをはせる。そしてそのときの愛馬ホイッスルの悲しみにも接することになる。私は、ホイッスルの嘆きの嘶きで終わるもう一つの１Ｑ１０年の「大逆事件」を読みたい。

『韃靼の馬』を読む

『許されざる者』の刊行からわずか二年、江戸の日本、対馬、李氏朝鮮、さらにははるか遠く「韃《だっ》靼《たん》」を舞台に壮大な歴史ファンタジー小説が誕生した。韃靼とは、北アジアのモンゴル高原から東欧を股にかけて活動した主にモンゴル系民族「タタール人」のことで、江戸時代は、満州をふくむ北アジアの諸民族を総称して「韃靼」と呼んでいた。

今回の新作で、私が密かな楽しみにしていたのは、タイトルにもある韃靼産の馬が、作者のどんな愛情をもって描かれるだろうか、ということだった。『許されざる者』に登場した槇隆光の愛馬ホイッスルの愛すべき面影に、今なお深く支配されていたらしい。だが、そんな淡い期待は裏切られる。作品に登場したのは、フェルガーナの地を原産とする「汗血馬」、ホイッスルの人間臭さからはほど遠く、神々しい輝きにあふれた伝説の「天馬」だった。

物語は、二部からなる。第一部の舞台は、徳川六、七代将軍に侍講（政治顧問）として仕えた新井白石の「正徳の治」。折しも、相次ぐ大地震、富士噴火等によって元禄文化はすでに終焉の道をたどりつつあった。他方、康熙帝のもとで大帝国を築きつつある中国、隣国の李氏朝鮮、東進政策をとるロシアとの間には、目にみえぬ政治緊張が高まりつつあった。

当時、鎖国政策をとっていた江戸幕府だが、李氏朝鮮や琉球王国などとは例外的に「通信」の関係があって、前者との外交窓口を一手に引き受けていたのが、物語の舞台の一つとなる宗氏対馬藩だった。

物語の前史をなしているのは、「柳川の一件」。対馬藩主が、朝鮮国と江戸幕府との間で取り交わされる国書の偽造を行った過去を、宗氏と対立する藩の家老柳川調興が幕府に密告した事件である。李氏朝鮮と交わす国書において、幕府はそれまで将軍の称号を「日本国大君」としてきたが、将軍侍講白石は、通信使待遇の簡素化にあわせて、将軍の呼称を「日本国王」とすることを朝鮮国に伝令せよとの命令を下す。にわかに日朝間の外交摩擦が生じる危険性が生じた。

この厄介な事態を回避すべく朝鮮国との交渉を委ねられたのが、釜山の倭館で密使の任につく本書の主人公阿比留克人。漢語、朝鮮語、さらには神代文字にまで通じた、文武両道のヒーローだが、文献的には、白石の自伝『折たく柴の記』に記された「対馬国の儒生、阿比留といひし人」の息子ということになる。克人は、最終的に国書のすり替えによってこれを乗り越えようと図るが、それを自分一人でやりぬくことは不可能と見て、同じ倭館にひそむ特務工作員李順之に応援を仰ぐ。克人が倭館に赴任して五年、江戸と対馬という二重の窓口から生じる矛盾を解決するには、この李との取引は不可欠な状況にあった。

第一部後半では、朝鮮国側の思いもかけない柔軟さでこの難役を果たし終えた克人が、通信使の一行に従い、対馬、大坂、江戸を訪問するドラマティックな旅が活写される。その旅の終わり近くで、克人と通信使一行の監察御史柳成一（柳川事件の張本人である対馬藩家老の孫）との間に宿命的な反目が生じ、克人はついに彼を斬殺し、その後、杳として消息を絶つ。

第二部は、それから十五年後――。白石の配慮や、対馬藩の「御用商人」唐金屋が組織する地下組織の助けを経て無事朝鮮にわたった克人は、山里の村に窯を開き、同じ倭館にあった陶工李の娘を妻に迎えて、原始的な共同体を営んでいた。

そんなある日、命の恩人唐金屋とその同志たちが訪れ、将軍吉宗が熱望するフェルガーナ原産の「天馬」を手に入れてほしいと懇望する。対馬藩が抱える莫大な借金を、「韃靼の馬」の献上で相殺しようというのが唐金屋の狙いだった。逡巡の末、克人は李と決意し、朝鮮半島沿いを船で北上して、馬市のある会寧に向かうが、そこでは目的を果たせず、次に、「天馬」を秘密に飼育するチャハル・ハーンの一行を追って、ハーンの経営する牧場へと向かう。

こうしてあらすじを記すだけでも、胸が高まり、手元が汗ばんでくる。それほどにスリリングな面白さだ。小説に隠されているテーマの現代性や手法の新しさを指摘することも、さして困難ではない。国書のすり替えのモチーフは、封建体制のもつ独得の不条理を如実に浮かびあがらせてくれるし、権力のエゴイズムに踊らされる末端役人のジレンマといった構図はいつの世にもある。他方、スペクタクル的な面白さから言って、克人に恋心を寄せるリョンハンら、サーカス芸人たちが随所で見せる役回りはみごとの一言につきるし、剣豪小説も顔負けの立ち会いや、大坂・堂島の米の先物取引を描写する腕も見逃せない。会寧から長白山の麓にむかう行軍の描写や、風景描写は心にくいばかりの巧さだ。総じて、隅々にまで張りめぐらされた伏線をぶじ帰着させる心配りは、作者の驚異的な集中力を物語る。

しかし、本書を手にした私が何よりも驚かされたのは、その破天荒ともいうべき多層的な文体である。

「そのときである、洪の舎廊房で、克人が目をさましたのは。おびただしい夢のかけらを銀杏の葉のように撒き散らしながら」

規範的な文体からの逸脱は、小説という器のもつ可能性を示唆する。しかし逸脱には、むろんそれなりの覚悟が必要だが、辻原にはそれがある。彼はある時点で、文体上のしがらみから自由になった（「難しい20世紀の文学にとらわれた自分の作品に興味を覚えなくなった」）。彼の文学が持ち味とする自由闊達さは、まさにここを原点とする。

たとえば、パラレルワールドの技法的な進化にこだわり、フロイト的な「超自我」のしばりから逃れられない村上春樹との違いもここにある。また、村上文学にそこはかとなく漂う運命論的ニヒリズムや、善悪の相対性といった視点も辻原にはない。辻原はどこまでも自由でおおらかであり、生きとし生けるものへの慈しみや、人間存在への深い信頼に貫かれている。日本文学のあり方としてどちらがより現代的であり、優れているか、を問うことに意味はない。それは、同じ時代に類まれに現出する二つの想像力のありようと言い換えてもいいだろう。『１Ｑ８４』以降、村上春樹一色に染まりつつあった最近の日本文学で、辻原が、ほとんど切れ目なくゲリラ的に展開する冒険は、文学の可能性を計り知れず遠い地点に率いていってくれそうな喜ばしい予感に満ちている。

「主人公の運命」と自由

対談　辻原登×亀山郁夫　司会・「すばる」編集部

現代のヨブ記

編集部　一月に辻原登さんの小説『冬の旅』が、また三月には亀山郁夫さんの翻訳されたドストエフスキーの新訳『地下室の記録』が刊行の予定ですが、お二方に、それぞれの作品の魅力についてお話しいただきたいと思います。亀山さんは辻原さんの小説の大ファンとお聞きしていますが、『冬の旅』についてはどのような感想をお持ちになりましたか？

亀山　二年ほど前に辻原さんが、ロベール・ブレッソン監督の映画『ラルジャン』に触発された小説を書くとおっしゃったのを聞いたときから、とても楽しみにしていました。『冬の旅』の最初の一ページを開いたときに、この作品がそれだと気づいて、胸が塞がるような苦しみを感じました。主人公・緒方隆雄の身に、いつつまずきが生じるのか、一つ一つの予兆におびえるというのでしょうか。結末が予測できるだけに、逆にそれを裏切る形で小説が終わってほしいとさえ願って読み進めていきました。

思うに、グローバル化時代というのは、恐ろしいばかりに不確実性が増大していく時代ですね。それにともなって、だれしもが運命というものを強く意識しはじめている。終末的な世界観がとくに若い人の心をリアルに支配するようになった。個人の生命がいかに小さいものであるかと痛感させられるなかで、言ってみれば、ヨブ記のヨブのような――ヨブの場合は、最終的には神に召還されるという、予定調和的な筋立てをもっているわけだけれど――運命を、この『冬の旅』の主人公である緒方は背負わされている。この、現代のヨブの生き方を通して、私は、目を覚まされたような思いがします。私自身いかに、安閑として生ぬるい日常生活を送ってきたか。ひじょうに厳しい小説、それが、まず、私の全体の印象です。

編集部 『ラルジャン』は、ニセ札をつかまされた男がそれを使って告発され、職を失い、やがて強盗の運び屋となって逮捕され……という映画ですね。刑務所を出所後、男は泊ったホテルの経営者夫婦を殺害し、破滅へと向かって行きます。辻原さんの『冬の旅』の主人公・緒方も、ニセ札をつかまされることはないものの、自分の力では防ぎようのない降って湧いたような不運に見舞われ、転落していきます。まず、就職した飲食チェーン店を不当に解雇される。男性の鎖骨の窪みを見ると欲情するというアルバイトの青年・白鳥に、自分の鎖骨を冗談半分に触らせたところを上司に見られ、ゲイ疑惑を理由に解雇されるのです。宗教団体の職員として阪神・淡路大震災の救援活動に携わり、その時に知り合った看護婦のゆかりと結婚。しかし、ゆかりは緒方のあずかり知らぬ過去の事情から、失踪してしまう。やがて、年老いた女性の営む居酒屋を住み込みで手伝うことになり、店を譲るとまで女性に言われるのですが、火事が起きて、店は遺書や権利書ごと焼失。進退窮まった末に緒方は強盗殺人事件に加担し、刑務所に入ります。小説は、そんな緒方が出所する二〇〇八年六月八日から始まり、そこまでの経緯が語られつつ、滋賀から大阪、そして紀州へと向かう最現在へと進んでいきます。

亀山　二〇〇八年の六月八日から物語は始まりますね。作中でも言及されますが、これは、秋葉原で加藤智大が七人を殺害した日でもあるわけです。加藤には、すでに死刑判決が出ていますが、どれだけの人があの犯罪の本質を理解できているか。彼がなぜ、あれほどの罪を犯し、裁かれることになったのか、その経緯は、いまだ不可解です。私にはなぜか、彼と極刑を結びつけて考えることがどうしてもできない。極刑というのは、きわめて遠い世界にあるはずのものなのに、それが恐ろしいほど身近に迫っている。神秘感もなければ、恐怖感もない。

『冬の旅』では、緒方の転落の過程と、出所後の行動が描かれますが、罪と裁きの不条理さに翻弄される緒方を見ていると、「我々は彼をどこまで裁けるのか」という疑問をいやおうなく抱かざるをえないし、その先に「緒方は、私なのかもしれない」というふうにも思えてくる。そういうすごい小説が生まれたのだと思いました。

辻原　小説を書いているときは、無意識で行っていることが少なくありません。テーマや構成は事前に十分準備しますが、実際に書き始めると、誰かに書かされているようなところがある。現実の事件などに触発されることはあるのですが、僕の場合、重要なきっかけは本なのです。

亀山さんが訳されたドストエフスキー『地下室の記録』でも、主人公は本、つまり言葉によって全てを理解していこうとする人物です。それは妄想でもあるけれど、じつは人間は、言語化された形でしか現実を見ることができないし、生きていくことができない。それを極端にすると『地下室の記録』になると思うのです。この『記録』の書き手である主人公と、『冬の旅』を書いている僕とは、どこか似ている。自分がやったことについて、認識してない部分が多いという点で。書く前には批評的な視点も持っていますが、実際、それを文章で書き綴っていくときは、書き手は消えてしまっているような気がするんです。

亀山さんはヨブ記とおっしゃいましたが、緒方は近代小説の主人公ではないんですよね。動機があって何か行動を起こすというのが、いわゆる自由意志を待った近代の人間像ですけれど、緒方の場合、何かを選択してここに至るということがない。しかし、近代以降の小説はほとんど、理由があって何かをする主人公を立てていますね。

亀山　『罪と罰』のラスコーリニコフなどもそうですね。

辻原　たとえば眠りから目覚める瞬間、人は「さあ目覚めるぞ」と思って目覚めるわけではない。ただ起きるんです。それなのに、人はすべてのことを自分自身で判断して行動に移しているような幻想を抱いている。だからこそ動機があって行為があるという小説が書かれてきた。「動機→行動」という図式は、近代小説最大の発明だと思います。そして、そのように描かれる主人公は、みんな英雄なんです。どんな小っちゃな人物だろうが、自分で考えてこうしたいと意を決して行動を起こす、そういう意味でヒーローだと思います。でも実際に生きることはそうではない。そこに小説家たちは気がついた。しかし、その気づきを小説の体裁にするとアンチ・ロマンになってしまう。

近代の小説の形をきちんととりながら、でも近代小説のヒーローではない主人公というものを立てられないか――それが『冬の旅』を書くにあたっての僕のテーゼでした。現実に寄りかかって、現実に起きたことに振り回されながら生きる、動機なんかない、自由について考えたこともない、そういう人間がどんな人生を送るかを書きたかった。だからこれは一種のアンチ・ロマンでもあり、困難な作業でした。

近代の小説の主人公のほとんどは、内面が描かれています。ドストエフスキーもそれを徹底してやっている。そのような内面とか心理は一切描かないで、ラスコーリニコフのような人間を小説にすると、どんなふうになるか。緒方という人間を、自由意志も何も持たない人物として描くとしたら……そこで、緒方が心の中で考えたことを一切書かないという選択をしました。行動だけ、外に見えるものだけを書いていく。うまくいくかどうかまるで分からないまま、小説の始まりをどこに置くかと考えたときに、秋葉原の事件の日に、ある男が出所してくるということにしました。それで物語が動き始めた、そんな感じです。

亀山　秋葉原事件の起きた日時は、今となっても大きな意味を持つ一瞬です。阪神大震災や九・一一のときに、自分はどこで何をしていたのかというように、多くの人々にとってある種の座標軸のような役割を果している。じつを言うと、あの日の午前、私は車で東名高速道路を走っていました。今、時間帯を確かめてみると、その対向車のなかの一台に、確実に彼のバンがあったわけですね。

ところで、辻原さんはなぜ、この小説の出

発点として、あの日を選んだのですか？
辻原さん自身があの日を一種の座標軸として捉えておられて、緒方にそれを反映させながら書いてみようというモチベーションがあったのでしょうか？

辻原 それは、全くないです。先ほどお話ししたように、書くときに私というのは全く消えて、辻原なんていうのはいない。

亀山 なるほど。

辻原 でも、小説の中で、ちょっと大げさですが緒方に憑依することがあって……。

亀山 そこで初めて緒方の内面が出てくるわけですね。この小説には、一切の内面を剥ぎとって行動だけを書いていく、ドキュメンタリー小説としての面白さもあります。心理描写の一切を排除し、行動描写に徹しながら、最後の最後で初めて、主人公の心の声をかすかながら響きわたらせる。しかも、数行で。その跳躍は見事なものでした。

辻原 ありがとうございます。『冬の旅』のラストは、僕の生涯の中でも、脳が焼ききれるくらい考えました。

神の目と作家の目

辻原 近代以降の小説というのは、基本的に主人公が主体を持って生まれてくる。十六歳でも二十歳でも、それなりに主体を持っているということを前提にしないと小説は成立しない。自由意志という問題もあります。主人公が意志を持たなかったら、魅力的でないし、ドラマになり得ない。でも、『冬の旅』の主人公はそのアンチ。何も持ってない男が最後に摑むのが、自由です。
さらに偶然や必然、宿命や運命の問題も常に考えざるを得ない。主体的に行動ができるなら、運命じゃないし、必然でもない。でも実際、偶然と必然は、表と裏なんです。つまり、何者かがもしこれを操っていると考えるならば必然になるし、そういう者はいないと考えたら、全て偶然になる。いずれにしても人間は生きている限り、それを受け入れなければ生きていけない。その受け入れ方として、自分が主体的に引き受けたんだと考えることが、自由意志の獲得だと思うんですが……。

ときに『地下室の記録』の「わたし」も、十六年後に回想して記録を書いているという設定ですね。

亀山 そうです。

辻原 つまり宿命とか運命という問題を、後に考察できるようになってから書く。『罪と罰』もそうです。ドストエフスキーはこの問題を徹底して考えた人なのだと思います。小説にはストーリー、筋立てが必須で、この筋立てというのは、偶然をいかにうまくつくるかということなんです。主人公が主体的に物事を選んでいったら、面白くない。例えばラスコーリニコフは殺人の下見に行って、その後、悪夢を見ます。

亀山 馬殺しの夢ですね。

辻原 やせた雌馬が大きな荷物を引かされて歩けず、酔っぱらいの飼い主に鉄てこで殴られ無惨に殺されて、それを見ていた少年は悲しむ……その夢からハッと目が覚めたとたんに、自分が老婆を斧で殺そうとしたことと、馬が殴られた光景がリンクして、ラスコーリニコフは計画をとりやめようと思う。そのとき彼は、「自由、自由、自由！」と言う。計画していたことがすっと消えて楽になって、自由になったと思ったのですね。その後、何の気まぐれか、センナヤ広場のほうに遠回りしてしまい……。

亀山 その場面は、私自身も、『罪と罰』という小説を考えるなかで、きわめて重要な分岐点とみなしてきた場面です。じつは、ドストエフスキーの文学との再会以降、この何年間か、キーワードとしている言葉があるんです。それが「黙過」です。神による人間の見捨て、ということですね。馬殺しの夢を見、そのあまりの残酷さから、老婆殺しの妄執を吹っ切ったはずのラスコーリニコフがセンナヤ広場に立ち寄る。かつて、私は、この場面をあまり意識せずに読んでいたのですけれども、『罪と罰』の翻訳をしていたときに、ロシアのある研究者が、その瞬間にラスコーリニコフに「黙過」が起こったのだと書いている文献を読みました。ロシア語では、「パプシェーニエ」というのですが、ドストエフスキーはこれだ、と直感しましたね。あのとき、神はラスコーリニコフを見捨てたということです。つまり、そのまま下宿に帰っていれば、おそらく老婆とその義理の妹を殺すこともなかった。しかし、「黙過」が起こり、同時に彼は、まったく盲目的な運命の支配下に入っていくわけです。ところが、「黙過」という視点を持たずにこの場面を読むと、殺人の妄執から解放されたラスコーリニコフがセンナヤ広場へ、そして殺人へ向かったのは、彼の自由意志の行動として読み取られてしまう可能性がある。ドストエフスキーはそう書いてはいないと感じたのです。

辻原 センナヤ広場のように、作家が主題にたどり着くために使う偶然というのは少なくないですね。

亀山 先ほども言いましたが、金貸し老婆を殺害する際に、彼は、老婆の義理の妹・リザヴェータを巻き添えにしてしまうわけですね。まさに盲目的な運命の気まぐれです。ここにも、ある種の黙過、神の見捨てが存在します。ただ、ドストエフスキーの場合、あくまでも「神」が前提にされているからそういう発想になるけれど、辻原さんの世界だと、そこのところは……。

辻原 「神」でなく、おそらく「作家の目」ですね。作家がそのようにする。ラスコーリニコフには、やはり老婆とリザヴェータを殺させなきゃいけない。そのために、ラスコーリニコフは作家に見放されるわけです。しかし、作家は見放すことによって物語を進展させることができる。ちょっと不遜な言い方かもしれないけれども、操っているのが神ではなく作家だと仮定したとき、黙過という考え方はとてもよくわかります。ストーリーの展開に必要であるならば、主人公を自由にし、その後、奪うことも厭わない……。

亀山 恐ろしいですね（笑）。時々、主人公に殺人を犯させる権利を、果たして作家は持っているのだろうかと思うことがありますが。

辻原 基本的に僕はないと思う。作家によって作られた人物は、フィクションのなかであったとしても生きているわけです。だから、小説の中で人を殺すというのは、本当に人を殺すのと同じぐらいの覚悟がないと、僕はやってはいけないと思う。トルストイにしても、ドストエフスキーにしても、やっぱりそれだけの覚悟がありますよ。

亀山 作家が登場人物に人を殺させるときには、そうとうな覚悟を持って行わなければならない。それは、ドストエフスキーが『罪と罰』で証明したことだと思うんです。ドストエフスキーは、ですから、何がしかの倫理的な直感に照らして、現実に生じた事件をよりどころとしたのかもしれませんね。

『カラマーゾフの兄弟』でも、殺されるのは一人ですが、あれだけ徹底した動機づけ、肉づけを行い、あれだけの分厚い物語世界を必要とした。しかし緒方はと言えば、非常に罪深い存在として造型されているにもかかわらず、彼の主体に帰すべき罪というのはゼロに近い。

辻原　『冬の旅』を書き終えて考えているうちに、じつは、僕は『罪と罰』の逆をやろうとしたんじゃないかと思い至りました。ラスコーリニコフが殺人を犯し、そこからいかに自由になるか、救われるかという問題を扱っているとすれば、緒方は正反対ではないかと。

ニヒリズムに見出す生命

亀山　念のために確かめておきたいのですが、『冬の旅』に、『ラルジャン』の影響はあるんですか。

辻原　それは決定的にあります。

亀山　すさまじくニヒリスティックな映画ですよね。それを小説の中に取り込むからには、受け止める辻原さんの中にも、それに対抗しえるだけのニヒリズムがあるはずだと思います。私自身、なぜ、辻原さんの小説がこんなにも好きか考えると、辻原さんが根本的に抱えているニヒリズムがその正体だと思うわけですね。言い換えると、辻原さんの最も根源的な場所に、人間の生そのものに対するニヒリズムが居座っているのではないかと。

辻原　そうです。

亀山　しかも、『冬の旅』は、何と三・一一が起こる前に着想されたと聞きました。

辻原　そうですね。

亀山　私はこの小説を、三・一一に対する辻原さんの最初の答えだと思っていたんです。しかし、そうでないとなると、やはりなぜ『ラルジャン』が小説の原モデルとして選ばれたかが、どうしても気になってきます。『ラルジャン』の原作はトルストイの『にせ利札』(偽造したクーポン券のようなもの)でしたね。

辻原　まずブレッソン監督のファンだったんです。でも、『ラルジャン』は公開時には見ていなくて、最初に見たのは九〇年代ですね。当初はトルストイが原作だとは知らず、そんな名画だとも思えなかった。しばらくして、もう一回見たときに、もっと何かあるぞという感じがして、『にせ利札』を探して読みました。これはすごい小説でした。

映画『ラルジャン』に使われているのはおもに第一部ですが、『にせ利札』は二部構成です。ある少年が出来心からにせ利札で支払いをし、写真屋から釣銭を騙し取る。写真屋は騙されたことに気づきながらも、薪売りにそれで支払いをする。その薪売りが買い物をしたときに、偽造だとばれて不運にも捕まってしまう。それをきっかけに薪売りは馬泥棒になり、彼に馬を盗まれた兵役帰りの農民ステパンが馬泥棒を懲らしめているうちに殺してしまう……というように、にせ利札が人々に及ぼしていく様々な影響が次々と描かれる。馬泥棒の殺害をきっかけに次々人を殺していくステパンは、年金を受け取って家へ帰る女のあとをつけ、一家みな殺しにしてしまう。女は殺されるとき「まあお前さんは、よくもまあそんなことが?」と言う。金を奪い、道路の溝の中で眠るステパンの頭に女の顔が浮かび、殺される直前の哀れっぽい声が耳の中で鳴りやまない。第二部でステパンは聖人になります。捕まって刑務所に入りますが、聖書を全部暗記して、聖書の教えを刑務所で広めていく。あたかもイエス本人のように……。

『にせ利札』を読んで、『ラルジャン』ではわからなかった部分がさらに理解できた。そして作家として感銘を受けました。偶然と運命、どう転んでいくか分からない人生、こういう小説を書いてみたいと思ったんです。

亀山 私自身の『ラルジャン』経験というのがあまりに強烈なものだったので、その強烈なニヒリズムを辻原さんの魂がすっぽり飲み込んで、それが『冬の旅』の土台をかたちづくっているのかと思ったんです。つまり運命や宿命がテーマかもしれないけれども、根底にはニヒリズムがある。思えば、『冬の旅』には、白鳥という、ニヒリズムと神が同居しているような青年も登場しますね。

辻原 確かにニヒリズムは要素としてあると思います。それは人間には主体などない、という考え方です。主体がないんだから、自由意志の問題なんか考えられない。

ニーチェに〝私が考えるんじゃなくて、それが考える〟という有名なテーゼがありますよね。あるいは、〝現代は文法が支配している〟と。「私は考える」という文章は、主語と述語でいうと、主語「私」が先に来て「考える」という行為が後に来る。これは文法であると同時に、我々の人間観というか世界観です。近代科学もすべてそこに基づいている。でもニーチェはその構造を変えるわけです。「私」なんてないと。まず「考える」、そして「私」がつくられていくと。じゃあ、考える主体は何なのかというと、そんなものはない。昔は霊魂とか神という形でそれを名づけたけれども、今、それはもうないんだ。これがニヒリズムの根本だと思います。

僕は哲学者ではないので、現実のことはあまり考えないんです。でも、小説の主人公に主体があるかどうか、ということは考える。小説として考える。『冬の旅』は、やはり「私はない」というところから主人公が動き出した。そして、最後に掴み取るのが、一種の救いといったら大げさですけれど、終わりに向かって必然を生きていくことこそが〝自由〟だと、主人公が認識する。そういう物語になりました。

亀山 辻原さんのイメージと思考の回路が、私の想像していたものとは全然違うということを知って、かなりショックです（笑）。

辻原 どうしてですか。

亀山 私は、辻原さんの文学の何も見えていないのだ、という気がしてきました。そもそも、芥川賞受賞作の「村の名前」がそうです。最近では、日露戦争、大逆事件の前夜を描いた『許されざる者』にも、『韃靼の馬』にしろ、かすかながらもニヒリズムの匂いを感じることはできる。しかし、作品全体から浮かび上がってくるものは、ニヒリズムどころか、生命そのもの、草木が萌えるような豊饒の世界なんですね。ところが、今回の『冬の旅』は、すさまじくニヒリスティックであり、しかも、『ラルジャン』の世界に惹かれる感性が、私とは、まるでちがう土壌から生まれていることがわかった。その、あまりにはげしすぎるコントラストがショックなんですね。

辻原 でも、ニヒリズムこそ僕は生命だと思うんですよ。

亀山 そうなんでしょうね。たとえば、神のような、ある、圧倒的な支配から外れたところにあるもの。

辻原 小説世界から出てしまうと、普段の僕は幼稚園児みたいに何も分からない感じになるんですけれど（笑）、今日は亀山さんに挑発されて、きちんと考えていないことまで言葉にできているんです。

亀山 繰り返しになりますけど、『冬の旅』を読んで、私は、辻原さんのイメージと思考の回路を発見できたと思ったわけです。ところが、この小説が生まれてきたプロセスをうかがって、それとはまるで異なる方向から世界が構築されていると分かった。逆に、私が頭のなかで勝手にイメージしている辻原さんのイメージと思考の回路では、けっしてこの『冬の旅』は生まれなかったのかもしれないなと思います。

辻原 それはそうかもしれませんね。ちゃんと解説していただけるから、僕も自分というものが、すごくよくわかります（笑）。

親鸞とドストエフスキーの世界観

亀山 『冬の旅』の作中、主人公の緒方に大きな精神的影響を及ぼす人物に久島という老人がいます。認知症の妻を殺し、刑期を終えても行き場がないため入出所を繰り返し、高齢のため労役を免除され、写経をして過ごす人物です。この男の、「殺生を専らとする極悪人が、忽然、発心して、南無阿弥陀仏を唱えながら西へ西へと旅し、ついに往生し、仏となる」という話に、緒方は刑務所で耳を傾けるわけですが、これは『にせ利札』や『罪と罰』に通じる思想ではないかと思うわけです。ロシア文学の世界がロシア正教を土台に、神との対峙によって築かれたとすれば、この小説では、浄土真宗的なものの考え方を対置されているようにも感じるのですが……。

辻原 この世は地獄。でも、この地獄を浄土として見る目というのは、たとえば、親鸞がやり方を教えてくれるわけです。

亀山 まさに親鸞の世界観ですよね。ドストエフスキーと親鸞はものすごく近い。

辻原 ドストエフスキーは親鸞と共通していると、僕もそう思いました。

亀山 『カラマーゾフの兄弟』のゾシマ長老は、

一定程度の悪を経験した上で、ひとは初めて浄化されると語っている。『悪霊』には、スタヴローギンという、悪の根源を体現したような人物が出てくる。ドストエフスキー自身も、深く自らの罪を自覚しながら生きた作家だと思うんですね。罪の自覚というのは、ある意味で才能です。

辻原 ドストエフスキーに限らず、人間の悪の部分、特に男の悪の部分というのは暴力性と結びついていて、これが人物を造っていくと思う。男の自己表現のある部分は暴力と切り離せない。それは原始時代からずっとそうで、十九世紀のドストエフスキー、トルストイ、バルザックなどは男の暴力性を、正面から描いている。残念ながら日本の近代小説は、漱石から始まって、そこを除外しながら現代人を描いてきたように思います。そうした男の暴力性について書いたのは、武田泰淳くらいしか思い浮かばない。

亀山 他方、ドストエフスキーはライプニッツの予定調和論、ヴォルテールの『カンディード』に語らせるなら「この世界においては、あらゆる物事がみな最善の状態である」というオプティミズムの世界観と闘い続けてきた。闘い続けてきたということは、彼の中に、それに対抗するニヒリズムがあったんです。もっとも、ドストエフスキーの場合は、このオプティミズムが、ニヒリズムと地下水脈で繋がっているわけです。

たとえば、『悪霊』に登場するキリーロフがそうですし、スタヴローギンなどは、美と醜、善と悪の基準を失った完全な相対論者です。その点で、ドストエフスキーは分裂していたのだと思うわけです。すべての二元論を帳消しにしてしまうような、何か超越的に上から見下ろすような、世界が点景としか見えないような絶対的な高みに立つ一方で、ものすごく生々しいレベルで罪の感覚を持っている。

人間は罪を犯さないことには、どんな喜びもどんな生命も経験できない――それは、『死の家の記録』以降のドストエフスキーがつねに意識していたある究極の発見だったと思うんです。そういったものを経験し尽くした後でなければ、聖性は手に入らない。そういう世界観を持っていたという意味で、ドストエフスキーは、徹底した快楽主義者でもあったわけですね。その中で生まれてきた思想が、今言った親鸞的な、悪人なおもて往生す、によく似てくる。『冬の旅』にも、それが根本に据えられているので、ドストエフスキーのにおいがぷんぷんと漂ってくるわけです。

ところが、現代の日本に生きる緒方はラスコーリニコフ、イワン・カラマーゾフなどと違い、宗教的な意味での救済や、聖性への道を全て断たれている。死刑制度のある・なしが、決定的な意味を帯びてきます。

辻原 はい。

亀山 ドストエフスキーが生きた十九世紀の文化的あるいは宗教的な風土であれば、大聖人になるという道もあった。だからこそラスコーリニコフにもその可能性というか、その可能性の萌芽を残した。ロシア文学には、人間の救済や救いの道を切り拓こうとする部分がある。翻って、今の日本において、文学は、人間救済の処方箋たりうるのかという根本的な問題がある。

辻原 ラスコーリニコフが生きた時代は――もちろん彼は小説内世界を生きたわけですけれど――一八六〇年、十九世紀です。その時点における救済と、今、二〇〇〇年代、二十一世紀に生きる人間の救済の問題は、一緒に論じられないと思うんです。それに加えて、現代を生きる我々に、救済が必要なのかどうかということすら、僕には分からない。つまり、神の観念を失ったら、救済というテーマは出てこない。

亀山 それがニヒリズムなんですね。

辻原 誰が我々を許すのか、それは神しかいない。しかし、その神はもはや存在しない。だから、誰も許されない。救済の問題はテーマになり得ないんです。ならば、どうするか。自ら救済するしかない。自ら救済するというのは、最高形態の主体をかち取るということですから。

亀山 なるほど。

辻原 我々はいつ死ぬかわからない。これは『物語作者』の中でベンヤミンも言っていることですが、我々にとって小説がなぜ必要なのか。我々の人生は湿っている、火をつけても燃え上がらないぐらい湿っている。

僕は、「そうだよな、人間は八割水でできてるもんな」と思うんです（笑）。でも、小説の主人公は火がつきやすいんですね。まず紙ですから。実際、小説の主人公は、基本的には最後死ぬんです。死ななくても、小説が終わった時点で終わっているわけですから、それは一種の死です。我々が実際に生きている湿った人生の中では、自分自身の死を経験することはできない。想像することはできるけど、経験することはできない。小説は、唯一それを与えてくれる。

人間は、結局、死ぬ瞬間にしか人生の意味を見つけることはできない。終わった時点でないと、自分の人生の本当の意味は分からないですよ。それをかつて示してくれたのは、神です。あるいは、神々であったり、仏様であったり。でも、それがないとしたら、自分で自分の人生のセンス sens――と、ベンヤミンは書いているんですが、センス（意味）を見つけなければいけない。我々は死ぬ瞬間を経験することはできない。実際経験した人は、みんな向こうへ行っちゃうので伝えてもらうことは不可能です。その疑似経験というか、それを与えてくれるのが小説であると。我々は小説を読むという経験の中で、ひょっとしたら人生の意味というのは、こういうものかもしれない、と考える。ラスコーリニコフの人生の意味なら、我々は理解することができる。でも実際の自分の人生の意味は、理解できないままなんです。

『冬の旅』の主人公である緒方もまた、自分の死というものを意識して初めて、自分の人生を、迷路を出口から見るように見ることができる。そうすると「あのときこうだったのは、こういう理由だ」というように説明も可能になる。自分が死ぬという視（支）点から見れば、動機も分かるし物語になる。

亀山　ポジティブなニヒリズムというのでしょうか。現代性というと月並みですが、現実の圧倒的な力にさらされた人間の姿がこの小説には描かれていて、一見して、我々の日常からはるかに違い存在である緒方が、ひょっとして自分なのかもしれないと読者に思わせるわけですね。

小説と翻訳

亀山　私は以前から申し上げているように辻原さんの『村の名前』が好きで、かりに私が作家だったら、死ぬまでに一度はああいう小説を書いてみたいと今も思っているくらいなんです。

辻原　でもロシア語から日本語に移すのも一つの創造ですよ。

亀山 もちろん。

辻原 翻訳は小説を書くのと同じだと思う。僕も小説を書くとき、一種の翻訳をしているんですよ。僕の中にある、無意識の本の世界を、どう自分の言葉で表現するか。小説を書くということは常に翻訳作業だと思うんです。

『地下室の記録』も、江川卓さんや安岡治子さんの訳で読んで面白いなあとは思っていたのですが、今回、亀山さんの新訳は、さらに面白いですね。特に後半のところ。主人公の「従僕」であるアポロンが、面白い。何だこの男はって。ああいう人物というのは、天才じゃないと書けないですね。

亀山 そうでしょう。

辻原 主人公「わたし」の友人で将校のズヴェルコフとか、『罪と罰』のポルフィーリーなどは、俗人だけれどもすごく魅力的です。亀山さんの訳で、アポロンはなんという人物なのだろうと感じ入りました。

亀山 じつを言うと、アポロンはマイ・ブームなんです(笑)。ああいう人物は本当に特異な才能がないと書けないですよね。

辻原 書けないですね。彼の趣味といえば、ネズミ退治と……。

亀山 聖書の詩篇読みと……。

辻原 もう一つ何だっけ。

亀山 靴墨作りですからね。

辻原 アポロンと主人公の二人の闘いもすごいですね。アポロンへの支払いをめぐって、「わたし」がどんどん暴走していく。誰かとあんなやりとりを一度くらい経験してみたい、僕も。演技でもいいからやってみたい。

亀山 アポロンと主人公が金をめぐるやりとりをしている最中、突然、リーザが訪ねてくる。そのタイミングの絶妙さ。みごとです。で、彼女は「モードショップ」、つまり、売春宿で主人公の相手をする二十歳の女性です。じつは、この翻訳をするまで、リーザと主人公の間に性的関係はないと思っていたのですけど、あったんですね。

辻原 二度あります。しかも、十五分で終わったなどと具体的に書かれていて……(笑)。

亀山 今まで私は、ちょっと初心すぎると思うくらい、観念的にしか読めなかったところがあって、そういうことはないだろうと考えていた。ところが、テクストを丁寧に辿っていくと、ドストエフスキーは、二人の関係をものすごく生々しく書いているわけです。驚きました。

辻原 生々しいですよね。そこもよく捉えてますね、今度の翻訳は。

亀山 二人の間に〝関係があった〟ことを読者に暗示したいと思って、そこはかなり意識的に訳しました。

辻原 そのほうがいいです。しかも、リーザのよさがより出てきますよね。

亀山 たしかにそうです。それにしても、第二部の「ぼたん雪にちなんで」は、痛々しいというより、もう、ぐっと胸に迫ってくる悲しい物語です。でも、きっと、ああいう経験があってこそ、人間って生きていけるんですね。『地下室の記録』の主人公どころか、ドストエフスキーにとっても、あのずきずきする甘さこそが、永遠の救いなのかもしれない、とさえ思います。この年になってはじめてわかることでもあります(笑)。

ふと、思うんですが、このずきずきする甘さの感覚は、『罪と罰』以降、二度と描かれることがなかったような気がします。『冬の旅』で言うと、ある日、忽然と姿を消してしまう妻への思いとどこか似ているところがありますね。あのずきずき感は、主人公の緒方にとってもやはり永遠の救いというか、救いの可能性というべきなのか……。

ところで、作家として、一度はできあがった小説を読み返すという行為って、何を意味しているのでしょうか。

辻原『冬の旅』、じつは連載が終わってから、一切通読してないんですよ。単行本化のためゲラをいただきましたが、チェックの入ったところしか読んでない。

亀山 読み返すことが怖いということですか。

辻原 怖いということもあるし。何て言っていいんでしょうかね。

亀山 罪を犯したような？

辻原 本が出るのにこんなこと言っていいのかわからないけど、通読するのは、やっぱり怖いですね。それは、読んでひょっとしたらつまらないんじゃないかという、そういう心配もありますが、それよりも、あのラストに至る道行きを書いているときは夢中で書いているわけですから、あらためて通読するというのは気が重くて……。

亀山 でも、あのラスト、読者は本当にショックを受けると思います。たとえ予測していても……。切符を買わずに紀州行きの電車に乗った緒方のもとに、車掌が近づいてくるシーンだって、そうです。もう、完全にシンクロしてしまって、ああ、あの車掌、来なきゃいいのにって……。

辻原 ドストエフスキー的な偶然を使って筋を展開させるためには、車掌が来なきゃいけなかった。

亀山 ラストでは、どんと両手で突き放されて、もう、どこにも行き場がなくなってしまったような、そんな絶望感を味わいましたね。あれは、苦しい。なるほど、読み直さないほうがいいかも……。

辻原　読み直してくださいよ（笑）。

亀山　ならば、著者こそ再読を（笑）。

辻原　そうですね（笑）。

Part 4

神のながら、または全体的災厄を見つめるドストエフスキー

「悪霊どもはその人から出て豚の中に入った。すると、豚の群れは崖を下って湖になだれ込み、おぼれ死んだ」

（『ルカによる福音書』第八章）

『悪霊』の予言性

一八七一年、フョードル・ドストエフスキーは小説『悪霊』の雑誌連載を始めるにあたって、『ルカによる福音書』の一節を冒頭のエピグラフとして引用した。

『悪霊』は、小説の発表に先立つ二年前の一八六九年にモスクワで起こった、とある革命組織内における内ゲバリンチ殺人事件（ネチャーエフ事件）に取材したもので、作家は、それがたとえ「パンフレット」的なものになろうと、どこまでも厳しくこれを糾弾し、カリカチュアライズするという意志で書き始めた作品である。その結果、『悪霊』は、ドストエフスキーの小説のなかでも類をみないパロディー精神と、彼が「敵」とにらんだ登場人物たちに対する、ほとんど悪意とも思えるほど激しい毒舌を含んだ小説に仕上がった。

『悪霊』をひとことで要約するなら、「革命」という名のウイルスに感染した人々の、滑稽かつ悲劇的な末路を描き上げた物語ということになるが、なによりもその特徴は、物語に登場する主要人物の大半が横死を遂げる点にある。文字どおり、死臭紛々たる小説なのである。具体的に、殺害される者が六人、自殺者が三人、病死者二人、ほかにも象徴的ともいうべき死を遂げる人物が、二人登場する。

では、ガリラヤの湖でおぼれ死んだ豚の比喩にならい、『悪霊』に登場し、死を運命づけられた人々の群れを、はたして一概に「豚」と呼ぶことができるのだろうか。その問いに対して、私はいま必ずしもイエスと明確に答えを出すわけにはいかない。なぜなら、物語のなかで生き残った革命家たちの多くが、実は、「革命」のウイルスに汚染された「悪霊ども」だったのに対し、むしろ「悪霊」に憑かれた「豚」たちこそが、すぐれて人間的ともいえる、愛すべき脆弱さを備えた存在だったからである。端的にいうなら、この物語において「湖」になだれ込む登場人物は、すべてがすべて「革命」のウイルスに感染した人たちばかりではないということだ。

ドストエフスキーがかりに「悪霊」を、一種のウイルスのようなものとしてイメージしていたとしたら、そのウイルスには、また別の名称があったに違いないと、私はいま感じている。ドストエフスキーは、単に同時代の革命家たちにつばを吐きかければよかったわけではない。また、悲惨な末路をたどる人たちをその手でつくり上げながら、まるで傍観者のように、彼らが等しく湖でおぼれ死ぬ光景を眺め、せせら笑っていたわけでもない。

『悪霊』の構想にふけりながら、ドストエフスキーはどこかの時点で、自分もまたその「悪霊ども」の一人であり、その「悪霊ども」に取り憑かれた「豚」の一匹であることを感じたに違いないのである。その自覚を経て、『悪霊』は、単なる「パンフレット」的な攻撃論文から、かぎりなく深い悲劇性を帯びた作品に仕上がったとみてよい。

その『悪霊』が書かれてから、これまでに一四〇年の時がたったが、その間ロシアは、帝政ロシアの崩壊と社会主義革命を経験し、その後、ヨシフ・スターリンによる大テロル、二〇〇〇万人の死者を出した第二次世界大戦（独ソ戦）の試練を経て、再度、国家崩壊の経験をなめた。

他方、日本では、『悪霊』の発表から一〇〇年後の一九七二年に、連合赤軍事件が起こり、ドストエフスキー文学のもつ予言性に多くの人々が注目した。この事件で逮捕された若い革命家の一人が、「そこに自分のことが書いてある」と語ったともいう。

また、一九九五年に起こった地下鉄サリン事件をきっかけに、宗教法人オウム真理教の内実が明るみに出て、この団体が、世界終末戦争の名のもと、国家内に別の王国を築き上げようとする一種の革命組織であったことが判明した。当時、この事件に、『悪霊』がはらむ問題性のなにかを嗅ぎあてた人も少なくなかった。

こうして『悪霊』は、歴史の節目に繰り返しよみがえっては、この小説のもつ予言性が指摘されてきた。もっともそこでは、『悪霊』が描き出した事件の外形、すなわち革命組織内の殺戮との構造的な類似のみに、注目が集まってきたわけではなかった。あるいは、犯罪の共有による、すなわち「血糊」による団結という組織論が、興味のすべてであったわけでもなかった。

問題は、ドストエフスキーは単に、「悪霊」という名のウイルスに取り憑かれた「豚」たちの狂気を見つめるばかりか、その狂気を、その悲惨な末路を冷徹に見入る人間の視線の意味についても考えていたということである。そして現代において、『悪霊』は、「革命」のイデオロギーに取り憑かれた人々の狂気よりも、むしろその狂気に見入る傍観者の側にも問題があることを提起している、と私は考えるのだ。

第二次世界大戦後六〇年の歴史のなかで、なにがしかのイデオロギーや観念に取り憑かれた人々の集団的な狂気が、大量死をもたらす可能性について、私たちはほとんど目を向けることをしなかった。浅間山荘事件（一九七二）や三菱重工爆破事件（一九七四）をもって、国家はそうした可能性を完全に封印しきったとさえ思われてきた。

地下鉄サリン事件が起こるのは、それから約二〇年後のことだが、この事件が衝撃的だったのは、宗教もまた一個の独立した社会的イデオロギーであり、ときとして暴力装置に変化するかもしれない可能性を秘めていること、またイデオロギーを支える狂気が宗教者の側にも存在し、人間の安心立命をこそ最大の目的とすべき宗教が、宣教（プロパガンダ）の手段として人間の殺戮をも視野に入れ始めたという事実である。

この構図は、『悪霊』において描かれた革命組織内の暴力とは根本から性質を異にするものであり、その意味で『悪霊』は、もはやこの事件を考えるための参照項として意味を失ったことは疑いない。わずかながら、麻原彰晃のもつカリスマ性が、『悪霊』の主人公ニコライ・スタヴローギンとの連想を招き寄せただけのことだった。

もっとも、ドストエフスキーが、『悪霊』のモデルとなったネチャーエフ事件から受けた衝撃は、私たち一般市民が地下鉄サリン事件から受けた衝撃と、大きくは変わらなかったのではないかと思う。「自由、平等、博愛」――これは、フランス革命が掲げた理想だが、少なくとも前二者、すなわち、自由と平等の理想を実現するために人間の生命が軽々しく扱われることがないよう、すなわち、目的がすべての手段を正当化するといった事態を回避するためにも、最後の「博愛」

は必要不可欠な標語となった。

「博愛」に投影されていたのは、なによりも生命の絶対的価値という理念である。だが、フランス革命は、のちにその高邁な理念から大きく逸脱し、マクシミリアン・ド・ロベスピエールによる恐怖政治のもと、すさまじくも血なまぐさい現実を招き寄せたことは周知のとおりだろう。ネチャーエフ事件に対してドストエフスキーの怒りが爆発したのは、革命そのものの理念というより、その手段に対するもので、そこにはなにかしら、本能的とも呼びうる真摯さがこもっていた。そして革命そのものに対する嫌悪は、まさに『悪霊』のシガリョーフが唱える「一億人の首切り」の予言として結晶化することになった。

「彼（＝シガリョーフ）はですね、問題の最終的な解決策として、人類を二つの不均等な部分に分割することを提案しているのです。その十分の一が、個人の自由と、他の十分の九に対する無制限の権利を獲得する。で、他の十分の九は人格を失って、いわば家畜の群れのようなものになり、絶対の服従のもとで何代かの退化を経たのち、原始的な天真爛漫さに到達すべきだというのですよ、これはいわば原始の楽園ですな」

どんな人道的な理想も、そのラジカルな現実化を目指そうとしたとたん、大量殺戮という手段を避けえなくなる現実を、地下鉄サリン事件ほどはっきりと例証してみせた事件はない。では、この悲劇的事態に対して、日本の文学者たちはどのようなスタンスをとることができたのだろうか。地下鉄サリン事件の被害者にインタビューを行った、作家村上春樹がこの事件に見ていたのは、運命の全能性ともいうべき一種のニヒリズムだった。そのニヒリズムが、たとえば『1Q84』などの彼の作品では、善と悪の相対性といった独自の哲学に結晶化した。

この地下鉄サリン事件の二ヵ月前に起こった阪神・淡路大震災もまた、大量死の経験という意味において、ドストエフスキー・パラダイムを呼び招く大きなモーメントとなった。作家・髙村薫は次のように述べている。

「私自身は阪神大震災で六四〇〇人の死を経験して一五年たったいま、やっと一つ、自分のなかで漠然と形になったものがあるように感じています。それは、もうなにも見る者も、聞く者もない絶望の感じ――たぶんスタヴローギンが最後に首をくくる前がそうだったと思うんですが、そういう自死に向かうときの『無』の感じ――」

髙村薫が、阪神・淡路大震災で経験したドストエフスキーは、「聞く者もない絶望の感じ」という一語に、みごとに集約されている。それを、スタヴローギンの自殺になぞらえたのは、おそらく二一世紀グローバル化時代における、ドストエフスキー受容の一つのあり方を暗示したものだったと思う。

同じ髙村薫が、アメリカ同時多発テロ（九・一一テロ）に震撼させられ、『太陽を曳く馬』の一部に次のように書いたのは、その体験に、阪神・淡路大震災におけるものとの同質性を見たからに違いない。それは、当事者でありながら、なおかつその現実に対して無感動な傍観者であるというパラドックスであり、そのパラドックスの発見は、村上のニヒリズムに近い無力感の表明となった。

「絵は、事件現場の死体の視線に似ている。九月十一日に見たのは、新しい抽象絵画であり、実体験できないものとしての死であり、この世界の外」

人災としての地下鉄サリン事件、天災としての阪神・淡路大震災、その双方をつなぐ環――それは、それらの災厄を巻き起こす主体ではなく、その災厄を引き受ける側と、その災厄を目撃する者の立場にのみ生じる。

巨大な災厄を引き受ける人々のドラマを、古今のドキュメンタリー文学は、確実に描き続けてきた。スターリンによる大テロルの現実を記録したアレクサンドル・ソルジェニーツインの『収容所群島』や、アウシュヴィッツ収容所の経験者である心理学者、ヴィクトール・エミール・フランクルの『夜と霧―ドイツ強制収容所の体験記録』がその例である。

では、災厄を目撃する「傍観者」のドラマを描き出した文学は、存在していただろうか。その発見という意味において、ドストエフスキーの『悪霊』は、歴史的かつ先駆的な意味をもつ小説だった。

革命の現場からも、災厄の現場からも遠く離れた地点にいる人間の、なにが問題であったか、また一九世紀後半のロシアに、そして当のドストエフスキーに、災厄を「引き受ける」当事者、あるいは「目撃する」第三者の問題を考えうる、どれほどの具体的な事実なり、素材なりがあったというのだろうか。

周知のように、一八六六年のアレクサンドル二世暗殺未遂事件以降、ロシアでは徐々にテロリズムが常態化し始めていた。しかしその標的となったのは、ロシア皇帝や政府要人であり、罪なき市民をも巻き込む無差別テロの手段が試されたことはなかった。他方、ドストエフスキーが生きた六〇年の間に、少なくとも彼が見聞できた全体的な災厄は、クリミヤ戦争（一八五三〜五六）にすぎなかった。

この戦争が引き起こした悲惨な事例は、『カラマーゾフの兄弟』のイワン・カラマーゾフの口を通して断片的に読者に知らされるだけである。だが、ドストエフスキー個人に目を向けるならば、そうした全体的な災厄とは異なるレベルで、彼の、そうしたカタストロフの感覚、しばしば黙示録的と表される想像力を養う事件は少なからずあった。

彼の生涯の前半を垣間見るだけでも、いくつか、それを暗示する不幸な事実が浮かび上がってくる。農奴による父親の殺害、持病のてんかん、死刑判決、そしてシベリア流刑——。彼はそうした生身の経験のひとつひとつを通じてなお、世界の災厄を見つめる「傍観者」の問題に足を踏み込まざるをえなかったのだ。

九・一一の「ダイバーたち」

二〇〇一年九月、正確には九月一二日の朝、私はロンドンのホテルで、世界貿易センター（WTC）崩落の場面を繰り返し映し出すテレビのモニタ画面に見入りながら、パーソナル・コンピュータのキーボードに両手を置いた。

この未曽有の現実からどんなことばが生まれるのか、まさに白紙状態で、私はどこからか、ことばが訪れてくるのを待った。WTCのツインタワーの中で、飛行機の中で数知れぬ人たちが、迫りくる死の恐怖におののき、救いを求めている。しかし、私の耳にその声は届かず、その声を脳裏に思い浮かべる私の心にも、悲しみの感情は起こってこない。要するに、これまでの経験とは根本的に違うなにかが起こったという、ただそれだけの直感だけがあった。

その経験は、より客観的な立場から言い換えるなら、かつて湾岸戦争で死んでいった人々の映像や、九・一一事件以後、アフガニスタン、イラクに対して行使された空爆の映像と対をなしていた。ともあれ、私たちが、文化人類学者・今福龍太のいう「衛星的暴力」のもとにさらされた瞬間、それが、九・一一だったといってよい。

そしてそれは、同じ今福が、「物理的に発動された暴力を『暴力』として想像できない離人症的な心性」と呼ぶ悲劇的事態を、私たちに深く認識させるものとなった。カメラのレンズにしろ、テレビのモニタ画面にしろ、私たちの多くが「現実」と相対する経験のあり方と、網膜や皮膚を通して経験されるなにかとの落差を、ゼロにしてしまう衝撃——。ツインタワー崩落の映像の前にたたずむ私の手もとに訪れてきたことばは、次の三つだった。

「神は死んだ。　身体は死んだ。　私たちが神になった」

「神は死んだ」——記憶するかぎり、それは、かりにこの世界に神が存在するなら、このような現実をわれわれの目にふれさせるようなことはしないだろう、というある種の直感だったと思う。不思議なことに、そこで意識されたのは、死者の数ではなく、その光景のあまりの異常性だった。比較するものがない、という事態に接することほど恐ろしい経験はないが、少なくとも映像的にそれに比較するものがない事件が起こったのだ。

「身体は死んだ」——私はそのとき、黒煙に包まれるＷＴＣの窓から飛び降りる「ダイバーたち」の小さな影を目撃していた。だが、「身体は死んだ」ということばそのものが出てきた理由については、自分でもほとんど理解が及ばなかった。最終的な理解にいたるまでに、その後七年の時の流れが必要となった。

「私たちが神になった」――もしも神が存在するなら、神は、おそらく自分たちがいまテレビのモニタ画面を通して見ているようなまなざしで、世界を見ているに違いない。その意味で、私たちは、神に近い立場に、世界を俯瞰できる視点に立つことができたのだ。そしてそのまなざしは、いずれ自動化し、初めてそれを目にしたときの新鮮な驚きは忘れ去られ、より刺激的な映像を求めることになるだろう。そしてついには、そうした欲求そのものにも飽きて、なんの感慨もなしにその映像を眺める日が訪れるのだ。それこそが神の目だ、との思い……。

それは、シベリアの流刑地に立ったドストエフスキー自身が、予言した事態でもある。

「人間というのは生きられるものなのだ！　人間はどんなことにでも慣れることのできる存在だ。わたしはこれが人間の最も適切な定義だと思う」

もっとも、「どんなことにも慣れることのできる」動物としての人間の「定義」は、あくまでも受苦という立場から表明されたことばだった。

興味深いのは、同じドストエフスキーが、受苦の立場ではなく、むしろ苦しみを与える立場から、「どんなことにも慣れることのできる」人間という、悲劇的認識にとらわれていたことである。それは、根本的には、サディズムの問題に行き着くはずのものだが、彼が、小説のなかで初めてその問題に自覚的にたどり着いたのが、『罪と罰』だった。

世界のいっさいの苦しみに対して無関心となり、善悪の彼岸に立ったとき、人間は人間としての意味を失うと彼は考えた。ドストエフスキーがそうした善悪の彼岸に立った人間(たとえば『罪と罰』のアルカージー・イワーノヴィチ・スヴィドリガイロフ)に対して、ピストル自殺という運命を突きつけたのも、決して偶然ではない。

他者の苦しみに対する無関心というテーマ、さらにはその表象化を、ドストエフスキーはそのまま『罪と罰』で終わらせることなく、『悪霊』においても追究し続けた。自由、平等、博愛を人間社会にもたらすべき革命の理想の限界と、その現実的な帰結ばかりではなく、それを担う革命家たちの堕落を、とことん追究しようとしたのである。

それればかりか、彼の関心は、「どんなことにも慣れることのできる」人間が宿命的に抱え込む、無関心という病にも及んでいた。

『悪霊』のなかには、いくつもその印象的な場面を見出すことができる。あとで少しふれるが、凌辱した少女の自殺を黙過するスタヴローギン、死の恐怖を乗り越えた者が神になるという哲学を実証せんと、ピストル自殺をもくろむアレクセイ・キリーロフ、そのキリーロフの死を、自分たちの政治犯罪にからませて利用しつくそうとするピョートル・ヴェルホヴェンスキー。

スタヴローギン、ヴェルホヴェンスキーの二人はともかくも、『悪霊』のなかでは、まさに生命力のシンボルであり、世界との「共感」を象徴すると思われるキリーロフまでが、断罪の対象となららざるをえない。人神の境地に達し、予定調和的な世界観に恍惚とするキリーロフは、「飢え死にする人がいても、女の子をいじめ、辱めたりする人がいても、――それもいいことなのか」との問いにこう答える。

「いいことなんです。子どもに代わって脳天をかち割っても、いいことなんです。かち割らなくてもいいことなんです。何もかもいいことなんです」

「何もかもよい」という世界観において、キリーロフは、スタヴローギンと同じ善悪の彼岸に立っている。キリーロフは、世界とのかぎりない同期の末に、人間と世界の全体的肯定に向かい、スタヴローギンは、世界へのかぎりない無関心の末に、人間と世界の全体的否定へと向かう。

善悪という観点から判断した場合、同期と無関心、肯定と否定との間には、ほとんど落差を見出すことはできない。おそらくはドストエフスキー自身にも、その答えを見出すことは困難だったろう。

九・一一事件からまもなく、私はほとんど衝撃的といってよい発言を耳にすることになった。WTC崩落を「想像できるかぎり、最高の芸術的な行為」と呼んだ、ドイツの作曲家カールハインツ・シュトックハウゼンのことばである。それはまさに、『悪霊』の一節（「好色で、獣じみた何がしかの行為と、なんであれ、たとえ人類のために命を犠牲にするといった行為の間には、美という点でみると、差異を認めない」）を彷彿させる発言だった。

崩落のシーンがかりに芸術であり、美であって、他方、芸術に、美に、なにかしら人の心を癒やすものがあるなら、有無をいわさぬこの大惨事は、何人かの人に心の癒やしを与えたのかもしれないということだ。

『悪霊』の主人公はいみじくもこう語る。

「すべて他人の不幸というものは、いかなる場合でも、傍観者の目を楽しませるようなものを含んでいる」

シュトックハウゼンが語ったことばには、彼が目にしている光景の一部を構成しているのが、かぎりない苦痛を受けている人間であるという視点が欠落している。WTC崩落に集約されるテロリズムは、巨大な岩盤のような二つのイデオロギー、二つの巨大な政治的パワーが衝突し、こすれあった結果であり、それによって多くの人々はまきぞえをくったが、シュトックハウゼンの右の発言は、二つのパワーの衝突が意味する複雑なポリティクスも、かぎりない苦痛を受けている人間の存在もまた、根本から無差別化するニヒリズムをはらんでいた。作曲家はまさに、善悪の彼岸に、美醜の彼岸に立っていた。むろん、そこで問われるべきは、芸術とはなにかという問題だったに違いないのだが……。

キリーロフのように、世界のすべての事象に対してイエスを発する、あるいはスタヴローギンのように、世界=他者の苦しみのいっさいに無関心になる——この両極のまなざしに、ドストエフスキーは身を置き、そこに深い関心を払い続けていたことが、多くの作品から伺い知れる。思えば、その両者が一点でねじれ合う光景に、ドストエフスキーは、革命の理想と革命運動の本質を探りあてていたに違いない。それは、革命運動のみならず、現代における政治権力の全体に通じる本質だったといっても過言ではない。

では、全体的な災厄のなかで苦しみを受ける立場を、ドストエフスキーはどう見ていたのだろうか。ドストエフスキーが『カラマーゾフの兄弟』において提示した問題の一つが、そこにある。「神がなければ、すべては許される」というテーゼを編み出し、父殺しの使嗾者《しそうしゃ》として意味づけられる無神論者のイワン・カラマーゾフは、次のように叫ぶ。

「おれは、……最高の調和なんてものをすっぱり撥ねつけてやるんだ。そんなものは、ちっちゃなこぶしで自分の胸を叩き、臭い便所で無益な涙をながして『神ちゃま』に祈っていた、あの、さんざん苦しめられた子どもの、一粒の涙にだって値するもんか！」

ドストエフスキーが、革命を否定したうえで、どのような救済の処方箋を想定していたか、それは謎である。キリスト教を一義的に想定することは、むろん困難だった。だが、世界全体にうずまくもろもろの矛盾や苦しみのなかで、唯一絶対の価値を担うもの、それこそが「生命」そのものへの信仰だった。

その点において、作者ドストエフスキーの信念にいささかのゆるぎも生じることはなかったが、しかし、イワンはそうした作者の信仰を受け継ぎながらも、その「生命」に一定の留保をつけていた点において、作家とは一線を画していた。それは、同じ生命でも、無垢の生命と汚れた生命があるという、二分法である。

後者の汚れた生命に対して、イワンはどこまでも寛容というわけにはいかず、彼の無神論はまさにそこに、出発点が刻み込まれていたのである。同時に、テロリズムが、かりに汚れた生命を標的にするものであり、テロリズムにとって、生命が最高の効力をもつ爆弾であることが認識されていたとしても、生命が、「ちっちゃなこぶし」で自分の胸を叩く幼い少女の肉体そのものであることに気づくことは困難だった。

私がいま思い出すのは、スーザン・ソンタグが最後の著書『他者の苦痛へのまなざし』に記した、含蓄あふれる次の一行である。

「彼らの苦しみが存在するその同じ地図上に、我々の特権が存在する」

九・一一事件からまもなく、「テロリスト」を「臆病者」呼ばわりした、ジョージ・W・ブッシュ大統領に対し、果敢なカウンターパンチを放ったソンタグの、勇気ある発言である。引用文中の「彼ら」とは、ほかでもない、ボスニア・ヘルツェゴビナ紛争で苦しみを受けた、サラエボの市民である。ここには、同期と無関心、肯定と否定、黙過と共苦の二つの対立軸を統合する認識が示されている。ソンタグはこの認識を足場に、苦しみを受ける人間を目撃し、記録する側の人間に注意を向ける。

サラエボの市民が、フォトジャーナリストに向かって叫んだことばを引用しよう。

「あんたたちは、爆弾が炸裂したらもっとたくさん死骸が写せると待っているのか？」

しかし、ソンタグは一方的にフォトジャーナリストを責めているわけではない。なぜなら、彼らもまたサラエボの市民と同じ危険に身をさらしていたからだ。しかもサラエボの市民が、自分たちの苦しみが、写真という媒体によって歴史のなかにとどめられることを望んでいたことは、まぎれもない事実である。

ただし、自分たちの苦しみが、第三者のまなざしの欲望のいけにえとなることだけは、許すことができなかった。ソンタグの言をかりるなら、彼らが望んでいたのは、まさに「自分たちの苦しみが自分たちに特有なものとして見られること」であったからである。

人間の苦しみが、「自分たちに特有のもの」となることなく、他者の貪欲な視線のいけにえとなるような事態。ドストエフスキーは、ある時点からその非情さに気づき、あるいは文学が真摯に向かい合うべきテーマの根源性がひそんでいるのを見たと、私は思う。なぜなら、『罪と罰』のスヴィドリガイロフ、『悪霊』のスタヴローギンのみならず、作者のドストエフスキー自身が、欲望機械と化したまなざしの体現者だったこともあるからだ（ジャン＝ジャック・ルソーにも似て、彼は、その意味で、純粋に現代人としての宿命を背負っていた）。

ドイツの画家ハンス・ホルバインの『墓の中のキリストの屍』のカンバスを目にしたドストエフスキーが、そこに「神の不在」に近いなにかを経験できたのも、彼がそれを究極のポルノグラフィーとして認識できる、特異なまなざしの所有者だったからである。そして、『悪霊』で彼のまなざしは、そうした額縁に固定されたカンバスではがまんできず、ついに少女の縊死体そのものを、欲望のオブジェとするのである。

ご承知の方も少なくないと思う。『悪霊』の主人公スタヴローギンは、数日前に自分が凌辱した少女が、中庭にある納屋で首を吊って死ぬのを予感しながら、その少女を助けに行こうとせず、アパートの四階の一室で、「そのとき」がくるのを静かに待ち続けている。スタヴローギンにとって、それはまさに神の地位を簒奪するための試練であり、なおかつ恍惚のひとときだった。思えば、スタヴローギンが目をつぶり、少女の死をやり過ごすわずか十数分の間に、二機のボーイング機が接近し、WTCを崩落せしめるのである。

やがてスタヴローギンが腰を上げ、中庭に降り立ち、納屋の板張りの向こうに少女の縊死体をのぞき見るとき、私たちはテレビのモニタ両面に、WTCの白亜のビルに穿たれた窓からダイビングを試みる人々の姿を目撃する。

九・一一に際して、私が、ロンドンのホテルでコンピュータに入力した「身体は死んだ」の意味するものがここにある。

一瞬のうちに大量死を可能とする現代は、まさに苦しみを受ける主体の身体、より正しくは、個別の身体が死んだ時代であるといってよい。では、そうした時代において文学がなしうる役割とはなんなのか。それはほかでもない、レンズでも、ガラス窓でも、テレビのモニタ画面でもなく、文字という格子縞の網の向こうに、「自分たちに固有のもの」である魂と身体をひたすら想像するという、原始的かつ根源的な営みのなかにあると私は考える。

自然の暴力とドストエフスキーの「生命」

九・一一事件から一〇年近くを経た現在、他者の苦しみや他者の死に向かい合う私たちの目と精神は、どのように変化したのだろうか。

他者の苦しみ、他者の死を、みずからの目のいけにえとすることなく、「自分たちに固有のもの」として経験できる「共苦」。その想像力を失わずに、生きることができただろうか。九・一一が最終的に要請していたのは、ありとあらゆるレベルにおける、「共苦」の回復ではなかったろうか。

この一〇年ほど、私たちはのちの三・一一の到来を前に、さまざまな天災人災の、双方のレベルでの大規模な災厄をいくつも目撃した。

九・一一に対する報復攻撃として実施されたアフガニスタン空爆（二〇〇一）、スマトラ島沖地震・インド洋大津波（二〇〇四）、中国の四川省での大地震（二〇〇八）、さらには二〇一一年に北アフリカ諸国でにわかに勃発した民主化運動、とりわけリビアでの内戦状態。ネット時代の特色として、すべての情報は一瞬のうちに世界中に伝播し、私たちの貪欲な目によって消化されていった。

国内では、全体的災厄というには、決して規模は大きくないが、私たちに未曽有の光景を垣間見せた事件がある。秋葉原無差別殺傷事件（二〇〇八）がそれである。既視感がないという光景ほど、恐ろしく胸に突き刺さる経験はない。

思うに、この事件が私たちに突きつけたのは、最終的に、犯人の青年をどこまで裁けるのかという問題であったように思う。私自身、事件の内実が明るみにされるにつれ、徐々に、裁判員制度どころか、人間を裁くという国家的な営みそのものに対する、根本的な問いにさいなまれ始めた。なによりも、犯人である青年に、私がつね日ごろ憎しみを感じるある種の「悪意」を、見てとることができなかったからである。かりに青年の存在そのものが悪意の塊であったとして、みずからの悪意の報いとして彼はなにを得たというのか。

私は、秋葉原に現出した光景を、もはや善と悪の基準でははかることのできない、ある超越的な空間としてしか思い描けなかった。彼が、善と悪の彼岸に立つサイコパス的青年であれば、ドストエフスキーと同じように、別の運命を授けることも可能だったろう。だが、つかの間のおごり、つかの間の狂気に取り憑かれたその犯罪は、おのずから『罪と罰』の主人公ロジオン・ロマーヌイチ・ラスコーリニコフの殺人を、強く想起させるものだった。ちなみに、ラスコーリニコフにくだされた判決は、シベリアでの懲役八年。

そして、架空の設定ではあるが、私がこの法廷に裁判員として立つことになった状況を想定しながら、確信をもってこの青年に極刑を主張することができないと感じた。そうなると、死刑制度がゆるぎなく存在する日本で、ドストエフスキーが唱える救済の原理はどこまで有効か、ということが、当然問題とならざるをえなくなる。

ドストエフスキーは、みずからがかつて死刑判決を受け、恩寵にあずかった経験をふまえて、生命の絶対性をみずからの世界観の基底に据えた。彼はどこまでも有罪者の生命を守り、死刑制度に対して反対の立場を貫き通した作家である。

では、ドストエフスキーは、犯罪と飲酒にまみれ、世界の終わりを想起させる都市の混乱を目にしながら、救済の手だてをどこに見ていたのだろうか。

その一つに「大地」という観念がある。『罪と罰』や『悪霊』を書いていた時代のドストエフスキーが特に強い関心を寄せていたのが、当時、流行の兆しを見せていた自殺である。統計によると、一八六八年以降、五年間の人口増加率一五％に対し、自殺者は三〇〇％増という、驚くべき数字が出ている。ドストエフスキーは、『作家の日記』（一八七六年五月）のなかで次のように嘆いた。

「ロシアの大地は人々を支える力を失ったかのようだ……。いわゆる『生命力』、それなくしては、一つの社会も生存できず、国土も崩壊をまぬかれない、そういう存在のいきいきとした感情は、どこへ行ってしまったのか、まったくわからない」

「生命力」という表現から透けて見えるのは、ロシアが国家としての推進力を失い、崩壊の道をたどりつつあるという、ナショナリストとしての絶望感である。大地がこの「生命力」を回復させることなしに、人間の回復はありえないという認識は、彼のキリスト教観と深くつながっていた。そして彼は、大地とキリスト教を結びつける絆として、ある種の共同体の存在を思い描いていた。端的にいうなら、ロシア正教が説く全体的な力、全一性（ソボールノスチ）の力である。

ソボールノスチとは、個々人が十分な相互理解を保ち、なおかつみずからの個性を失うことのない、調和的な共同体を意味する概念である。

その根底に横たわっていたのは、本来的に不完全な存在である個人は、全体の一部となることで初めて完全性に到達できる、という考え方である。歴史的には、ロシアのミール（農村共同体）において、それが理想的な姿で維持されていると考えられてきた。戦後の日本が、その六五年の歴史のなかで喪失してきたもの、それもやはり共同体である。グローバル化、ネット社会において新しい共同体のかたちが摸索されつつあるとはいえ、それがどれほど救いと希望の原理たりえているかは、未知数である。ともあれ、共同体の喪失による犠牲者が、目に見えないかたちで徐々に増大しつつあることはまぎれもない事実だろう。

二一世紀に入り、私たちの想像を絶する事件や災厄を見聞できるようになったのは、ＩＴ（情報技術）革命の結実による。視覚的情報の飛躍的拡大は、世界のさまざまな事象を、かぎりなく個々の人間に近づける結果をもたらした。三・一一のマグニチュード九・〇、死者・行方不明者合わせて二万七〇〇〇人以上、この数値が意味するものは、はたしてなんだろうか。スターリン時代に、スターリンのことばとして流布してきたことばがある。

「一人の人間の死は悲劇だが、百万人の死は、統計にすぎない」

既視感がないという意味において、二〇一一年三月一一日（三・一一）の震災は、九・一一事件が色あせて見えるほどに恐ろしい光景を、私たちに突きつけている。

この未曽有の現実を「天罰」にたとえる声がある。そこでは、ソンタグの「彼らの苦しみが存在するその同じ地図上に、我々の特権が存在する」ということばが忘れ去られている。しかし、かりに、一九世紀後半のロシアに同じような災厄が生じたとして、「大地」主義者であるドストエフスキーもまた、同じように「天罰」というひとことを吐いたかもしれないと想像する。だがそれは、原罪の観念にどこまでも深く貫かれた作家ならではのことばでもあり、そこでは、あくまでも罰を乗り越える意志が表明されていたはずである。九・一一事件には、はっきりと罪と罰の関係に置き換えられる、一種の対称形が存在していた。客観的とはいえないながらも、罪を罪とみなし、罰を罰とみなす主体があった。その意味でまさにイデオロギーのドラマだったのである。

だが二〇一一年三月、私たちの前に現出した状況は、ことによると「黙示録的」としか表現しようのないもので、だれかの罪に帰することなど、とうていできない。どこまでも犯人捜しをしても、どこにも犯人がいない。キリスト救国でない国は、それを神の怒りとして意味づけることすらできない。まさに、むき出しの暴力そのものとしてしか経験できない、なにかであった。「黙示録的」という表現は、その根底に「天罰」の意味を否応なくはらむ。日本が宿命的に抱える災厄、その災厄を防ごうとする努力のすべては、灰燼に帰してしまった。

私たちはいま、文学の立場からどういうことばが吐けるかといえば、それは、かぎりなくゼロに近いだろう。もっとも、その光景の異常さを、なにがしかの文学のことばではなく、ある種のメタフィジックな直感でもって眺めることのできた日本人は、決して少なくなかったと思う。一〇〇〇年に一度の天災を経験した私たちは、いっさいのトリビアリズムに対する無関心を生み、他方、人間の生命にかかわるなにかしら重大な発見に目ざめたに違いない。おそらく、そこにしか望みはない。

死は、どこまでも個人的な事実であり、個人的な事実の集積の上に大量死は存在する、という事実――。逆にその意味で、この大震災を、個々人にふりかかった「天罰」として意味づける行為には意味がある。「天罰」が罰する相手は、つねに一つ、根本的に「おごり」「傲慢」である。

では、この未曽有の事態のなかで、ドストエフスキーを口にすることに、どのような意味があるのか。それはおそらくただ一つ、生命、ということばであろう。

九・一一の光景には、私たちが、私たち自身の問題として受け止めるだけの世界性があった。だがこの大震災には、その世界性において、より根源的な意味が含まれている。そこでは、ありとあらゆるイデオロギーをこえて、自然と人間という、生存の最も根源的な姿が露出しているからである。それは、久しく私たちが科学万能の信仰のなかで忘れていた感覚であった。

大地震の発生直後、押し寄せてくる大津波の波形を眺めながら、私の脳裏に浮かび上がったのは、第二次世界大戦のさなか、ナチス・ドイツの戦車群が、ソビエト連邦の領内を突き進んでいく光景である。この連想に、決して意味がないとはいえない。

大地震のあとに続いた津波、津波に続いて起こった、福島第一原子力発電所の破局的な被害、放射能漏れ……。私たちの生存が少なからずそこに依存している以上、やはりこれを、人災とかたづけることはできない。「人災とかたづけることができない」ということは、罪と罰の連関性のなかにこの事象を落とし込めることはできない、ということである。

ではいま、罪と罰の連関から解き放たれた、純粋に自然の暴力としての大震災に、ドストエフスキーの文学は、どのような意味づけを与えることができるのだろうか。一九世紀半ばのロシア、農奴制がいまだ色濃く名残りをとどめるロシアにも、この全体的な災厄はあり、それはドストエフスキーの文学にも深く入り込んでいった。

この全体的な災厄は、どのようにかたちを変えて認識されていたのか。ドストエフスキーが、大量死のイメージを脳裏に思い浮かべたのは、『悪霊』が最初と思われるが、よりグローバルな視野でこれを予言的に表象化したのは、『罪と罰』の主人公ラスコーリニコフの夢が最初だった。

ここでは、「旋毛虫」に置き換えられた「悪霊（霊的な存在）」が人々の体内に入り込み、その結果、人々はそれぞれに滅ぼし合いを繰り広げ、最後には、ごくわずかな「選民」を除いて滅び去る。

「全世界がアジアの奥地からヨーロッパに向けてひろがる、ある、恐ろしい、聞いたことも見たこともない疫病の、生贄《いけにえ》となる運命にあった。ごく少数の選ばれた人々をのぞいて、人類はすべて滅びなければならなかった。……出現したのは、新しい寄生虫の一種で、人体に食い入る微生物だった。しかも、この微生物は、知恵と意志をさずかった霊的な存在だった。で、その疫病にかかった人々は、たちまちのうちに悪魔つきのようになり、発狂するのだった」

ドストエフスキーは、この「旋毛虫」にどのような意味づけを施していたのか。それはほかでもない、人間が宿命的にもつ「おごり」である。この夢を見る主人公ラスコーリニコフが陥った罪も、まさに「おごり」にあった。

他方、ドストエフスキーがいかに予言的な想像力をもった作家であれ、ある種の、圧倒的に不条理な力に蹂躙される人々のドラマまで、思い描くことはできなかった。しかしそれでも、この旋毛虫にひそかに「傲慢」の名を与えることのできた作家の直感に、学ぶべきところは少なくない。私たちはいま、私たちに襲いかかりつつあるこの災厄を、ドストエフスキーにならって、人間の「おごり」に対する罰と名づけることができるのかどうか、考えなくてはなるまい。

もっとも、ドストエフスキーの前には、彼が文学のなかでは描ききることのできない、もう一つの全体的な災厄があった。それは、ロシアの農村に、七〜八年周期で襲いかかる凶作である。一九世紀で、とくに悲惨をきわめたのが一八七三年で、この年の凶作はほぼボルガ川沿岸全域に及び、四〇〇〇万人の農民が過酷な苦しみをなめたとされる。

一八七三年といえば、彼が『悪霊』を発表した翌々年のことである。ドストエフスキーは、被災者らの救済に向けて、なにかしら具体的な提言を行ったわけではない。キリスト教的な理念に従った救済は、主として慈善というかたちでしか実現していない（『悪霊』に描かれる「女性家庭教師救済」のための慈善パーティが参考になる）。

結局のところ、個人レベルでの救済は、精神的な側面にかぎられてしまう、という限界をもつ。

かつて、ユートピア的社会主義に傾倒したことのあるドストエフスキーのなかに、物理的な手段による集団の救済という理想が息づいていたとしても不思議ではないが、それは最終的には、社会主義への接近を生み出しかねない危険性をはらんでいた。それゆえ、過去に国家反逆罪の「すねに傷をもつ」身である彼として、それを表立って提示することはできなかった。どのような救済措置であっても、なによりもキリスト教が、その絶対的な前提とならなくてはならなかった。

そうして苦悶するドストエフスキーの前に、驚くべき想像力をもって救済の理念を提言した、キリスト教思想家がいる。ニコライ・フョードロフ（一八二九〜一九〇三）その人である。

彼は、『共同事業の哲学』という、死後に弟子たちによって編まれた本のなかで、死を世界の根源悪とみなして、その克服にこそ、キリスト教の奥義はあると考えた。

「死とは、……それなしでは人間が人間でなくなるような、つまり人間が本来あるべき姿でなくなるような特質ではない」とし、死を徹底的な研究の対象としたばかりか、自然の全面統御を実現することで死を克服し、ついには「死んだ父祖たちをよみがえらせる」ことにこそ、キリスト教の「復活」の意味はあり、その連続上に、ゴルゴタで十字架に架けられたキリストの、真の、肉体的復活は可能になると考えたのである。

フョードロフは、この復活の事業を成し遂げる原動力として、全人類的な友愛と祖先崇拝をあげた。フョードロフが「共同事業」として残したプロジェクトには、驚くべきアイデアが披露されていた。その最も偉大なプランとされるのが、地表に散乱した死者の分子を集めて人間を合成するという、現代にいうクローン人間のアイデアであり、またその結果、過剰となる地球上の人口を抑制する手段として編み出された、宇宙船の開発である（これはのちに、ロケット工学の父コンスタンチン・ツィオルコフスキーのロケット開発に道を開いた）。

晩年、『カラマーゾフの兄弟』を構想中のドストエフスキーは、フョードロフの、このあまりに過激な思想を公に支持することはできなかったが、彼はその奥底で、この理想の実現に向けて熱いエールを送っていたのではないかと私は思う。彼の目にも、ロシアを襲う凶作、飢餓といった農村の現実は、しっかりと見えていたに違いない。

『カラマーゾフの兄弟』第三部に、印象深い場面がある。父親殺しのぬれぎぬを着せられたドミートリー・カラマーゾフは、みぞれ混じりの雨のなか、火事で焼け出された母親と「赤ん坊」の夢を見る（「女の乳房はすっかり涸れはて、乳が一滴も出ないのだろう、乳飲み子がしきりに泣き叫んでいる」）。そしてドミートリーは、夢のなかで叫ぶ。「どうして泣いているのか？」と。その夢が、おごり高ぶったドミートリーに、深い精神的浄化をもたらすのである。

他方、ドストエフスキーは、「わたしの主人公」アレクセイ・カラマーゾフの口を通して、死んだイリューシャ少年との、未来での再会の希望を託して叫ぶ。「カラマーゾフ、万歳！」と。

このとき、このアレクセイの将来に託してドストエフスキーが夢見ていたのは、結核で死んだこの薄幸の少年の、物理的な復活である。

全人類が、力を合わせ、死を克服すること――。ドストエフスキーが語るに語りえなかった思想的遺言は、まさにそこにあったように思われる。そしていま、私たちが、東日本大震災の恐るべき災厄のなかでとるべき道は、この、「共同事業」への、私心なき全員参加であることはいうまでもないことである。

裁かれた虚空

髙村薫『太陽を曳く馬』を読む

「今日のテロリズムが教えているのは、もしも神が存在するなら、少なくとも神にかわって直接的に行動するように要求する人々にとっては、すべてを、つまり、何千という無垢な傍観者たちをも含むすべてを爆破することが許されるということである」

（S・ジジェク）

1 「世界の外」にアクセスする

髙村薫は、極限のリアリズム作家であり、モノローグ作家である。では、リアリズムが、モノローグが行きつく先とは、どのような状況だろうか。人間の精神内部における営みを、現実の社会を、都会を、自然を、言葉によってどこまでも精緻に分節化しようという願望の果てに生まれる表象の世界とはどのようなものか。二〇〇一年九月のツインタワー崩落をめぐって、『太陽を曳く馬』の登場人物の一人は次のように手紙に書いている。

「小生たちが九月十一日に見たのは、新しい抽象絵画であり、実体験できないものとしての死であり、この世界の外だったのかもしれない」

この登場人物の言葉には、二つのまなざしが交錯している。それはツインタワーの崩落を不条理の思いとともに凝視するまなざしであり（「新しい抽象絵画」）、ツインタワーのなかで死んでいく人間に託されたまなざしである（「実体験できないものとしての死」）。

「実体験できない死」という言葉に、この登場人物がイメージしていた死とは何であろうか。そもそも、ツインタワーの崩落を「世界の外」の光景と呼ぶなら、「世界」とは、そもそもどのような世界をいうのだろうか。いずれにせよ、「世界の外」は、「小生たち」のたんなる驚きのメタファーにすぎないのだろうか。「世界の外」が、本来的に不可視の世界であることはいうまでもない。しかし、不可視の世界がいまここに現出してしまった。別の言葉で置きかえるなら、幻視された世界、あるいは、数学にたとえていえば、「虚数」の世界が現出してしまった。と同時にその世界が、一度かぎりに現出した世界であるという保証はいまはどこにもない。

昨年十一月、髙村薫との対談（「カタストロフィ後の文学」「文學界」二〇一〇年。本書二四〇ページ参照）が行われる日の昼、わたしは、軽いウォーミングアップを兼ね、というより、「新しい抽象絵画」を求めてYouTubeを開き、そこにアップされている「九・一一」関連の映像をあらためていくつか観なおすことになった。わたしはどうしても「新しい抽象絵画」を、あるいは「世界の外」のイメージをあらかじめ確認しておきたかった。YouTubeでも、「九・一一」の動画を求めてアクセスするのは、ほぼ十ヵ月ぶりのことだった。かつて、ボーイング二機がツインタワーに激突するさまを、タワーの内側から再現するSFXの映像を繰りかえし見たことがあるが、いつのまにかこの画像は消去されていたことがわかった。

しかし、いま改めてYouTubeにアクセスすることに何か誘惑的なものを感じたのは、小説の登場人物のいう「世界の外」を確認したいという願望だけが理由ではなかったような気がする。むしろそれは、願望というよりもひとつの気分だったのかもしれない。

現実のもつ圧倒的な力にさらされたいという被虐的な気分には、どこかしら不思議な安らぎの予感が潜んでいる。それが、かりに危険な意味をはらんでいるとしても、そうした欲望の存在そのものを否定することはむずかしかった。ある意味で、それは、理性によるコントロールがおよばない目の自律的な欲望であり、それはもとより、人間の業というにふさわしい何かであることはいうまでもなかった。

その日のYouTubeには、新たに、二十六分におよぶ衝撃的な映像が一本加えられていた。映像の冒頭に、ノースタワーから五百ヤード（四百五十メートル）離れた高層ビルの三十六階から撮影した、とある。

再生回数四百九十二万回。一台のビデオカメラが、炎上するタワーを延々と撮影し続けている。

ファインダーは時おりタワーの壁面をクローズアップしたり、眼下の通りを走る救急車に向けられたりするが、画像の揺れは驚くほどすくない。カメラのかたわらで、母子と思《おぼ》しき女性二人と男性一人がぼそぼそと言葉を交わしあい、時おり低い声の「オー・マイ・ゴッド」が漏れる。三人とも、事件が起こる前に聞いていたカントリーミュージックがいまだに背後から流れつづけていることに気づいていない。その奇妙なコントラスト。やがて、窓が開け放たれ、外界の音が一挙になだれこんでくる。そしてついに崩落のとき——。

入道雲のような巨大な灰を巻きあげながら崩落するタワーを眺める女性のため息がすすり泣きに変わっていく。わたしの目にもいつのまにか涙がにじんでいる。その女性にしろ、この映像を見つめているわたしにしろ、この涙の意味するものとは何か。人は、この世に神が存在しないと知るときに、こんなすすり泣きをはじめるのだろうか、と。そんな、抽象的でありきたりな答えしか浮かばない自分にいらだっているうちに、噴煙は、恐竜のように膨れあがり、五百ヤードはなれたそのビルをも呑みつくしていく。

2　無動機の殺人と自由意志としての死

午後三時にはじまった髙村薫との対談は、過去二十年に世界が経験したカタストロフィをどう文学化するか、というテーマへとおのずから舵を切りはじめていた。皮切りにわたしが、この冒頭に記したYouTubeの印象を率直に話してみると、髙村も、物静かな口調で阪神大震災での記憶を語りはじめた。

「私自身は阪神大震災で六千四百人の死を経験して十五年経ったいま、やっと一つ、自分の中で漠然と形になったものがあるように感じています。それは、もう何も見るものも、聞くものもない絶望の感じ――たぶんスタヴローギンが最後に首をくくる前がそうだったと思うんですが、そういう自死に向かうときの〈無〉の感じ――」

驚きはなかった。一昨年七月、大阪・中之島にある中央公会堂での彼女とのトークセッションの際、「私はスタヴローギンです」という思いもかけない「告白」をじかに耳にしていたせいもある。それにしても、髙村はなぜ、ここまでドストエフスキーに、とりわけ『悪霊』のスタヴローギンにこだわりを持つのか。その静かな語り口の背後に秘められてある何かを、わたしは何としても見極めたいと願った。

大阪でのトークセッションから間もない昨年七月、上下二巻からなる『太陽を曳く馬』を手にしたわたしは、この小説が、『罪と罰』と『カラマーゾフの兄弟』がはらむいくつかのテーマ性に深く通じあっているのを直観した。作者、髙村薫との対談に臨んで、開口一番、その印象を投げかけてみると、彼女自身は、個々のディテールに見られるドストエフスキーとの符合や一致についてはまったく意識したことがない、と断言した。そのときわたしが念頭に置いていたのは、むろん、ドストトエフスキーへの直接的言及ではなかった。事実、総計八百頁になんなんとするこの小説で、ドストエフスキーの名前が言及されるのがただの一度かぎりであることも知っていた。

「もし十九世紀にいまのような優れた抗てんかん薬があったとしたら、ドストエフスキーは呑んだだろうか。私は呑まなかったと思う。おそらく私ども健常者には理解しようがない特別な身心の体験があって、ごく一部の人には苦悩や恐怖以上の何かがあるのかもしれない」

この引用にしたところで、登場人物のひとりで、癲癇を病む若い僧侶との関わりから、ごくそっけなく言及されるだけにすぎず、これをもって、ドストエフスキーとの影響関係を大々的に論じはじめるにはあまりに脆弱すぎることもわかっていた。しかし、わたしが『太陽を曳く馬』とドストエフスキーの関係性について意識した部分は、いくつかの印象深いディテールの向こうに、物語やテクストの表層には表れでることのない、テーマの構造性ともいうべき部分だった。若い時代にさかのぼる彼女のドストエフスキー体験が、ここにおのずから一つの巨大なテーマ構築に結晶しつつあるという印象を受けたのだ。

その「テーマの構造性」を明らかにするために、いくつか解説を加えながら、物語の粗筋を紹介しておこう。

舞台は、二〇〇一年六月から十一月にまたがる東京、具体的には、港区赤坂にある曹洞宗派の寺で、名前は永劫寺。物語は、その年の六月五日、若い僧侶の交通事故死に対し遺族から訴訟手続きがとられ、公休中の合田警部が、旧知の弁護士と出会う場面からはじまる。

合田は、捜査のプロセスで、この永劫寺にかつて副住職としてあった福澤彰之と出会うことになるが、この福澤とは、彼が以前担当した事件で、つい最近、死刑に処された福澤秋道の父にあたる人物だった。秋道の事件は、僧侶の事故死に先立つ一九九八年六月に起こった。彰之の一人息子で画家の秋道は、東京・吉祥寺の住宅街で男女一人ずつを金槌で殺害した。事件を起こすまでの数十時間、彼は、いわばインスピレーションの極みにあって、同居人の恵美と住む1DKの内部をバーミリオン一色に塗りつぶす作業にはまりこんでいた（それを下地のようにして、古代スカンディナヴィアの壁画として知られた「太陽を曳く馬」の下絵があった？）。

だが、そうした秋道の作業に水をさし、疎外するものが二つあった。第一にそれは、臨月を迎えた恵美が（この女性が身ごもっているのは秋道の子どもではなかった）、浴室で陣痛にくるしむ声である。秋道は、その声を消すために金槌をもって浴室に入り、分娩を終えたばかりの恵美の頭を金槌でたたき割る。その後、再び作業にもどった彼は、今度は、隣家から聞こえるラジカセの音が耳について離れず、翌朝、その家を訪ね、応対に出た東大生を同じ金槌で殺害する。

取調べで、秋道は、「殺人」の容疑を否定し、その動機を次のように述べる。

「恵美さんの声を消しに行った」

実際、犯行後の秋道に、二人が死んだという認識はなかった。

法廷は、最終的に、「私が殺しました。そのとおりです」との自白をもとに、秋道に死刑判決を下す。小学校時代、秋道が、飼っていたウサギの耳を切り落としたり、山門の木に野良犬の頭を割って吊した事実が心証を著しく悪化させた。

　以上が第一の事件である。

『太陽を曳く馬』に描かれた第二の事件は、先に少し紹介した曹洞宗永劫寺サンガで起こった若い僧侶の交通事故死である。僧侶の名前は、末永和哉。二〇〇一年六月五日の夜、彼は六本木通りの路上でトラックに轢かれ、即死した。

　癲癇の宿病をもつ青年が、夜坐の時間に僧堂をはなれ、通常は固く施錠されているはずの寺の門を通りぬけて路上に出た理由とは何であったか。読者の興味は、おおよそそこに集中する。捜査にあたった合田警部は、永劫寺の内部に、かつてオウム真理教の信者だったこの青年を事故死へと誘導した人物がいたのではないかとの疑いをもつ。物語は、和哉の「自由意志」による「自殺」という暗示によって幕を閉じるが、それが、はたして最終的な結論なのかどうかわからず、あいまいな形での幕引きという印象を免れない。

　しかし、物語は、オウム真理教を経て永劫寺に入り、ついには自死によって完全な「自由」（解脱）に達する和哉の自己探求の帰結といった単純化された筋書きで終わることはない。合田の疑いにはそれなりに妥当性があった。というのも、事件が起きるまでの数年間、永劫寺内では、そこで修行する僧侶たちと和哉との間に、ある悲劇的な軋轢が生じていたからである。

　結論から先にいうなら、和哉の事故死は、永劫寺の僧侶たちの集団的な悪意の成就として意味づけられる側面があった。そこで明らかになるのが、オウム真理教の信者であった和哉の来歴であり、彼を永劫寺に迎え入れた住職や副住職が抱えている思想上の問題である。和哉の「素性」を知りつつ、和哉を永劫寺に受け入れた副住職の福澤彰之は、在来仏教にかねてからある種の不信をぬぐいきれずにいた。

「現代の東京にあって、きわめて非身体的なデジタル感覚がそのまま救済の秘儀を標榜する宗教へと飛躍しうる、その事実認識に立って、私たちも密教の新しい地平を見なければならない」

他方、和哉の坐禅は、ヨーガを思わせる異端的なものでありながら、日に日に仏がかって、見るものに解脱の境地が近いことをうかがわせるものとなっていった（「それはもう岩のような、壁のような、兀々たる座禅で（中略）私たちもできないような仏坐になっていたのです」）。

こうして新参者の和哉は、同じ永劫寺で彼よりも長い修行生活にはげむ他の僧侶たちの精神集中を妨げる厄介者となり、住職、副住職、事務局長もまた、徐々に危機感をつのらせていった（「自分たちの凡庸さを、空気のように突きつけ」）。やがてその危機感は、嫉妬へ、嫉妬は憎悪へと飛火していく。和哉を寺に招きいれた張本人の一人である住職の長谷川明円ですら和哉に嫉妬し、意識下で彼の死を望んでいるかのように見える。

こうして、和哉の「解脱」が深まるにつれ、永劫寺全体に崩壊の危機が迫ってくる。他方、和哉自身は、宿病である癲癇と、他をよせつけない風格ゆえに、だれにも手をつけられない聖域にいた。事件は、そうした危機的な状況で起こった。夜の七時半少し前、一同が夜の食事にあった時間にひとり勝手に夜坐を組んでいた和哉が、定刻直前にどこかに姿を消し、夜坐が終わる午後九時過ぎ、六本木通りで轢死体となって発見されるのである。では、僧侶たちが夜坐にいた一時間半、和哉はどこに姿を隠していたのか。

合田警部は、永劫寺に住む僧侶たちの集団的な悪意の存在を疑い、和哉を死に導くための不作為の罪を想定しつつ捜査にあたるが、自己防衛に走る永劫寺内部から事件の謎を解くカギは浮かびあがらない。最後に、住職の明円にたいする事情聴取をとおして、和哉の死をめぐる謎はおおよそ解き明かされる。明円は事故に先立つ一年前にすでに和哉に通用門の鍵を預けていた。合田警部は、明円と和哉との間で、「人間の自由意志」をめぐる哲学談義があり、「棄てるものがある限り、それを棄てる意志の自由がある」との命題のもとで、「自由な意志」のために「私」を拒絶するという結論へ彼を誘導した可能性があったとみる。

3　殺人と絵画行為

『太陽を曳く馬』は、全体として右に紹介した二つの事件から構成されている。この二つの事件は独立した物語をなしているものの、一本の強靭な糸、一人の象徴的な人物がそれらを繋ぎとめている。その人物こそ、戦後から現代にいたる約六十年を背景に展開される三部作(『晴子情歌』『新リア王』『太陽を曳く馬』)全体に通じて登場する主人公、福澤彰之である。

では、この二つの事件に共通するテーマとは何か？

この問いに答える前に、まず、福澤秋道が起こした殺人事件の本質に触れておく必要がある。作家は、執拗に問いを発しつづける。なぜ、人は殺すのか。「声を消す」という行為を、はたして「殺人」という用語で代替＝表現しうるのか。世界が人間の一人一人の個体の集積としてあることを認知できない、あるいは、人間という一個の身体存在を、世界を構成する一単位として分節化できない人間が、かりに存在するとして、その場合、結果としてその人間が「人間」を殺す行為を、「殺人」と呼ぶことができるのか、法は、その既存の法体系によって、そのような人間を裁くことができるのか。

これら一連の問いかけが明らかにするのは、「見られる（認識される）存在としての人間（＝シニフィエとしての人間）」と「見る（認識する）主体としての人間（＝シニフィアンとしての人間）」の断絶である。むろん、この二つのまなざしは永遠に交錯することがなく、しかもそのまなざしの錯綜のなかに、法体系そのものが成立しているという矛盾がある。

法が裁くのは、シニフィエとしての人間、すなわち行為である。むろん、量刑に、シニフィアンとしての人間の内面が考慮される場合もある。情状酌量がそれにあたる。だが、シニフィエとシニフィアンとの間に何がしかの著しい断絶を抱える人間の場合、法はその人間を正当に裁けない。結局のところ、秋道は、法のロジックによって、法廷という外部の力によって、みずからの「音を消す」行為が、殺人行為に相当するという自覚＝認識へ誘導される（「私が殺しました」）。それは、認識する人間の、認識される人間に対する敗北、髙村の用語を借りれば、シニフィエのシニフィアンに対する勝利ということができるだろう。

だが、「私が殺しました」という陳述は、犯行時の彼の行為を正当かつ科学的に裏づける言葉とはなりえない。髙村＝合田の疑念はそこに集約される。ところが、そこには別の矛盾も存在する。「声」（ないしは音）を消す手段として、なぜ「金槌」が必要とされたか、その金槌は、どうして脳天に振り下ろされたか、という問題である。とりわけ前者の問いに対して、シニフィアン＝秋道は完全に袋小路に追い込まれてしまう。秋道の口から洩れ出た「金槌は私です」のメタファーは、図らずも、「殺人をする」主体としての責任能力を明らかにする決定的な一言となった。

そこで、改めて問い直さなくてはならない。秋道を人間として認識する主体とはだれなのか、ということだ。この事件の場合、その主体は秋道ではなく、秋道にとっての他者であることは疑うべくもない。厳密にいうと、秋道を、「私は殺しました」という自白に誘導する他者——。ところが、秋道が「人間」を殺したと判断する側の人間における「人間」とは、あくまでも自分の観念ないし認識の対象としての「人間」である。

この矛盾は、人間を殺すということは何なのか、という問いの設定におのずからリンクし、そこでその問いそのものが反転する。新たに立ちあがるのは、なぜ、人間を殺すのか、ではなく、殺された対象は、はたして人間なのか、という問いである。そもそも秋道の意識のどこに、人間ないし人間のイメージ（観念）は存在し、逆に、人間の身体のどこに人間のイメージ（観念）は存在していたのか。この問いについて考えるうえでヒントとなるのが、秋道が「動物の頭部への特異な執着」を示していたというディテールだろう。人間ではなく、声ないしは音を消したというのが、秋道がみずからの行為に対して出しうる唯一の答えであるなら、秋道という人間をその総体において裁くことはできない。裁くことができるのは、究極的には、秋道の壊れた本能である。ところが秋道は、声が発せられる起源を本能的に察知し、選別するという行為において、責任能力のありかを裏づけられてしまう。

さて、『太陽を曳く馬』が、ドストエフスキー『罪と罰』との連想を呼びおこす理由は二つある。すなわち、ラスコーリニコフにおける殺人の動機と、彼の「人間としての」甦りの可能性の問題である。比較してみよう。金貸し老女とその義理の妹リザヴェータを殺害したラスコーリニコフには「動機」と考えうるものが少なくとも六つあった。

1 「母を助けてやろうと思った」
2 「ぼくはナポレオンになりたかった」
3 「ぼくは悪魔にそそのかされた」
4 「ぼくはね、理屈ぬきで殺したくなった」
5 「ぼくは、ただ殺したのだ、自分のために殺した」
6 「それをあえてやりたくなった、それで殺した」

わたしがここで問おうとしているのは、ドストエフスキーがはたして、秋道の「犯罪」に実現された、(言葉は拙いが) 純粋衝動に近い、無意識の殺人を意識していたのか、ということである。答えはイエスである。右に箇条書きした「動機」のうちの六つめがそれにあたっている。秋道の声または音を消すという動機が、それなりに動機としての意味を保持しえているのに対し (絵を描くという行為を阻害する)、ラスコーリニコフの「あえてやりたくなった」に、動機と呼びうる何かは存在しない。それはまさに欲求であり、情動そのものであった。

これは、カミュが『異邦人』においてすでに提示した古典的といってもよいモチーフだが、逆に言いかえると、この「無動機殺人」における「無動機」の意味を、声または音を消す、というぎりぎりの「動機」に照らして問いつめていこうとしたのが『太陽を曳く馬』だったのだ。秋道における殺人の動機を、けっして無動機的と呼ぶことはできない。そこには、自分の絵画行為を妨げるという、より根源的な動機がうごめいていた。

そこで新たにわいてくる疑問がある。それでは小説の中でなぜ、秋道に、画家という職業が与えられているのか。そもそも、秋道は画家と呼ぶことができるのだろうか。かりにできるとして、彼はなぜ、抽象画家でなければならないのか。

興味深いことに、髙村は、抽象画家の秋道と、ロシア (現在のラトヴィア) に生まれたアメリカの抽象画家マーク・ロスコを分身関係に置いている。彼女は、秋道がおかした殺人の動機を明らかにするために、ロスコが試みた抽象絵画 (というよりも無対象絵画) の意味、そのモチベーションを明らかにしてみせなくてはならなかった。

では、秋道とロスコを、果たして同じ意味のレベルで抽象画家と呼ぶことができるのだろうか。この問いに答えるには、ロスコがその延長上に位置するロシア・アヴァンギャルド運動の歴史を多少ともおさらいする必要が出てくる。運動の創始者のひとり、カジミール・マレーヴィチは、第一次大戦のさなか、「無対象絵画」と呼ばれる一連のスプレマティズム（絶対主義）絵画を発表した。彼がそれらの絵画で実現しようとしたのは、新しい美的感覚のシステムの構築だった。

すべての出発点に白地の上に描かれた黒い正方形がある、これが、新しい美的感覚のシステムの原点であり、原母となる。原点としての正方形、原母としての黒──。人間における「絵画そのもの」の経験は、この限りない進化とバリエーションのなかに存在するとマレーヴィチは考えた。

ロスコの「シーグラム絵画」は、まさにその歴史的な延長線上に誕生したが、「白地の上の黒の正方形」から「シーグラム絵画」にいたる四十数年の時の流れのなかで、マレーヴィチの唱える美的感覚の進化を経てやがて誕生する「絵画の王国」のコンセプトは、ほとんど「口実」以上の意味をもたなくなった。

ただし、ロスコが描いた一連の「シーグラム絵画」もまた、彼自身が創造する美的システムの一つの進化形であったことは言うまでもない。では、「シーグラム絵画」（たとえば、一連の『壁画スケッチ』において現出した朱色の世界）は、ロスコ自身の現実認識そのもののミメーシス（摸倣）であったのだろうか。むろん、それはありえない。美的システムと現実認識は、いやマレーヴィチ

（いやロスコ）と、それこそ後期旧石器時代あるいは古代スカンディナヴィア人の美的意識（「太陽を曳く馬」）との間には、恐るべき落差が存在している。

髙村はそこで考える。秋道は、ロスコと古代スカンディナヴィア人のどちらに近かったのか、と。答えは、前者でもあれば、後者でもある。つまり両義的である。

前者であるその理由とは、現実に彼がアパートをカンバスに見立てた空間に、彼の批評意識の証しとなる古代スカンディナヴィア人の描いた「太陽を曳く馬」の下地があったことである。つまり、アパートを満たしているバーミリオンの色彩は、パロディであり摸倣であって、それゆえにこそアートとして成立しえたといってよい。

髙村が、裁判をとおして執拗に明らかにするのは、秋道がおかした殺人の動機というよりも、秋道における美的な現実認識のあり方そのものである。秋道みずからが説明するように、色の壁となって自分に迫ってくる世界こそが、ある時点で彼の世界となり、世界のリアリティと化していた。であるから、画家は、色彩そのものを世界ととらえ、世界をリアルに客観的に描いたにすぎない。別の言い方をすれば、正当な「ミメーシス」の行為に励んでいたにすぎない。

そこで最初に提示した問いが再び立ちあがってくる。秋道は果たして画家なのか、ないし現実のミメーシスにいそしむ人間を、画家という職業名で呼ぶことは可能なのか。可能だとは思えない。画家とは、ごく単純化していうなら、みずからが描いた絵画によって生計を立てるアーティストをいう。しかし生計を立てられるか、立てられないかによって、画家か、画家ではないか、の線引きを行うことは無意味である。

他方、みずからの美の観念を、フォルムによる限りない変化形の創出を行うだけで、いっさいの商取引を行わないアーティストを何と呼ぶことができるのか。画家という職業が、あくまで社会的な関係性のなかで、他の職業と差異化される職能であるとしても、他方、純粋に内的な衝動にしたがって絵を描きつづける「画家」も存在する。秋道はまさにそのような存在であって、彼にとって絵を描くことは、他のさまざまな身体的行為と差異化しうる、何らかの特権的な行為ではなかった（その意味では、古代スカンディナヴィア人に近かったといえる）。

髙村が書いているように、それはつまり、「どこからかあふれ出てきていた何かの造形と、それを描きとめたい、もしくは消したいという欲求」の表れにすぎなかった。まさに行為それ自体としてサイクルを閉じている純粋の営みであり、翻って、アパート内をバーミリオンで塗りつぶす行為と、浴室で同居人の頭をかち割る行為との間には、取りたてて大きな差異は存在しなかったともいえるのである。

さらにいうなら、頭をかち割られて山門に吊された犬の死体と、浴室で惨殺された同居人の遺体の間にも、死体としての意味以外、両者を分別する何かは存在しなかった。いや、死体という物質的な存在の意味づけに関わる客観的な認識すらも、明確なかたちで得ることはなかった。そこで再び問わなくてはならない。はたしてそのような人間を、国家は、法は裁けるのだろうか。『太陽を曳く馬』上巻に提示された究極の問いがそこに集約される。

4　世界の壁化、または行為の運命性

では、『罪と罰』の主人公・ラスコーリニコフに、この秋道におけるような、一種の原始的な退行ともいうべき世界の「壁化」は存在していたのだろうか。むろん、そうした退行は存在していない。紐をぐるぐる巻きした偽の質草も、夏コートのポケットに「吊し紐」を縫いつける行為も、ラスコーリニコフの意識の内部で、高利貸の老女がペテルブルクというリアルな世界の一部として明確に分節化されていたことを物語っている。

秋道について言うと、世界が光の壁となって迫ってきた瞬間において、分節化という意識的な営みは消失し、彼はある意味で盲目の存在と化した。かりに、自分を取り巻く世界の事物がそのままの姿で見えているにせよ、それは世界から差異化された何かとして認識されることはなく、たとえば人間は、たんに純粋に声を出す装置として、近所で音を発しているラジカセとして存在するにすぎなかった。裁判では、先にも述べたように、彼の「動物の頭部への特異な執着」が指摘されることになるが、彼は、動物（人間をも含みこむ）の頭部に、生あるものの生命をつかさどる何かを見ていたというより、それは、むしろラジカセのトランジスタ機能への執着にすぎなかったともいえるのである。

たしかに、『罪と罰』のラスコーリニコフにも、「ぼくは、ただ殺したのだ、自分のために殺したんだ」に見られる自律的な殺意とでも呼ぶべきものがあった。しかし、ドストエフスキーのそうした動機づけとうらはらに、『罪と罰』の多くの読者には、その実体がなかなか明確には伝わってこない。その最大の理由は、一方において、予審判事ポルフィーリーとの対決であきらかになるナポレオン主義との関連が突出しているからだともいえる。そして他方、ドストエフスキーが、その行為の自律性、純粋性について、より踏み込んだ説明を怠っていることにもよる。

では、ドストエフスキーはなぜ、殺人という行為のもつ純粋性という地点にまで、あえて足を踏み入れようとしなかったのか。何らかのタブー意識がブレーキとなり、彼の問題意識がそこまで働いていかなかったということなのか。

いや、むしろ、彼はその純粋な行為をより「神学的」かつ宗教的な視点へと転化させようとしていたのだとわたしは思う。そこで生まれてくるのが、先の動機の三つめに示した「悪魔にそそのかされた」という理由づけである。この説明は、ことによると、秋道による無差別殺人の説明の代替となりうるかもしれない。「悪魔」という観念の土壌をもたない日本において、端的にそれは、運命の同義語である。ドストエフスキーにおいて「悪魔にそそのかされた」は、一つの宗教的な動機として認定されている。動機は、ラスコーリニコフにというよりも、むしろ彼を殺害に導く「運命」の側にある。

『罪と罰』には、ラスコーリニコフの犯行を回避する可能性を示唆する分岐点がいくつかあった。

それはおそらく読者の率直な感想にも合致しているはずである。

第一に、母親からの手紙、次に、彼が、犯行の前日、ペトロフスキー島の藪のなかで見る「馬殺し」の夢である。

彼は、みずからの分身ともいうべきミコールカによる残虐な馬殺しの夢から覚めたのち、一切の計画を放棄すると決心する（「わたしに道をお示しください。わたしは、あの呪わしい……夢を断念します！」）。

しかし彼は、その後、回り道して立ちよったセンナヤ広場の一角で、金貸し老女の義理の妹リザヴェータと商人夫婦が交わしているやりとりを耳にする。そしてその瞬間から悪魔にあやつられるマリオネットのごとき存在と化してしまう。ドストエフスキー研究者であるクリニーツィンによれば、この瞬間に起こった出来事こそ、神による「黙過」であるという。

キリスト教神学の立場からみてその解釈が適当かどうか、わたしには判断がつかないが、いずれにせよ、彼は神に見放された状態に陥った。さらに言いかえるなら、逆にこの瞬間から、ラスコーリニコフの殺人は、それがいかに計画的であったにせよ、一種の自律的かつ無動機的な殺人と化した可能性がある。

わたしなりに解釈すれば、「黙過」は、一時的ながら神が姿を消し、悪魔の支配下に置かれる時間を意味する。この瞬間から、ラスコーリニコフは、まさに「神が存在しなければ、すべては許される」というイワン・カラマーゾフの哲学の実践者となる。そして『カラマーゾフの兄弟』におけるその最大の実践者となった人物がスメルジャコフであるなら、『太陽を曳く馬』の福澤秋道もまた、そのスメルジャコフと同じ運命に立たされなければならなかった。

秋道とスメルジャコフの間には著しい類似点が見られる。ウサギの耳を切り落とし、山門の木に野良犬の頭を割って吊した秋道が性癖としてもつサディズムは、猫を縛り首にして葬式を楽しみ、犬の耳をハサミで切り裂いたうえに（明確な証拠はないが、これもスメルジャコフの犯行と思われる）、その犬にピンを含ませたパンを呑みこませたスメルジャコフにも共通している。髙村は、秋道が一連のサディズムの行為に快感を覚えていたかどうかについていっさい言及していないが、ドストエフスキーは、スメルジャコフのそうした残虐な行為を快感に結びつけていた。たしかに「神が存在しなければ」、スメルジャコフのすべての残虐行為も、そこから得られる快感も許されるだろう。しかし結果的に、秋道とスメルジャコフにはそれぞれ別の運命が用意された。秋道には死刑の、スメルジャコフには自殺の道である。

では、極刑に処された秋道に、ドストエフスキーの世界観に照らした人間的な「甦り」の可能性はあったとみることができるのか。あった、とわたしは考える。しかしその主張に根拠を与えるには、ドストエフスキーが『罪と罰』に託した「更生」の意味について考えなくてはならない。ドストエフスキーは、彼なりに抱く罪の観念にしたがって、登場人物の運命にいくつかの決着を用意していた。二人の女性を殺害したラスコーリニコフに下された刑は、作者自身が述べているように、驚くほど軽いものだが、その理由は、当時のロシアに導入された「心神喪失」の理論が部分的に適用されたことによる。

しかし少なくともドストエフスキーは、彼を更生可能と考えていた。それに対して、スヴィドリガイロフ、スタヴローギンに対しては、自殺の道を選ばせた。他方、同じ自殺でも、スメルジャコフの場合、その様態は微妙に異なっているように見える。では、ドストエフスキーはスメルジャコフをラスコーリニコフと同等のレベルで更生可能と見ていただろうか。

わたしは、見ていたと思う。そう見たからこそ、彼に自殺の道を選ばせたにちがいない。イワン・カラマーゾフによるマインド・コントロールが解けた瞬間、スメルジャコフの前に「摂理」は訪れ、その摂理の前に、「神が存在しなければ、すべては許される」という無神論哲学は、根底から崩れ去ったのだ。

では、『太陽を曳く馬』の秋道はどうなのか。裁判長は、秋道の父彰之に対して、次のように問いかける。

「被告人には死の意味は分からない、従って反省のしようもない、更生も考えられない、ってこと？」

この問いに対して、合田もまた、父彰之から明確な回答を得ることはできなかった。しかしその答えは、彼が秋道に与えた手紙のなかに暗示的に示されている。

「殺さないといふ意志の自由があるなら、殺すといふ意志の自由もなければならない。その自由の行使は、共同體の約束を反故にする代償を拂ふとはいへ、夜となく晝となく意味を強ひるこの世界から自由になることを望む者にとつて、そんな代償はなにほどの負擔でもないに違ひない。かくして意志の自由はおほよそ生きる意味そのものだとすれば、君の意志を止める權利を誰が持つといふのでせう」

父彰之がたどり着いた結論は、次のように要約される。かりに、神なき、法なき世界での純粋かつ自律的な営みとしての殺人であれば、それは、ことによるともっとも人間的な存在の証しとなる。もはや、そこでは、「更生」などには、何らの価値も、意味もない。ゼロからの更生がかりにあるとしても、たとえばシベリアの自然の懐のなかでの再生といった形をとることなどありえない。では、秋道における この、絶対的ともいうべき欠落の責任はどこにあるのか。秋道の描く絵画世界が無対象の世界であるなら、彼の殺人もまた無対象といえるのではないか。なぜなら、そこには、殺すという純粋にシニフィアンとしての外形しか存在していないからである。

父彰之は手紙に書いている。

「人間にとつて、自死といふ行爲は自分がもつことのできる最後の自由の意志であれば、それさへ奪はれて生きる死刑囚は、この世でもつとも純粋に、從順に、生命のシステムに身を委ねてゐる存在といふことになりませうか」

彰之のこの言葉を信じるなら、国家による殺人、「この世のさまざまな死のなかで唯一、望まれる死」、すなわち死刑までの残された生もまた無対象である。無対象であるということは、世界との関係性をいっさい廃棄した「生命そのもの」であることを意味する。翻って、そのように超越的な高みから洞察を重ねていく彰之は、息子の身に降りかかる恐るべき災厄を「黙過」する神のごとき存在だ、といっても過言ではない。

5　プロとコントラ

『太陽を曳く馬』の後半では、音楽的な用語法でいうなら、二つの主題（テーマ）が提示されている。第一主題は、末永和哉の事故死をめぐる謎解きであり、第二主題は、その謎解きとパラレルな形で展開される二つの世界観の対立である。

まず第一主題から――。すでに粗筋でも紹介したように、ここでは、一つの事故死をめぐって、二つの推測が微妙に入り混じる。自殺か、他殺か、の二本の線である。ただしこの場合、他殺といっても、警察当局が念頭に置いているのは、永劫寺で修行にはげむ僧侶たちによる集団的な「不作為の罪」である。ちなみに、不作為の罪は刑法二一八条「保護責任者遺棄罪、不保護罪」がそれに該当するが、過去に法制審議会総会で決定されながらも、国会には上程されなかった改正刑法草案の第一二条（不作為による作為犯）には次の文言がある。

「罪となるべき事実の発生を防止する責任を負う者が、その発生を防止することができたにもかかわらず、ことさらにこれを防止しないことによってその事実を発生させたときは、作為によって罪となるべき事実を生ぜしめた者と同じである」

次に第二主題、末永和哉の事故死の謎解きとパラレルに展開する二つの世界観の対立とは、具体的に、末永和哉がかつて加わっていたオウム真理教と、彼が現に加わっている在来仏教（曹洞宗）との世界観の対立であり、その正統性をめぐる議論である。かつて一九九〇年代の永劫寺に、住職そして副住職のうちに、より「能産的」かつ人間肯定的な何かをめざす、オウム真理教へのシンパシーが生じた。末永和哉を永劫寺に招きいれるという事態を生んだのも、まさにこのシンパシーだった。そしてこの議論は、永劫寺での修行をめぐる根本的な方向性に関わるものとなり、やがては、在来仏教が最終的にめざすところの「解脱」に、どれだけの人間的な価値があるのか、という問いかけにたどりつく。

この場合、人間的な、という意味そのものを問うことによって、問いそのものの正当性がつき崩されてしまう危険性も否定できない。なぜなら、「人間的な」とは、あくまでも個々人の世界観に属する問題だからである。いずれにせよ、永劫寺の僧侶の一人岩谷は次のように言う。

「出家とは、この手も足も出ない深淵を前にして気が狂わない者のことですよ」

岩谷によれば、出家の目的とは何よりも「平常心」の獲得にある。あるいは、「言葉では語りえないところ」へ行きつくことにある。では、「この手も足も出ない深淵」と向かい合った超越的な境地の獲得をめざすことに、どれだけの意味が、それこそ「人間的な」あるいは社会的な意味があるのだろうか。

同じ仏法をめざしながら、オウム真理教との分岐点が生じたのは、まさにそこに、すなわち「人間的な」の意味の解釈そのものにあった。小説の後半に入って展開される在来仏教とオウム真理教の理念闘争は、ある意味で、ドストエフスキーの「大審問官」での議論にも深く通じている。天上のパンか、地上のパンか、の二元論は、在来仏教か、オウム真理教かの対立軸に置き換えられる。すなわち、一方に、純粋な精神的自由に価値を置く在来仏教があり、他方に、世俗的な力への意志を垣間見せるオウム真理教がある。逆に、その双方の立場から一歩退き、「ヨーガやオウムの身体と伝統仏教の身体は、目的地が一緒だから同質」という総論的な視野からの回答もある。また、ドストエフスキーのいう「天上のパン」をめざす在来仏教も、合田のような非信者の立場からすれば、「涅槃という言葉で私が思い浮かべるのは、人間の植物状態」というマテリアリズムに帰結してしまうおそれがある。人間の植物状態は、たしかにその人間の「境地」が推し量れないという意味において、自他合一が実現した理想の境地と解釈できないこともない。

では、「前途有為な」若者たちが在来仏教を棄て、オウムに走った理由とは何であったか。それは、地上のパン、すなわち、世俗的な力への意志だったのか。合田の解釈によれば、独自の終末論をとなえるオウム真理教にあって、ヨーガをとおして経験される神秘主義的な変性意識と、人類救済というヒューマンな理想は一体化されていた。

合田は、永劫寺の僧侶たちの前で「キリスト教の終末観や仏教の末法思想とは違う、もっと能産的な無への願望」がオウム真理教にあった、という卓見を披露する。「もっと能産的な無への願望」とは、言いかえれば、権力ないし世俗的な力へのニヒリスティックな意志を意味する。ヨーガにおいては、心身喪失の境地をめざしたその果てに「真我」が残るのにたいし、在来仏教、たとえば『正法眼蔵』が考える仏法においてはすべて、唯仏与仏、仏祖の坐禅に尽き、その果てに何かが残るということはない。

ニヒリズムの尺度に照らすなら、ヨーガに連なるオウムにはより「人間的」な、ポジティヴな何かが残り、逆に在来仏教は、まったきニヒリズムということになる。

他方、同じ永劫寺内の僧侶は、オウムを「三界も六趣・四生もない、善悪もない、土着神たちのカオスそのもの」であり、かりにそこに救済思想が存在するにせよ、それは「究極の欲望の自己肯定」にすぎないと考える。他の僧はまた、密教的なカオスの力を欠落させたオウムとは、「後期密教から度脱や性瑜伽といった破壊的、かつ魔境的なイメージと修行システムだけを借りてきて、まったく密教的ではない独自の末法思想を簡便につくり上げたに過ぎない」ものとして、逆にそこに「ニヒリズムの極致」を見ている。

ここに立ち現れるのは、ニヒリズムの語に歴史的にになわされた、二つの解釈である。ニヒリズムを一種のかぎりない自己否定ととらえ、みずからの行為からすべての意志を排除しようとする立場は、ある意味できわめて東洋的といえる。

たとえば、ドストエフスキーが生きた一九世紀後半のロシアにおけるニヒリズムとは、まさに無神論とテロリズムの代名詞であり、ニヒリズムの超克をめざしたニーチェの「能動的ニヒリズム」もまた、同じ線に属している。

では、末永和哉はなぜオウム真理教を棄て、在来仏教の門を叩くにいたったのか。その動機はなかなか分かりにくいところだが、おおむね次のように理解できる。すなわち和哉は、神秘体験と言語体験の合一のための境地を、つまり、直観と理性の合一という境地を坐禅に求めた、と。ヨーガでの神秘体験における忘我状態にみずからを置くだけではなく、一種の覚醒状態でもある理性の側に留まっていたいという意志――。

最終的には、言語的理性とでも呼ぶべき、本来であれば在来仏教が否定すべき部分との対峙を求めて、オウムを棄てたといってよいのだが、ひるがえって和哉のそうした態度に問題はなかったのか。在来仏教も、和哉の志とうらはらに、最終的には「言葉では語りえないところ」に行きつくことをめざしていたのではないか。

永劫寺での議論は、やがて仏法における規律の意味にまで及びはじめる。まさに危険水域である。そもそも修行とは何か。仏法のみならず宗教の歴史を見ればわかることだが、救済者はつねに悪魔に試されて救済者となり、弟子は師に試されて弟子となる。試練の大きさは得るものの大きさに比例する。絶対への帰依と真理とが並びたつ世界にこそ、仏法の道はある。絶対への帰依は、救済者であり、かつ師である人間への絶対服従を意味せざるをえない。であるなら、「解脱」という最高の価値のために、師によって下される命令は絶対的な価値をもち、避けがたいものとなる。解脱のための殺人、慈悲による殺人も、決して否定されるべき性質のものではない。

僧侶の一人岩谷は、仏教界がオウム真理教について沈黙した理由について、「オウムの青年たちの尊師への帰依も、私たち僧侶の仏への帰依も、その構造は同じだという認識」があったからだ、と明言する。

在来仏教か、オウム真理教か、という議論は、少なくとも小説のなかでは、半ば痛み分けのかたちで終わっている。しかし先にも述べたように、現実の永劫寺で進行していたプロセスは、まさにそこに生まれた本質的矛盾に起因していた。異端者を抱えこみ、その異端者ゆえに永劫寺が崩壊していくドラマ——。

6　黙過か、自由意志か

『太陽を曳く馬』に、かりに謎があり、その謎を解くカギを作者が何らかの形で示そうとしていると仮定して、第一に問題となるのは、二つの扉である。一つは、サンガ僧堂内に設けられた非常口の扉、もう一つは、永劫寺通用門の扉。通常、僧堂内の非常口は開かれており、永劫寺通用門は固く施錠されているのが、事件当夜、それが逆転する。

僧堂内の非常口は、癲癇の宿病をもつ和哉が、坐禅を組んでいる最中に癲癇の発作が起こり、不測の事態にいたらないように万が一に備えて開かれている習慣だった。ところが事件当日、その非常口が突如、なにものかによって閉じられた。そのなにものかとはほかでもない、僧侶の一人、岡崎である。癲癇の持病を理由に永劫寺の規律から独立して自由に坐禅を組むことができ、それに対して一言も言うことができなくなった岡崎の和哉に対する怒りは限界に達そうとしていた（「私は一瞬、許しがたいという憤怒を覚えました」）。夜坐がはじまる七時半少し前に僧堂に入った彼は、そこに末永の姿がないのを見て、非常口の鍵をかけた。途中から坐禅のために入ってくるかもしれない末永に夜坐での集中を妨げられたくない、という思いからである。非常口を閉じられ、僧堂に入ることを拒まれた和哉は、その一時間半後、六本木通りで事故死する。

事件の謎解きは、住職である長谷川明円によって行われる。

結論は、「自由意志による自殺」――。

明円は、死の前年の夏から通用門の鍵を和哉に預けていた。それは彼が和哉の「自由意志」をどこまでも尊重するためであった。しかし明円の考えによれば、和哉はけっして自殺するはずのない人間だった。その理由は、次の一行に示される。

「末永さんの〈私〉は、自分をつないでいるすべてのものに対する拒絶の意志を示し続けなければならないのですから、自殺はその目的に反します」

ここでは、「自分をつないでいるすべてのもの」が何であるかをはっきりと見定める必要がある。端的に言ってそれは、外部世界であり、世界との関係性である。明円の考えでは、自殺とは、まさに世界との関係性の帰結として生じるものであるから、世界との関係性をすべて拒絶しようとする和哉にとって、自殺は、行為自体として意味をなさない。自殺は自殺でなくなり、純化した願望、本能ないしタナトスの同義語となる。

だが、他方、明円は、もう一つ、この言葉とまっこうから矛盾する哲学を披露していた。それはすなわち、「棄てるものがある限り、それを棄てる意志の自由がある」という、まさに「自由意志」の哲学である。

ここには、一種の二枚舌が存在する。「棄てるもの」を生命と解するならば、それこそは自殺の勧めに他ならず、彼はこの言葉によって和哉をひそかに死に誘導していたととれる。合田は、明円は二枚舌を駆使し、みずからの正当化に走ったと見る。言い換えると、彼は、明円が和哉を「自由な意志」のために、「私」を拒絶するという結論に、一定程度誘導した可能性がある、と見る。だが、明円による誘導とはおよそ別次元での、完全な自由意志による自殺という可能性も残されていた。明円と和哉との間で行われた問答は、最終的には、和哉が傾倒していたジャック・ラカンの「行為の名に値する唯一の行為は自殺である」に帰結した。

しかし、問題はより悲劇的である。では、なぜ、自由意志としての「自殺」がよりによって、非常口の扉が閉められたその夜に起こったのかということだ。自由意志の実現として死を選ぶのであれば、その日である必要はまったくなかったはずである。ことによると、「自殺」は「自由意志」とはまるで無縁の、何かしら偶発的な結果にすぎなかったのではないか。

事件当日、鍵のかかる非常口の「把手を軽く」揺する末永和哉の心のなかに生じた波紋である。彼は、それを、永劫寺が自分に突きつけた「拒否」と受けとめることはなかったろうか？　かりに拒否として認知できたとして、彼がそこから自死に向かうプロセスを、「自由な意志」による、「解脱」の一形態としての「自死」として意味づけることができたのか。それこそは、「世界との関係性」の極みではなかったろうか。

読者は少なからず、別の筋書きを思い浮かべながら、小説を読みつづける。通用門の扉の鍵を開けたのは、和哉ではなく、第三者。非常口の鍵をかけたのが岡崎であったにせよ、通用門の扉は別の人間、すなわち明円によって開けられた。そして和哉が門を出て、桜坂を降りていく姿を後ろから見守っていた第三者がいる。そして、和哉とその第三者との間には、一種の黙契が、一種の共犯関係すらもが存在していた……。

7 「世界の外」へ

黙過か、自由意志か。かりにそれが自由意志による自殺であるとしても、その道を選びとった和哉の内的世界に入りこむことは、究極において不可能である。明円はいう。

「末永さんの〈私〉は必ずしも客体に対する主体のことではない、とお答えしておきましょう。ある時期から、それは意味する作用としての〈私〉へと解体されていたのだ」、と。

これはあくまで明円に都合のよい解説にすぎず、それが、言い逃れであり、二枚舌である可能性さえある。しかし同時に、部分的ながらかなり深く真実を衝いている。

「意味する作用としての〈私〉」、それこそは、人間の外部と内部の反転であり、内部の完全な欠落状態を意味し、「解脱」という視点からみるなら、それはある意味で理想的ともいうべき境地である。

しかし、小説のなかでこの言葉によって表象されるのは、和哉一人にとどまらない。二人の男女を殺害した秋道の〈私〉もまた、「意味する作用としての〈私〉」へと解体されていった。和哉と秋道の分身的な関係がもつ意味は、まさにこの点にある。一方において、殺人を選んだ画家と、他方において自殺を選んだ元オウム真理教の僧侶は、じつは同じ地平に立っていた。

では、髙村自身の問題に帰ろう。和哉の死というドラマを描ききった作家として、髙村は、仏教が究極においてめざすところの「解脱」に何がしかの価値を置いていたのだろうか？　その答えは、明円との問答で発せられた合田の言葉のなかにある。

「意味を為すような一切の言葉の拒絶。声を出すことの拒絶。精神の荒廃、もしくは未然。廃人か、胎児」

合田からすると、それこそが「解脱」の同義語だった。しかし作者からの答えはない。合田が立たされた危機は、まさにみずからの内なる小さな「解脱」の誕生でもあった。その「解脱」とは、死者のまなざしである。

「絵は、事件現場の死体の視線に似ている。（中略）九月十一日に見たのは、新しい抽象絵画であり、実体験できないものとしての死であり、この世界の外」

合田を震撼させているのは、この二つの死と、二つの死の感覚への同化である。それを死の恐怖と呼ぶことはできない。物語に描かれる二つの事件で「犠牲」となったのは、世界が壁となり、虚空となって、個々の人間の、個々の身体として受け入れることのできなくなった二つの生命である。彼らにとって生命とは、個々人の生命の証ではなく、世界霊魂ともいうべき世界と一体化した人間の、自他喪失の境地なのだ。それは、あくまでシニフィアンとしての「私」に「解体され」た人間の特権的な境地であり、それがいったん裁きの対象となれば、「無関心」という一言にいとも容易に置き換えられてしまう。

だが、虚空、無関心へといたる道は遠い。

『太陽を曳く馬』における秋道と和哉の謎めいた分身関係は、ドストエフスキーを媒介項とすることで、さらにくっきりとその本質が浮かびあがる。そしてその証しとなるのが、無関心のまま世界に向かいあう人々の存在である。ドストエフスキーの作品において、善悪の彼岸に立つことで世界に対してあえて無関心な態度をとろうとする人間もあれば(スタヴローギン、スヴィドリガイロフ)、人間の生命にたいして根本的に無関心な、動物のごとき人間もある（スメルジャコフ)。他方、一種の哲学的なオブセッションによって、一定の他者に対して確信犯的に無関心になるテロリストの場合もある（ラスコーリニコフ)。

では、『太陽を曳く馬』に登場する三人の登場人物はどうなのか。

秋道――狂気、法悦、生命そのものを、世界全体の光として経験し、その経験ゆえに黙過され、

惨殺される人間

和哉——癲癇、法悦を経験し、自由意志を持ちながら、なおかつ黙過され、「自死」に向かう人間

彰之——徹底したエゴの探究のなかから、永劫回帰的な視点に立ち、他者の苦しみを黙過しつづける人間

では、髙村が辿りついた問い（辿りついた答えということではない）は、ドストエフスキーとどのようにして共有されていたのか。人間が人間でなくなる、といった稚拙な表現では表しえない存在のありよう、人間が人間としての身体をもちながら、通常の意味では人間とはいえないまなざしをもつにいたった主体。かりに彼らを、通常の意味で人間ではない、と表現するなら、彼らには、「天才＝秋道」「天才＝和哉」の風貌を垣間見ることになるだろう。しかし、彼らが、「天才」であるがゆえに得ているまなざしは、生者の視線というよりも、むしろ死者の視線である。その視線がみつめる世界とは、髙村がいみじくも言った「スタヴローギンが最後に首をくくる前」に見ていた世界である。

では、なぜ、髙村は二十一世紀の現代に新たなスタヴローギン像を必要としたのか？　ここは髙村の作品自身に語ってもらうしかない。スタヴローギンの無関心は一つの究極であるが、その無関心にいたるまでにいくつかのプロセスを歩まなくてはならなかった。スタヴローギンの「無関心」は、ほとんど「解脱」という言葉さえ与えることのできる境地を示しているが、和哉もまた、その「解脱」への接近において、スタヴローギンに接近していた。両者をめぐるディテールの一致を紹介し

よう。和哉には、解脱の向こうに垣間見ている黄金郷がある。

「昼間の坐禅で中央アジアのオアシスを見てきたと言っておられましたよ。夜坐ではもう少し先へ行ってみる、とも」

スタヴローギンにおいてそれは黄金時代の憧れとなる。

「それは、――ギリシヤの多島海《エーゲ》の一角。穏やかな、コバルトブルーの波、島々、巨岩、花咲く岸辺、魅惑的な遠いパノラマ、呼び招くような夕陽――言葉ではとても伝えられない。ヨーロッパの人類はここをわが揺籃の地と記憶し、神話の最初の舞台となり、地上の楽園であったところなのだ」

『悪霊』のフィナーレが近づくにつれ、無関心病を病んでいるスタヴローギンは、無意識的にも意識的にも、世界の苦しみ、苦しみにのたうつ人々に対して「黙過」という態度をとりはじめる。他方、和哉において「黙過」は、スタヴローギンのような意識的な行為として現出することはない。なぜなら、和哉は、シニフィアンにしてシニフィエであるような両義的存在となり、世界内の一個の事物と化しているからである。シニフィアンの存在としての和哉は、路傍の石と同様、路上を走る車や、人々をただ黙って見守るだけである。

しかし、シニフィエの存在として和哉は、路上を走る車や人々から黙過される存在である。和哉の死がかりに自由意志による自殺であったとしても、確実に犯人は存在している。それこそは、彼の「自殺」を黙過する傍観者たちである。事件と犯人が、たがいに因果の鎖で結ばれなければならない理由はどこにもない。

この主題設定は、『悪霊』のなかの「スタヴローギンの告白」や、『カラマーゾフの兄弟』のイワン・カラマーゾフによる「父殺し」の問題に深くつながっている。『太陽を曳く馬』がかりに、ドストエフスキーが脳裡にえがく、ある究極的な「悪」のイメージを現前させた作品だとすれば、そのイメージの根源に息づいているものこそ「黙過」である。

問題は、その「黙過」に人間の善意が貼りついているのか、悪意が貼りついているのか、という点である。常識的に考えて「黙過」に、善意が貼りつくことはまれである。いや、圧倒的な数の例において、「黙過」は、いやおうなく「無関心」か「悪意」の側に立っている。そしてそのいずれの態度にも共通するのが、ほかでもない、他者の死に対する願望である。

『太陽を曳く馬』では、その願望がもっとも悲劇的なかたちで実現した。福澤彰之にしろ、長谷川明円にしろ、彼らの哲学の根底に脈うつ自足の哲学、諦観と、諦観の正当化がたどる道は、「黙過」であり、他者の死に対する願望である。秋道の死について彰之は驚くべき言葉を放つ。

「刑死とは、この世のさまざまな死のなかで唯一、望まれる死です」

他方、和哉の死について、明円は笑いながら次のように言う。

「高い木に登ってゆく人を、いつ落ちるかと下から見上げているような場面を想像すればよろしいのでしょうか」

このようにして、慈悲や、共苦の原点が忘れさられてしまった以上、永劫寺にもはや救いはない。そのような事態が、「出家」や「解脱」の現実の姿であるというなら、仏門の道を究めようとする志にどれほどの意味があるのか。繰り返しになるが、これは、合田＝髙村をとらえた根本的な疑念だった。

思えば、『太陽を曳く馬』は、たんに福澤彰之を主人公とする三部作の最終巻にとどまらず、合田という一人の脇役の危機のドラマとしての意味を帯びていたのかもしれない。小説の冒頭に、ツインタワーの崩落とそこでの人間の死に恐ろしいまで同期している一人の男がいる。彼は、その映像に心身ともに呪縛されている。それは同時に、世界の受難にどこまでも感応しようとする一人の男の健やかな想像力を物語るものでもある。

「それから、雄一郎は半時間止めてあった自分の携帯電話の電源を入れ直して歩きだし、また再び追われるように何事か考え始めるのだ。世界貿易センターの地上四百メートルからの落下と、東京拘置所の地下二・四メートルへの落下と」

その合田が、ツインタワー崩落において経験したなまなましい揺らぎにはそれなりの理由があった。別れた妻を失った合田は、一種のヒステリー状態にあり、ＰＴＳＤにも似たフラッシュバックに苦しめられている。その彼が、永劫寺での修行にはげむ僧侶たちの生き方なり、彼らがめざしている「解脱」の境地に、根本的な疑いを突きつけたのはある意味で当然だった。なぜなら彼は、少なくとも「遺族」として、記憶において死者と深くつながっていたからである。神の不在という観念におびやかされた合田は、ツインタワーから墜落する人と、絞首台から落下する一人の若い画家の、ダブルイメージに釘づけとなっている。

真実と正義は合田にあり、永劫寺にはない。日々の坐禅をとおして空の認識に達しようとする人々の態度が、恐ろしく生ぬるいものに見えて仕方がない心理状態に彼はあった。彼らは、現実の世界、現実の苦しみから逃避し、現実の世界、現実の苦しみを黙過する超越的な境地をめざそうとしている。「黙過」が、不作為こそが、完全に肯定される世界。その世界に生きる彼らは、おそらく原罪という罪の自覚からも自由であるにちがいない。

『太陽を曳く馬』において髙村が問題にしようとしたのは、ツインタワーの崩落をながめながら、そこにいっさいの悲劇性を感知できない目の存在である。言い換えるなら、仏門の究極の道、すなわち出家が、「この手も足も出ない深淵を前にして気が狂わない者」の行く末である。そうした「気が狂わない者」の生命を、はたして正当な意味での生命といえるのか。

では、髙村は、このニヒリズム＝生ぬるさをどうすれば乗り越えることができると考えていたのか。残念ながら『太陽を曳く馬』にその答えはない。髙村は対談のなかで次のように語ってくれた。「これは最近になって思い始めたことですが、そういう《無》の中にも、実はそれもまた生命だという手触りがある。《無》に近い灰色や黒が放っている生命の手触りです」

いきなり飛躍するようだが、ここでいう「無」に近い黒とは他でもない、マレーヴィチの「黒」――。かりにも、そうした黒すなわち「生命の手触り」がこの小説のどこかに描き込まれているとするなら、それはほかでもない、福澤彰之が息子に書きおくった最後の手紙そのものである。しかし、悲しいことに、その「手触り」もまた、殺人をも肯定し、死刑にいたるまでの残された生命を生きる人間を、「純粋に、従順に、生命のシステムに身を委ねてゐる存在」とうそぶく彰之のニヒリズムに包摂されてしまう。

『太陽を曳く馬』に、ドストエフスキーにおけるような生命への信仰を感じとることはできない。とはいえ、無と死とニヒリズムの賛歌に終わっているわけでもない。世界を覆い尽くしている絶望から逃れられない以上、平常心へ回帰するよう説き、なおかつ、希望の光は死にはないと髙村は言っているように思える。

では、ドストエフスキーがみずからの宿病から学んだ、エクスタティックな生命感覚とは別の次元に切り開かれる救済の観念とはどのようなものか。それはおそらく、二人の死者の父親となった福澤彰之の、永遠の放浪のなかに探りあてるしかない。彰之は死なず、放浪のなかで生きる。わが子にかわって純粋な生のかたちを生きるために……。

8　リアリズムの極点

『太陽を曳く馬』が誕生する根本的なきっかけは、阪神大震災の現場近くにあって、死の門の向こうには何も見えないという、髙村自身の究極的ともいえる現実認識だった。その点で「私はスタヴローギンです」と断言する彼女の「欠如」の意識と、深くつながりをもつにいたった。

死刑宣告の現場に立たされた二十八歳のドストエフスキーが、「死の門」の向こうに見ていたのは無、かりに闇ではないにしても、たんに光だけの世界だった。光のみが横溢するその世界は、作家自身の宿病だった癲癇のアウラともどこかしら深く通じるものがあって、そのアウラこそは、激しいインスピレーションに襲われた秋道にとって唯一リアルな、バーミリオンの世界とほとんど同質的な意味を帯びていたのだと思う。

むきだしの現実を直覚する想像力において、髙村とドストエフスキーは同じ敷居に立ち、なおかつ別の道に立っていた。そしてその落差は、作家そのもののなかに潜むエロス（生の本能）の光度の差ということに尽きている。タナトス（死の影）につねに脅かされつづけている髙村にとって、小説の執筆こそが、光に飢えた動物のようにエロスの臭いを嗅ぎとる試みでもあったのだ。

では、『太陽を曳く馬』に描きだされた二つの死に、髙村は、何かしらポジティヴな意味づけを見いだそうとしていたのだろうか。あるいはそれは、超越的な高みから書き記された「裁き」そのものだったろうか。裁きであるとするなら、それらの死はだれが、何を裁こうとした結果としてある死なのか。

思うに髙村は、秋道の「刑死」を裁きとして不当であると抗議しているわけではない。髙村は、ドストエフスキーがかつてその一人に擬せられた批判的リアリズムの作家ではなく、極限のリアリズム作家であるゆえに、つねに不偏不党の立場をとる。他方、小説に描かれた世界は、逆にその意味で、ポリフォニックな響きに満ちているように感じられる。しかし、そのような印象はかならずしも本質を衝いているとはいいがたい。そこではむしろ、リアリズムの極点に行きつこうという精神のみが、自律的に運動を繰り返しているにすぎない。では、リアリズムが行きつく先とは、どのような表象の世界だろうか。そしてモノローグが行きつく先とは？

リアリズムの極点とは、世界に満ちみちる善と悪の境界を指し示すことでもなければ、その基準を示すことでも、その模範を示すことでもなく、あるいは、物象の限りない多様性を写しだした世界でもない。むろん、それはリアリズムの一面ではある。しかし、「究極の」という形容詞がつくリアリズムは、そのようなものではない。

わたしはかつて、彼女のリアリズムを、ドストエフスキーのテクストを顕微鏡で拡大するようなリアリズムだと述べたことがある。顕微鏡で拡大した現実とは、光によって浮かび上がる表層であり、肌理《きめ》そのものである。それは他でもない、秋道が見た世界である。高村のリアリズムが、無対象の絵画のテーマに帰結したのは、当然のなりゆきだった。そして人間のすべてのまなざしは、最終的にはこの無対象の世界に行きつき、リアリズムの世界の尽きるところ、善と悪、美と醜の一切の価値基準を超えた世界に立ちいたってしまう事実を、この小説は、鮮明に浮かびあがらせてみせたのだといえる。

しかし、それでも高村が人間であるかぎりにおいて、そこにはおのずと何がしかの基準が、裁きが介在しているはずである。もちろん、ここでいう裁きとは、究極のモノローグとしての「言葉」である。高村が裁こうとしたのは、無に、虚空に至り着こうとする人間たちの執念、いや「父たち」

の傲慢である。

もっとも、それは人間には裁きえない神の領域でもある。そして実際に裁かれたのは、ある意味で、きわめて純粋なかたちで持続する二人の「子ども」たちの生命、かたやこのうえなく「動物的な」生命、そしてかたや、このうえなく知性をきわめた人間の生命だった。その二つの生命の、妥協を知らぬ営みは、黙過された。もちろん、それらの「子ども」たちの存在は、もはや人間世界とは無縁な超越的な実在に化そうとしていた、という意味で、生命としての意味すらも失われかけていたといえる。刑死と自死という、「この手も足も出ない深淵」を前にした福澤彰之は、いま、ひとりさまよいながら、「解脱」の生を生き続ける。

しかし他方、現象として現れた「世界の外」では、耳を聾するような轟音のなかで悲鳴をあげつづける人間たちがいる。そして、この犬死ともみまごう「世界の外」に、これからなお、放り出されようとする「子ども」たちが、限りなく存在しているのである。

カタストロフィ後の文学

対談　髙村薫×亀山郁夫

黙過と父殺しの物語

――本日は、二〇〇〇年代を通じて、『晴子情歌』、『新リア王』、『太陽を曳く馬』の福澤家三部作という長大な小説を著され、長篇小説を読む楽しみを読者に存分に味わわせて下さった髙村薫さんと、『カラマーゾフの兄弟』、『罪と罰』の新訳で、二〇〇〇年代に再びドストエフスキーの世界を広められた亀山郁夫さんに来ていただきました。一〇年代における長篇小説の可能性や役割といったことを、存分にお話ししていただければ、と思います。

髙村 二〇〇九年七月に毎日新聞社主催で、光文社古典新訳文庫の『罪と罰』刊行記念対談を、大阪で亀山先生とさせていただいたときに久々にドストエフスキーのことを考えました。

亀山 発売直前ということもあり、あの場では、『太陽を曳く馬』をめぐる話ができませんでしたので、今日は楽しみに来ました。ぼくから口火を切らせてもらいますが、この小説にはドストエフスキーが提示した根源的なテーマがいくつかくっきりと刻みこまれています。一読してそう直観しました。大は「大審問官」から、小は『罪と罰』のラスコーリニコフによる金貸し老女殺しの動機にいたるまでのテーマ群です。あまりドストエフスキーを重ねすぎると、逆にこの小説の持っている本来的な深さが見えにくくなってしまうので、ことさらに強調しないほうがいいかな、と思いつつも、ここしばらくドストエフスキーとつきあってきた者として、どうしても言わざるをえない気持ちなんです。この小説には、『マークスの山』、『照柿』以来、長い時間をかけて髙村さんの無意識の中にばら蒔かれてきたドストエフスキーの種子が、あちらこちらから新しい芽を吹いているという印象を持ちました。

具体的に言いますと、福澤秋道が殺害した人間の数です。『太陽を曳く馬』では、大人の男女が一人ずつと、一人の嬰児（遺棄致死）が殺されます。他方、『罪と罰』の主人公ラスコーリニコフが殺害するのは、金貸しの老婆とその妹のリザヴェータですが、小説中、リザヴェータは「しょっちゅう妊娠している」という記述があって、ドストエフスキーは、二人の成人と一人の赤ちゃんの殺害を一定程度意識しながら書いているんですね。少なくとも草稿の段階で、そういうプロット上の展開が想定されていた一時期がありました。これは、もう偶然の一致を越えた何かです。

また、『カラマーゾフの兄弟』で、父殺しの犯人スメルジャコフは、一家の庭先にある浴室で生まれますよね。一方、秋道は、浴槽で分娩中の女性（と嬰児）を殺します。また、このスメルジャコフには、幼少期に子猫を縛り首にして殺し、ひとりで葬式ごっこを楽しむ奇癖があるわけですが、秋道も小学生のとき学校で飼っているウサギの耳を切り取るといった残虐な過去の待ち主です。秋道はある意味で、スメルジャコフのように不気味な存在です。殺害の根本動機が見えないという意味においても。

髙村 そういえば、そうですね。完全に無意識で書いていていますね。言われてみれば、そうか、という感じがします。

亀山 それじゃ、ドストエフスキーは意識されていなかったんですか？

髙村 全く意識しなかったです。

亀山 え？　恐ろしい。それは驚きです。ドストエフスキーに対抗して書いているんじゃないか、と思っていたくらいですから。でも、いま挙げただけじゃなくて、もっと本質的なレベルでも共通する部分があるんですよ。

『太陽を曳く馬』は、二〇〇一年六月に主人公のひとり末永和哉が交通事故死するところから始まりますね。そして、それから六ヵ月後、永劫寺サンガ(編集部注：saṃgha 道場のこと)が閉じられる十一月の末日で終わるという物語展開になっています。そしてその真ん中に「9・11」が挟み込まれる形を取っている。実を言いますと、私は、この五年間、ドストエフスキーについてほぼ同じことばかりを、繰り返し、語り、書いているのですが、一言でいうと原罪、つまり、現実の世界に起こる不幸な事態を、第三者的な立場から、いっさい手出しせずに見続ける＝「黙過」という非行為性のもつ意味についてなんですね。私は、このテーマが、ドストエフスキーの小説のすべての中心に潜んでいて、ことによると彼のサド・マゾヒズムの本質にも通じあっていると考えているくらいなんです。また、私自身が、「9・11」を通して経験し、そこから自分なりにつかみとってきたテーマが、やはり「黙過」でした。

で、『太陽を曳く馬』との比較でいうと、この小説を読み終えた瞬間、このテーマはまさに「黙過」にあると直観したわけです。それは、もしかすると、『レディ・ジョーカー』

に登場する知恵遅れの少女のモチーフの延長上に誕生したのかもしれない、とまで考えました。『レディ・ジョーカー』では、ある俯瞰的な視線のなかで何か小さく渦を巻いていたものが、この小説で、一挙に静かに爆発したという印象です。少し大げさに聞こえるかもしれませんが、二十一世紀の文学では、この『太陽を曳く馬』こそが、ドストエフスキー直系の主題を扱った最高の作品ではないか、と感じました。

で、じつは、高村さんとのこの対談の予習のつもりで、YouTubeにアップされている「9・11」関連の映像をあらためていくつか観てきたんですよ。ほぼ一年ぶりのことでした。その中に一つ、新しくアップされた映像があって考えさせられました。ツインタワーから一キロほど離れたある高層アパートの窓からビデオカメラで炎上するタワーを撮り続けている映像です。撮影している女性は、カメラのそばで何度も、「オー・マイ・ゴッド」を呟きつづけているんですね。ところが、タワー崩落が始まり、入道雲みたいに巻きあがる埃に消えていく光景を眺めながら、どういうわけか、さめざめと泣きはじめるんですね。その涙は一体何のための涙で、どういう意味を持っているんだろうか、と考えました。そして、こんなふうな結論に達したんです。つまりその涙は、神の不在を知らされた人間の根源的な悲しみの表現なのだ、ということです。と同時に、何かしらここから新しい言葉が生まれてきそうな予感を覚えたんですが、ことによると、その新しい言葉というのが、この『太陽を曳く馬』だったのかもしれません。

この小説では、何よりも癲癇の宿病に苦しむ末永という青年僧の交通事故死とその原因をめぐって果てしない議論が繰り広げられていきます。かつてオウム真理教に加わったことのあるこの青年を死に追いやったのは誰か、だれがサンガの（和哉がサンガを出る）門を開いたのか、その犯人探しがメーンのプロットを構成しています。そして最終的には、和哉の「自由意志」という動機が暗示されて締めくくられるわけですが、実はその「自由意志」の背後に、サンガで修行する僧侶集団の、すさまじい悪意が渦を巻いているわけです。そして、彼らの集団的な悪意というか呪いの成就として、門は自ずと開かれるというミステリとしても読める仕組みになっているわけです。

では、なぜ、青年は、そうした集団的な悪意の対象とならざるをえなかったのか、ということです。神がかり的な坐禅を組む新参者の和哉は、そこで長く修行生活を送っている他の僧侶からすればむろん目障りな存在ですし、彼らの精神集中を阻害する大きな要因となっています。つまり、和哉の解脱が深まれば深まるほど、永劫寺全体の崩壊の危機が迫ってくるという仕組みになっているわけです。大いなる矛盾です。

そんなわけで、和哉はだれからも疎まれていますが、逆にだれも手をつけられない聖域にいる。ことによると、彼をこの寺に導きいれた住職の長谷川明円すら彼に嫉妬し、意識下で彼の死を望んでいたかもしれません。和哉の死がかりに自殺であったとしても、犯人がほかにいることが暗示されています。彼の「自殺」を黙過する傍観者たちです。この主題設定は、『悪霊』のなかの「スタヴローギンの告白」や、『カラマーゾフの兄弟』のイワン・カラマーゾフによる「父殺し」の問題に、あるいは「父殺し」の動機形成に深くつながっているように感じられました。総じて、私なりに見る『太陽を曳く馬』は、ドストエフスキーが思い描いていた、ある種の究極的な「悪」のイメージを現前させた作品だと思うのです。

その「悪」のイメージの根源に息づいているものこそが、改めて言いますが、「黙過」であり、同時にまた、その「黙過」と背中合わせにある他者の死に対する願望です。それこそ、ツインタワー崩落を見つめる人々の心の中に潜んでいる情動と正体は同じではないか、崩落の光景をガラス越しに見ながら静かに涙にくれていた女性は、それを目撃している自分の犯罪性にも目覚めていたかもしれません。これは、今日のインターネット時代に生きる人類の根本的な罪悪性に通じていると私は考えたわけです。まず、これだけは最初にどうしても述べておきたいと思いました。長くなりました。

髙村 ありがとうございます。

亀山 この三部作は、また、ある意味で連綿として続く「父殺し」の物語でもあるんですね。そこでお聞きしたいんですが、『晴子情歌』を書きだした時点で、髙村さんはどこまでこの小説の結末が見えていたのでしょうか。『新リア王』のラストで、彰之の内縁の妻である杉田初江の死を告げる電話が、合田雄一郎から彰之にかかってくる、というところまでは見えていたんだろう、とは思うのですが。

髙村 私は、とにかく無計画に書きだすものですから、三部作を書ければいいな、という思いはありましたけれど、どんな物語になるかという具体的な計画はゼロでした。ただ、古くからきっかけはあって、それは「9・11」よりもっと前の、九五年の阪神淡路大震災です。私はあのとき、大阪の家にいましたが、突然、大地が揺れ始めました。この体感は実際に揺られた人間にしか分からないでしょうが、「死の門」がもしあるとしたら、こんなものだろう、というものを見たんですね。家が崩れていないので、実際の死に直面してはいなかったのですが、自分の存在が恐ろしく醒めて、冷たい感じなんですよ。何の感慨も起こらない、驚きすらない死の門。

しかし地震は収まりますでしょう。収まった後、私の家は崩れませんでしたから、しばらくして電気が通じて、テレビをまずつけました。そこで最初に出てきた映像はヘリコプターが神戸の上を飛んでいる映像で、あちらこちらから火の手が上がっていました。地震の直後から車も電車も止まってしまいましたから、一切の街の音が消えましてね。そして二十四時間中、聞こえるのは救急車のサイレンだけ。淀川を越えて、重傷者や死者を運んでくる救急車の音だけを、数日間聞き続けていました。

私にとって、阪神大震災はそういう経験ですが、それを機に『レディ・ジョーカー』のような小説世界から出ていきたい、と思いました。明確な理由はないのですが、書き手のほうの世界観が変わってしまったためだと思います。でも、出ていきたいと言っても、それは漠然とした衝動のようなもので、具体的な方法論があったわけではありませんでしたから、ずいぶん長い停滞期間がありました。そのころふと考えたのは、こうしていまここにいる私はどこから来たのか、ということでした。そこで自分の親や、さらにその親のことを考えたとき、二十世紀の初めの大正時代ぐらいから、親が歩んできた時代を振り返ってみようかと、漠然と思い至りまして、書いたのが『晴子情歌』です。

けれども、そのときも自分にとって縁のない青森の津軽を舞台にしてしまいましたので、その土地で生きる感覚や風土を言葉にする、という技術的なことで、まずは頭がいっぱいでした。どう書けば西津軽の日本海を言葉に写し取れるか、とか、どう書けば、昭和の遠洋漁業の漁船員の身体感覚を表現できるか、とか。

阪神大震災というカタストロフィ

亀山 物語の一つ一つの細部は、全体の構想の中から生まれてくるというより、言ってみれば、一種、場当たり的に出てくるわけですね？

高村 最後に三部作小説としてでき上がったのは、なぜかそう収まったというだけで、書いているときはいつも場当たりです。ただし、どういう一族を描くのかは最初に決めましたし、家系図のようなものもつくりました。でも、それも私が勝手につくったというよりは、たまたまある青森の旧家をとても親しい方に紹介していただいたものですから、そういうふうにつくらざるを得ない部分がありました。その青森の旧家は明治の代から政治家を輩出しているので、ならば私が描く一族にもやはり政治家をつくらなければ、という具合です。それでなんとなく第二部で政治家の一生を書くことになってしまったわけです。

亀山 なるほど。『太陽を曳く馬』の舞台になる、都心の永劫寺サンガという設定はいつ頃、生まれたんですか。

高村 書きだす直前の、二〇〇六年くらいだと思います。私の場合、経験が言葉になるのにかなり時間がかかるようです。小説の冒頭、合田が空を見上げて、ツインタワーからの人々の落下と、そこで働いている元妻のことを考えるのは、「9・11」からまだ二、三ヵ月足らずのときですが、それを表現している私自身は、そういう表現ができるようになるのに五年かかっていることになります。亀山先生は以前、「9・11」の映像をご覧になったとき、『悪霊』のスタヴローギンがマトリョーシャの自殺を黙過した場面にとっさに思い至った、と言っておられましたが、そういうことは私にはないんです。それは阪神大震災のときも同じです。

亀山 経験の記憶がまっすぐにご自分の中に入っている、ということですか。

高村 いいえ、たぶん白紙なんだと思います。記憶の引き出しのどこかに入るんですが、出てくるのにおそろしく時間がかかる。すぐには言葉にならないのです。

亀山 『レディ・ジョーカー』と『晴子情歌』の間の断絶というのは、カタストロフの経験、一九九五年以前と以降というふうに分けられる問題と言いきっていいのでしょうか。『晴子情歌』が出たのは、二〇〇二年ですよね。阪神大震災からはすでに七年経っていますが。

高村 私は戦争を知りませんから、物心ついたときから余計に、戦争とは何かをずっと考えてきた子どもだったのですが、実体験としての戦争と想像力で捉えた戦争は、同じではありえません。それに加えて、戦争や震災のようなほんとうの身体体験は、言葉にはならないということも、九五年に思い知ったのだと思います。でも、一番大きかったのは死者の数かもしれませんね。抽象的な数字ではなくて、体育館に柩が並んでいる光景としての、目に見える死者です。それを見たとき、同じ揺れの下でその方たちは亡くなり、自分は生きている、ということを考えました。偶然で生死が分かれたという事実は、なんとも厳粛です。そのとき、私の中で「神」は消えました。

亀山 我々がイメージしている宗教的な神ですね。

高村 そうです。私は物心ついたときから、カソリックの修道会の幼稚園に放り込まれて、大学はＩＣＵにも行き、神は身近にいたのですが、それがスッと消えました。

　私が物心ついたころの話ですが、生まれて初めて観たテレビ映像は、Ｂ・Ｃ級戦犯の銃殺のドキュメンタリー映像だったんです。そのときから、人は一瞬で死ぬ、ハエのように死ぬ、という恐ろしい感覚を知ってしまった子どもだったのですが、震災で初めて身体で体験した「死の門」というのは、恐ろしく冷たい。一瞬の驚きがそのまま凍りつく、といった感じでした。

亀山 初めて観た死の映像が、テレビのモニター画面つまりガラス越しだった、ということの意味を、その後、意識されることはありませんでしたか？　つまり、その場合の死の映像というのは、例えば写真でも、あるいは現実の死の光景を目撃するという行為でもかまわないわけですが。

高村 そのときは子どもでしたから、ガラス越しという意識はなかったと思います。全身の体験でしたし、リアルでした。でも、仮に目の前でそういう瞬間を見てしまったら、たぶん私は生きていないかもしれませんね。

亀山 なるほど。

高村 その経験から今に至るまで、物事を全部自分の体で体験する人間になったと思います。おかげで、今でも例えば死刑について考えるときは、制度の抽象論よりも先に、絞首刑で落下するときの重力などを考えてしまいます。首が絞まるまで何秒かを計算して、これは長いんだろうか、短いんだろうか、ということを考えるわけです。死刑の是非という抽象論は、また理性で別に考えますけれども、その前に、身体の体験としての世界がある。私の場合は政治の世界でも、時代そのものでも、みんな身体の体験があって、それをどうやって言葉にしようか、という書き方なんです。ですから、例えばドストエフスキーが一つの小説を書くときに山のようなノートをつくったと言われますが、そういう小説の書き方は私とは大いに違っています。ドストエフスキーも身体経験が強烈にあった人だと思いますが、実際に小説を書くときにはストーリーや人物をこう動かしたい、という欲望が先に来る人だったということかもしれません。

小説家＝欠如の人間

亀山 実は『太陽を曳く馬』を読みながら、ちょっと傲慢な言い方になってしまうかもしれませんが、どこか私のために書いてくださった小説かな、などと思ったところがあるんですよ(笑)。私と同じ名前の登場人物(川島郁夫)が出てきたりして、妙にくすぐったい思いがしました(笑)。ドストエフスキー研究に入る前まで、僕は十八年間ロシア・アヴァンギャルドの研究をし、マーク・ロスコではないですが、カジミール・マレーヴィチとか、ウラジーミル・タートリンなんかの無対象芸術に親しんでいました。その後、スターリン時代の文化について、十年ほど研究することになりましたが、アヴァンギャルドに属する何人かの画家に共通している無対象的な世界にはつねに惹かれ続けてきました。

ところが、五十代に入って、無対象どころか、まさに対象そのもの、つまり意味の塊そのものであるようなドストエフスキーの世界に戻ってきて、今は、自分でも非常に幸せに感じているわけです。なんといっても長い禁欲生活の後ですからね。で、考えたんですが、『太陽を曳く馬』の中には、基本的に、二つの対立軸があります。意味の絶対的な過剰と、意味の絶対的な剥落の二つで、それらが衝突、交錯しあいながらドラマが進行していきます。超越性をめぐる僧侶同士の対話がまさにそうですね。意味の過剰という点でいうと、仏教とオウム真理教の教理をめぐる議論は、どこかドストエフスキーの「大審問官」と重なりあっているような感じがします。ですから、その意味でも、何か私のために書いてくれた小説のように思えてしまうわけです。

高村 もともと先生はなぜ、そのアヴァンギャルドに惹かれたんでしょうか？

亀山 大学ではドストエフスキーを四年間読み、『悪霊』について拙い論文を書きました。しかし、いわゆる連合赤軍事件と比較される革命結社内部の内ゲバ抗争といったテーマにはまったく関心がわかず、ひたすらスタヴローギンに惹かれていました。人の死を冷然と認め、なおかつ、他者に対する死の願望を自分の手を下すことなく実現していく彼の奇怪さです。そのスタヴローギンが自分のどこかにもいる、という何かしら直観めいたものがあって、そのなかでドストエフスキーにおける「悪の系譜」といったタイトルの卒論を書いていたわけです。しかし結果的には、スタヴローギンと同期する経験だけが残って、経験そのものを客観的に意味づける批評的な文章は一行たりとも書けませんでした。完全に劣等生でしたし、文学者として全然才能が欠けているのかもしれない、と思いつめ、しばらく劣等感に苦しみました。そこで、ドストエフスキーから一番遠い文学をさぐり、ロシア・アヴァンギャルドに向かうことにしたわけです。

今度は逆に、ひたすら批評の言葉を探りつづけるという作業が始まりました。マレーヴィチの絶対絵画ではないですが、ないものを語るという作業です。そうすれば、ほんとうの意味で自分の力量が試されるだろうと思ったんですね。

しかしその作業にもそのうち疲れてきて、といっても二十年が経っていましたが、私の関心は、ソヴィエト時代の文化や検閲システムの問題に向かっていきました。体制批判者どころか、体制に忠実な文化人まで容赦なく粛清していくスターリンの神性という問題に惹かれたわけです。そして、抑圧される芸術家と抑圧するスターリンとの関係を二枚舌というキーワードを用いながら分析していきました。

独裁体制下に生きる優れた芸術家というのは、体制を賛美すると同時に批判する。その二枚舌を巧みに隠蔽しながら芸術作品を構築するという考えです。五十代に入って、もう一度ドストエフスキーに帰ろうと考えたときに、この二枚舌の理論をそのままそっくり十九世紀ロシアの文化研究にも適用できることがわかりました。「皇帝権力対ドストエフスキー」という対立構造を設定し、これまで言われてきたシベリアでの「転向」というドラマを否定し、二枚舌による巧みなサバイバルとして彼の小説全体をとらえ直そうと考えたわけです。

その一方で、十三歳のときに初めて『罪と罰』を読んだ意味とか、大学時代に『悪霊』

の主人公に同期した意味など、十代から二十代初めにまたがる自分なりのドストエフスキー経験の意味をすべてもう一度語り尽くしてみようという気になり、NHK出版から『ドストエフスキー　父殺しの文学』という上下二巻の本を出したわけです。

ただ、面白いのは、この本の表題通り、基本にはいつも「父殺し」の問題意識があったということです。では、なぜ「父殺し」の主題に惹かれたかというと、そもそも私自身、猛烈にマザコンなんですね。ですから、髙村さんの『晴子情歌』にかなり敏感に反応できたのもわけがあるわけです。晴子と彰之の母子関係に、何かいわく言いがたいエロティシズムを感じました。でもどうしてあそこまで髙村さんに書けるのか、ほんとうに不思議な気もしました。

髙村　ドストエフスキーがどうだったかは分かりませんが、少なくとも私自身は「欠如」の人間です。自分自身は何も持っていないんですよ。性格程度のものはもちろんありますけど、それでも核と言えるほどのものではない。

亀山　なるほど。もし核があったとしたら、数十ページで終わる短篇しか書けないかもしれませんね。『太陽を曳く馬』の最後に、エディプス・コンプレックスの話が出てきますが、それがまさに巨大な物語として小説全体を貫いているのを感じます。福澤榮にしてもそうでしょう。作家というのは、ひょっとすると、大いなる空なる母なんでしょうか？

髙村　自分では、本当に欠如だと思います。物書きとしてはそれでいいと思うんですが、人間としてこんなに空っぽでいいのかと思うぐらい空っぽです。言葉を探すというのは、一時的に言葉で自分を埋めている行為でして、そうやって生きてきたし、これからも生きていくだろうとは思うんですが、自分自身は空っぽだという自覚があるものですから、こうやっていくら人間の物語を書いても、これは自分の血肉ではないという空虚感はいつもあります。小説家は人間のことを書くと言いながら、人間である自分自身とは永遠に別のところにいる。その空虚感を引き受ける者かもしれませんね。

亀山 でも、読者は自分自身の経験と物語とを照らし合わせながら読んでいきますよね。ですから、小説そのものが何か器になっていて、巫女的に高村さんが引き寄せているということもあるのでしょうね。

たしかに、小説的な想像力の在り方というのは、少なからず、外部を吸引する欠如といった形を前提としているのかもしれません。ドストエフスキーも、つねに同時代人の中からモデルを探しだしていました。『罪と罰』の主人公もそうですし、『白痴』もそうです。『悪霊』は、セルゲイ・ネチャーエフ、バクーニン。しかし、彼の小説世界そのものを成り立たせている一元的かつ根源的なエネルギーとは何か、と問われたら、そこは、欠如ではなく、幼児体験だと答えざるをえないところがあるんですね。

高村 そうしますと、スタヴローギンはドストエフスキーのどういうところから出てきたんですか?

亀山 自分の魂からつかみ出した、と彼は言っていますね。

高村 欠如ではない、何かの行き着いた形ですか。

亀山 根本には幼児体験の反映だと思うし、その延長上にある癲癇も重要なファクターだと思います。そういえば、末永和哉も癲癇の病を病んでいますね。で、さらにそこにプラスされる何かがあるんだと思います。僕は作家自身が、現実に、何がしかの「踏み越え」を経験していると思います。つまり具体的な犯罪をです。一線を越える経験です。でなくては、とうてい書けません。そこで体験された一種の被害妄想に近い恐怖、それがスタヴローギンの根源的な部分を形づくっているような気がします。スタヴローギンはドストエフスキー自身ですし、最後の被害妄想に近い恐怖というのが、まさに彼の幼児体験そのものなんですね。今、ふと感じたのですが、世界を見つめるスタヴローギンの眼差しと、『太陽を曳く馬』の彰之の生き方には、どこか通底するものがあると思います。

「無」の中の生命の手触り

亀山 高村さんは、カタストロフを常にどこかでイメージしながら小説を書いていらっしゃるのかな、と常々思っているのです。『太陽を曳く馬』の秋道による殺人は、現代絵画のイメージにしか置き換えられない何か非常にカタストロフィックなものを含んでいる。で、お聞きしたいのですが、彼の行為の持っているカタストロフィ性は、この『太陽を曳く馬』というタイトルとどうかかわっているのでしょう？　秋道は（アルタの岩絵にある）「太陽を曳く馬」を、バーミリオンで塗りつぶしています。

では、太陽を曳く馬とは、何なのでしょうか？　秋道そのものの存在をエロスそのものとして捉えるべきなのでしょうか、それともタナトスの力としてとらえるべきなのでしょうか。否応なくそんな疑問が湧いてくるのです。

高村 きっと、どんなふうにでも読まれうるし、それでいいと思っていますが、私自身は阪神大震災で六千四百人の死を経験して十五年経ったいま、やっと一つ、自分の中で漠然と形になったものがあるように感じています。それは、もう何も見るものも、聞くものもない絶望の感じ——たぶんスタヴローギンが最後に首をくくる前がそうだったと思うんですが、そういう自死に向かうときの「無」の感じ——。これは最近になって思い始めたことですが、そういう「無」の中にも、実はそれもまた生命だという手触りがある。「無」に近い灰色や黒が放っている生命の手触りです。

結局、福澤彰之という、この三部作を通じた主人公は、その生命の躍動感なり充実感なりを、あまり人生に感じられないからこそ、東大を出て漁師になったりしますが、それでもやはりまともな家族はつくれない。二作目では僧侶になり、三作目ではとうとう自分の息子まで亡くしますが、「死」に満ちた、ほとんど何かの罰を受けているような人生を送った彼が最後に発見するのは、それでも自分の中にある命です。だから、これは「死」から「生」への物語だろうと私自身は思っています。今おっしゃった「太陽を曳く馬」の含意するものは、私の中では生命の手触りですね。ただ、それは決して明るいものでない。

亀山 それは命の肯定ですか？　あるいは命の鑽仰？　それとも命の現前性の単なる承認なんですか？

高村 私自身は肯定でありたいと思っているんですが、正直言って分からないのです。だって、現実に揺れているときに見た命は、冷たかったんですもの。

亀山 この小説は、彰之の放浪の物語です。あるいは、自分の生命の手がかりを求めようとする遍歴の物語と読めますね。スタヴローギンもまた、ギリシャのアトスから、エジプト、ドイツと経て、アイスランドまで行きます。生の実感を求めての遍歴の旅です。そこでは父が不在です。スタヴローギンの父親は、どうしようもなくろくでなしの放蕩者で、まったく存在感がありません。彼の教育係であるステパン・ヴェルホヴェンスキー氏にしても、彼とそう大きく変わりません。非常に脆弱です。その脆弱さはじつに愛すべきものですが、次の子の世代はぜったいに彼を許すことができません。ことによると、『太陽を曳く馬』の秋道が殺そうとしたのは、どこかあいまいで脆弱な父的存在であったような気がしてならないんです。そういう意味での父殺しの暗示は、この小説のどこかに潜んでいるんでしょうか。

高村 父が不在であるという認識が、現代的な意味での父殺しなのではないかと思っています。実際、彰之も秋道も父は不在ですし、彰之は自分たちに父は初めからいないのだと言ってしまいます。あるはずの父がいない、初めから欠けた人生だという認識です。これは、男性にとってはとても重大な表明だという気がします。

亀山 形の上では彰之には榮、秋道には彰之という父がいますが、どちらもある意味で父としての体をなしていません。彰之も秋道も原父といいましょうか、そういったある圧倒的な威厳とカリスマ的力を自分の中に持たずに生きている、という現実ですね。

高村 そうです。彰之も秋道も、物心がついたときからの欠如を意識して生きています。そのため、彰之自身も父親にはなれません。

亀山 必死に、なろうとしている、という感じはありますね。

高村 なろうとしても無理だろうと思います。

それが欠如ということですから。でも私は、自分が女性のためか、父の不在や、父殺しが男の子にとって決定的な通過儀礼だという感覚が、直感的にもてないのかもしれません。

日本人としてドストエフスキーを読むということ

亀山 先ほど、揺られているときに冷徹な自分がいて、「死の門」の向こうは、約束された世界では全然ない、とおっしゃいました。

高村 全くの闇です。

亀山 その先に見えたものは何だったのでしょうか。

高村 強いて言えば、「般若心経」の世界でしょうか。

亀山 どういうことですか。

高村 それこそ色即是空というやつで、すなわち形あるものは無い。言い換えれば、言葉で形づくることのできる世界そのものが無い、というふうな一瞬の体感なのですけども。世界を実体ではなく、縁起という関係性で捉える仏教の世界では、主体と客体という構造を超えてゆくことが求められるのですが、言語は主体と客体を抜きにして成立しません。その超えがたきものを超えよ、言葉で言い当てられるものをすべて捨てよ、すべては「空」だというのが仏教の世界ですから、キリスト教やイスラム教のような神もいませんし、絶対的な帰依というのもない。仏教は、一切の実体をもたない存在のありようを知ることを「仏」の知恵と称して、その知恵に至る前に、徹底的に認識論を積み上げるだけです。

もちろん、積み上げた論理を最後に飛び越えてゆく一歩が大事で、そのために修行があるわけですが、その成否はすべて仏を信じる個人の営みにかかっているんですね。最終的には宇宙に還元されてゆくような認識論が仏教の神髄だとすると、生も死もたしかに超えてゆけるような気がしますでしょう？

でも、仏教がそういうものなので、仏教世界では人間の物語は生まれにくいとも言えます。ドストエフスキーの世界に満ち満ちているロシア正教の、厚い雲のような信仰の重苦しさがあって初めて、神の下で苦しむ人間たちの物語が生まれるのではありませんか？ドストエフスキーの作中人物から神が切り離せないのは、まさに彼らが人間の物語になるためだという気がします。

亀山 それは一人の日本人としてドストエフスキーを読むことと大いに関わってくることです。ドストエフスキーの小説は、神を信じる立場で読むのか、あるいは信じない立場で読むのかで、全然違ってきます。

実はドストエフスキーは二人いたと思うんです。先ほどの二枚舌ともつながるんですが、神を信仰している（信じられる）彼と、信仰していない（信じられない）彼の二人です。でなければ、スタヴローギンのような男のドラマは書けないでしょう。極端な言い方をすれば、ドストエフスキーの神は、癲癇の発作の際に現れるアウラと同義語であり、仏教的な認識に近いところにある神でしかなかった。そういう自分をずっと持ち続けてきて、彼は作家として生きていたと思うんですね。神を信じている面と信じていない面とを、二枚舌的に双方を出したり引っ込めたりしながら、ドストエフスキーは小説を書いていた。

ことによると思想家ないしジャーナリストとしての彼はそうではなかったかもしれないのですが、作家ドストエフスキーは、基本的なスタンスとして、「信じない」というところで書いていた。だからかえって我々の共感を呼ぶのだと思うんですね。では、彼は、神に代わる存在をどうイメージしていたのか、ということです。例えば、スタヴローギンは、マトリョーシャが自殺しようとしている現場を目撃しながら、救いに行こうとしないばかりか、その縊死体をのぞきこむという異常な行動をとる。あたかも神は、といっても悪しき神なのでしょうが、自分だと言っているかのようです。ドストエフスキーは、ことによると、目の前のリアリティそのものと自分しか存在しないような、そういうむきだしの現実感に常に立たされていたんではないかと思います。髙村さんのいう、死の門の向こうには何も見えないという現実感ですね。繰り返しますが、だからこそ、ドストエフスキー文学は生きているんだと思います。その点で、私はスタヴローギンです、と断言できる髙村さんの「欠如」と深くつながっているような気がします。

ドストエフスキーは、無のほかに、やはり、神の存在を見通せていなかったような気がしてならないんですよ。死刑宣告の経験がまさにそうだったんじゃないでしょうか。死の門の向こうに見えていたのは、無、かりに闇ではないにしても、たんに光だけの世界。それは、自分自身の癲癇のアウラと大きくはかわらない。『太陽を曳く馬』で、末永和哉に背負わされている癲癇の意味は、ドストエフスキーというプリズムを通すとじつによく見えてくる。和哉の解脱はまがいもの、と考える僧侶も出てくるわけですから。しかし、ある僧侶の目からすると、それこそが解脱かもしれない、わけです。なぜなら、解脱が何かを知らない以上、解脱はつねにイマジネーションの領域にあり、どうとでも解釈できるものだからです。

高村 そうです。

亀山 その意味で、この『太陽を曳く馬』の現代性は出てくると思っていて、あられもなく即物的な欠如そのものであるような世界を描いたとき、そのカウンターパートとしておのずから出てくるものがあるんですね。土とか、大地とか、いわば最終的には生命の感覚とか、がそうです。『罪と罰』で、ラスコーリニコフの隣にいたソーニャによって、他者そのもの、何か生物の存在に直に触れ合うときに生まれるちょっとした動きといいましょうか。『太陽を曳く馬』は、「死」から「生」へのドラマだと信じたいとおっしゃいましたけれども、確かに最後に何か、ある生命の小さな息吹を感じとることができると思います。でもそれは、欠如そのものがおのずから吸引する何かなんですね。自発的に呼び起こす何かじゃなくて。で、さっき生命の鑚仰なのか、それとも単なる現前性の確認なのか、と尋ねましたが、ドストエフスキーも同じところで問題を保留しているように思えるんですね。『罪と罰』のラストでは、生命回帰のようなモチーフが描かれているけれど、たしかにそれ自体に間違いはない。しかしそれが永続的な力となってラスコーリニコフを蘇らせていくのか、というと、そうではないという思いもあったんじゃないでしょうか。福澤秋道のように、どうにも救いがたい何か、二人の人間を殺しながら、人間を殺したという認識をもてず、たんに音を消したとしか実感できない人間が、言ってみれば、その見本です。つまり、次の瞬間には、生きた感覚が死んで、スタヴローギンのような化石と化してしまう。

そういう疑いを持ちながら彼は書いていたと思いますね。作家の脳裏に入り込んで、そこまで読みこまないと、現代においてドストエフスキーが読まれるほんとうの意味は理解できないんじゃないか、と思いますね。

高村 あ、それは私もひそかに考えていたことです。

言葉を超えていく現実の存在

亀山 先ほどの髙村さんの質問にもありましたが『悪霊』のスタヴローギンのような人間がどうしてできたか、ということに強い関心を持っています。つまりドストエフスキーが彼の幼児期をどう思い描いていたか、ということに関心があるんです。ところが、ごくごくわずかなディテールしか残していないんですね。G氏というレポーターを語り手に据えたがために、おそらくスタヴローギンの内面に入りきれない、という側面はあったのだろうと思います。しかし、他人の耳を噛んだり、鼻を引きまわしたりといった、外的な行為をとおして一定の程度は判断できるわけです。その行為は、どこか現代にいうパニック障害みたいなものと通じていて、完全に無意味な行為なんですが、しかしその全く無意味な衝動を、『罪と罰』以前のドストエフスキーは描けていないんですよ、おそらく。

『罪と罰』では、ラスコーリニコフに「ナポレオン主義」という動機を与えたわけですが、きっと後悔したと思うんですね。なぜこんな「ナポレオン主義」などという仰々しい理論を持ちだしてきてしまったのか、とね。草稿の段階では、けっしてそうした思想犯を描くつもりはなかった。構想が徐々に膨らんでいくプロセスで、もっと殺人の不可解で無目的な部分に目覚めていってしまった。というか、原点にもどった。ラスコーリニコフは最後に、「俺は人間を殺したんじゃない。虱をつぶしたんだ」と言うわけですよね。そこから、『白痴』、『悪霊』、『カラマーゾフの兄弟』と書きついで行ったと思うんですよ。最終的にスメルジャコフの「父殺し」には、動機があるのか、ないのか、全く分からない。『太陽を曳く馬』で描かれた秋道の殺害の動機もわからない。このあたりは、完全にドストエフスキーとがっぷり四つに組んでいるみたいな感じがします。

ドストエフスキーはずっと迷っていたと思うんです。例えば、『死の家の記録』は、語り手であるゴリャンチコフという人物が嫉妬に狂って妻を殺したという設定で書かれている。それまで、「嫉妬」を、何がしかの決定的な行動を促す根源的な情念として設定してきたのが、『罪と罰』でもう全然切り換わってしまう。『永遠の夫』という小説の中でも、嫉妬が逆に無化され、サディスティックな欲望とマゾヒスティックな欲望とが一体化して、ドラマそのものが消滅してしまう。ラスコーリニコフは、殺害を決行したあと、時間がたてばたつほど、スタヴローギン的になっていくんですね。だんだんと無関心になっていく。

高村 流刑地におけるラスコーリニコフですね。

亀山 流刑地では、もう完全に「無」なんですね。まるで秋道のようですよ。ソーニャが隣に座ることで、ようやく何か命の経験のようなものが芽生えるんですが、ラスコーリニコフ自身、冒頭ではどこかヒューマニスティックな理想みたいなものを支えに老女を殺したものが、最終的には傲岸不遜に思えるぐらいの無関心、無感覚な人間に変わってしまう。そのプロセスの中でスタヴローギンの発見が生まれたのか、といった気さえします。

でも、スタヴローギンの告白の中で描かれている「悪」の実質というのは、さっきの「9・11」を見つめる、あの目。例えば、合田刑事が、空想の中で自分の妻が墜落死する姿をはるか遠くから見ている視線のあり方ではないかと思います。ドストエフスキーはどこかの段階で、「見る」ことの犯罪性に目覚めていた、という気がしてしかたない。それは、幼児期の経験に原因があると思うわけです。

髙村さんが最初に映像として経験した、その経験の実体が恐怖だったのか、あるいは別のものだったのか、その経験の現れ方に、小説の根源的なものがある気もします。

髙村 恐怖の経験といった個別の物語ではなくて、私が見ていたのは世界そのものだったのだろうと思っています。ラスコーリニコフが殺人を犯した後、当初の目的はどうでもよくなって、神からも自分の意志で遠ざかっていく。そして、目の前にはもはや自分の犯した罪の覆いようのない現実しかない。それはたぶん、彼にとっての世界の手触りそのものだったと思うんですが、そういうところで私などは初めてリアリティを感じます。

亀山 とても絵画的な経験の仕方ですね。つまり、静止している。覆いようのない現実は静止していますよね。

髙村 逃れられない。目を閉じても瞼の裏で見えている。自分の体が覚えている現実。自分の体が経験した体験としての現実。それはもう既に過ぎた過去であっても自分の身体が体験している現実です。それはどんなに理屈をつけても言葉を超えていくものとして人間をとらえ続けるものだというふうに私は感じるので、そこらあたりに来て、初めて殺人者としてのラスコーリニコフに共感できるんです。

亀山 なるほど。とすると、やはり野蛮な本能は失われていないんですね。僕は十三歳のときに『罪と罰』の主人公と同期して以来、『罪と罰』の世界をそのものとして経験できないんです。翻訳している最中も、有無を言わせぬ現実としての殺人の場面に、全く想像力が及んでいないことに気づいていました。どうしようもなく退化してしまったわけです。

高村 人間が死ぬ瞬間を見たことのある人と、一度も見たことのない人の差は決定的かもしれませんね。私はたまたま、人生の中で、自分の一つ違いの弟から、祖母から、父母をあっという間に四人亡くしておりまして、全員の死を看取っていますので、死は常に目の前にありました。死に至る物理的な過程、死んだ瞬間、あるいは死体になってしまってから……私にとって死は本当に身近です。そういう人間でも、阪神大震災のあの何千という死体には言葉を失ったのですから、戦時の大空襲や、広島・長崎の光景を見た方たちの精神は一体どんなふうだろう、といつも想像します。

死刑制度の根本的な矛盾

亀山 小説の中では最終的には死刑になってしまいますが、秋道を裁けるのかどうか、という問題は、仏教の客体、主体の認識論という側面からも、かなり根本的な問題を突きつけているんじゃないかと思います。というのは、秋道には、有機的な生命体としての人間を殺したという自覚がないわけです。彼の頭のなかに、「人間」という概念そのものが存在しているかどうかも分からない。あったのは声です。秋道は、女性殺害の直後、「声が消えた」と言っています。しかし、人間の声を生命と呼び変えられるでしょうか。たぶん呼び変えられない。

高村 そうですね。

亀山 人間というものを認識しているのは誰かというと、秋道じゃなくて、周りの人間なんですね。ところが、秋道が「人間」を殺したと判断している人間たちも、彼らの中にあるのはあくまでも自分の観念ないし認識の対象としての「人間」です。となると、これは根本的な矛盾です。ほんとうの意味で人間を殺すということは何なのか、という問題設定につながります。そもそも人間の身体のどこに人間は存在しているのか、ということです。人間ではなく、音を消したというのが一つの究極の真実なら、もはや彼を裁くことはできません。ここでは、死刑制度の根本的な矛盾が描かれているような気がしました。

高村 この殺人事件を法律の言葉でギリギリ言い表すことができるとしたら、「客体の錯誤」です。秋道は、人間ではなく、「声」を消したと供述し続けていました。本来なら、それでは殺人罪は成立しません。けれども、そこで合田刑事や弁護士がもう一段考えたのは、ほんとうに秋道は客体の錯誤をしていたのか？　ということです。つまり、声を消すためだったのであれば、金槌を持ちだす必要はないだろう？　ということです。でも、そこのところは本人が供述しない以上、永遠に謎です。私はあえて複雑にしたつもりもないんですけど、人間がこうやって言葉で物事を説明し、形にして成り立っている社会において、実は言葉にならないことも言葉にして、あえて整合性をつけてゆく場面が少なからずある。言い換えれば、人間のことを言い当てられると考えること自体が傲慢なのであって、謎は謎であるべきだと思うのですが。

亀山 頭の中の音を消すという人間のリアリ

ティは、たくさんあるんじゃないですか。千葉で起きた女子大生殺人も、英国人女性殺人にしても、島根の女子大生の殺人にしても、ひょっとしたら、人間を殺すという根本問題とは関係がない次元で現実化されているかもしれないんですよね。確かに秋道の中にはある種、芸術への献身というのはあっても、その殺害の行為は、ある意味で、たいへん非人間的な意味を帯びてしまっている。だから、死刑になるわけですよね。

高村 ええ。全くそうです。

亀山 そのときの意味の分裂は凄まじいわけですが、逆にそういう彼だからこそ、「私が殺したのは、人間じゃない、音だ」と主張できるわけです。とにもかくにも、こういう犯罪が現実に起こりうる、という、我々にとって一つの重大な証人になっています。といっても、これまでに、これに類した事例はないわけでしょう？

高村 ないです。つくりました。

亀山 つくったわけですね。けれど、それがつくったものとは全く思えない。むしろ、「あっ、これは現実だ」と思わされる。罪の意識なんて、まるきり関係ない。つまり、別に音じゃなくてもいいんです。ラスコーリニコフが「虱を殺した」と言ったときも、金貸しの老女の生命を、彼は一切関知していない。「虱を殺した」ととらえる感覚と、「音を消した」ととらえる感覚は同じかもしれない。

高村 父親の彰之が、拘置所の息子に宛てて書き送り続けた手紙の中で、息子は殺したいから殺したのだ、と考えます。罪の意識は全く関係ない。また、客体の錯誤でもない。要するに殺したいから殺したのだ、と気づく。でも、それも彰之がそう考えただけのことであって、真実はやはり本人しか知らないんですけど……しかし私自身は、秋道は完全に非人間的に、虱を殺すようにして殺したのだと思います。

亀山 そこではもう、どうして殺してしまったのか、とか、悔いとか、悔悟とかいったことは無縁なんですね。

ドストエフスキーの小説空間の巧みさ

髙村 さっきの宗教の話に戻りますと、ロシアでも、アメリカでも、まず神という大きなものがあって、信じるか、信じないのか、という言葉が成立しますでしょう。ドストエフスキーも恐らく信じることができなかった人だというふうに私も感じるんですが、「信じる」「信じない」は、単にカードの裏と表ではない。まず神の存在があって、初めて「信じない」ことが成立するわけですし、その「信じない」が恐ろしい苦しみになるのも、神という前提があるからです。神がいない日本では、無神論はそもそも苦しみにならないわけで、その意味では、私たち日本人が考える宗教はより欠如に近いし、ニヒリズムと非常に親和性がある。でも、それでは神がいない日本に「悪」はないか？ と問われたら、私はあると思う。ドストエフスキーの世界の「悪」とは形が違う「悪」ですけれども。

亀山 悪魔の二つの形として、一人の人格の中に集約されていくサタンと、霊的なものとして、一つの人格を持たないデーモンという形があります。ドストエフスキーは、キリストの身体的な実在は信じる、というところまではいくんですよ。しかしそこまでです。キリストの生々しい身体を想像し、なおかつ、それを何かしら文学的なイメージの支えとするということすら、ドストエフスキーはむしろ無神論とつながっていく。

高村 ドストエフスキーの世界は、自分なりに読んできましたけど、どこまで理解できているかは自信がありません。と言いますのも、日本人としては、ドストエフスキーの登場人物たちにほとんどリアリティを感じない。どの人物も、ものすごくファナティックで、賑やかで、常にしゃべりまくっていて、右へ左へ動き回っている人たちですから。

亀山 僕も登場人物ひとりひとりにはほとんどシンパシーがないんですよ。でも、彼らがある状況の中に置かれて描かれる、その心理状態には、文句なしに共感できる。アリョーシャが好きだとか、イワンが好き、ドミートリーが好きだと言う人たちが少なくないのですが、そういう人たちは逆に、物語のキャラクターとしてまともにとらえることのできる幸せな人たちなのかもしれません。少なくとも僕はそうは読まないのですが、ドラマとしては完全に成立している。

高村 そうですね。私が一読者として驚嘆するのは、『罪と罰』のカテリーナが、亭主であるマルメラードフが亡くなって、お葬式に人を招待する場面です。ところが、来てほしい人は来ず、どうでもいい人たちばかりが来て、彼女は狂乱した挙げ句に最後には発狂して死んでしまう。いくら何でもありえないだろうと思う設定ではあるんですが、小説の空間として見事に成立していて、読書の醍醐味を味わえます。

亀山 たしかにあの場面はすごいですね（笑）。

高村 小説空間としての巧みさであり、表現力であり、迫力です。一人の書き手として、私がドストエフスキーに脱帽するのは、この舞台的な集団劇の作り方です。二十一世紀の日本人には真似ができません。

亀山 想像力の中でのみこれこそ人間だと思え

るような人たちのドラマですよ。しかし、現実に世界を見ながら小説を書いている作家がなぜそこまで飛躍できるのか、というところはちょっと不思議だなと思います。髙村さんの場合は、どのようにお書きになるのですか。

髙村 例えば、『太陽を曳く馬』の中で、三人の僧侶が登場して、オウム真理教は果たして宗教と呼べるか否かの議論を延々としますでしょう。その三人は、本当は別の人格なんですが、だんだん滲み合ってきて、誰が誰だか分からなくなってくる。これはわざとそう書きました。私にとってのリアリティは、永劫寺サンガのような閉鎖的な宗教集団の中で三人で額を寄せ合って、ひたすら仏教とは何か？　という議論をする空間では、それぞれの顔なんて、だんだん消えていくだろうということなんです。ただ言葉が渦巻いて、それらの言葉の運動だけが残っていく。ドストエフスキーのつくる小説空間のリアリティとずいぶん違いますが、私のほうはやはり現代のリアリティを描いているのだろうと思っています。

際立った顔を持たない二十一世紀人

亀山 ただ、彼の作品の中でも、『悪霊』は、スタヴローギンをのぞくと、一人一人の個性が比較的希薄な小説だと思います。ピョートル・ヴェルホヴェンスキーにしても、キリーロフにしても一つの混沌とした渦の中に投げ込まれている。

その点、『晴子情歌』、『新リア王』はそうじゃなく、それぞれに際立った個性によってドラマが演じられている。ところが、『太陽を曳く馬』では、もう個々の人間は問題になっていない。秋道がどれほど個性的な画家で殺人犯であれ、問題となっているのは、全体です。

高村 そうかもしれません。

亀山 この小説は、やはり別の次元に入っているんじゃないですかね。9・11というカタストロフィを経験した直後の世界ということもありますし。

高村 やはり二十一世紀というリアリティは大きいと思います。東京であれ、ニューヨークであれ、ロンドンであれ、人がそれぞれ際立った顔をもたずに生きている世界、でしょうか。際立った顔をもつ人間を現代に置いてみると、逆に身体感覚とずれてくるような……。

亀山 それは高村さんの世界を差異化して経験しようという態度であるはずなんです。例えば誰かが誰かのことを非常に好きになったとします。そうすると、世界はその人を中心にめぐりはじめ、周りの世界が消えていく。しかし、圧倒的な広がりをもつ世界にあって、その対象に対して感情を持続させるには、愛する側のかなりの精神的エネルギーが要求される。

二十一世紀の現在、一方において、コンピュータを前にして、インターネットに入り込むことで、居ながらにして世界全体から、何でも好きなものを無差別に選べるような、そういう自由な想像力の領域にある。と同時に他方、完全に人間の生命力は衰えをきたしているので、この人がいなければぜったいに生きていけないといったような、絶対的かつ個別的な想像力は死につつある。そうした想像力の死を前提として成立している小説だからこそ、『太陽を曳く馬』の登場人物は、個別としてあるよりも全体の一部としてある印象を受ける。少々逆説的な言い方をすれば、曖昧さと曖昧さ同士の差異で成り立っている。

『悪霊』を書いていたときのドストエフス

キーも、何か全体的なカタストロフィ的な想像力というものがめったからこそ、一人一人じゃなくて、全体を書こうとしたわけです。それはもちろんモスクワで起こった革命結社「五人組」によるリンチ殺人事件（ネチャーエフ事件）の衝撃から来ているわけですね。その中であえて一人一人を描こうとしても、彼らはみな、アニメ的、線的な人間としてしか成立しない。

高村 たしかに今、小説以外の世界ではマンガ的な「キャラが立つ」という言い方が主流ですね。そうでなければ、なかなか市場に受け入れられないようですが、小説は市場以前のところで成立していますから。でも、小説作法で言えば、『悪霊』や『太陽を曳く馬』のような小説のつくり方は非常に難しいんですよ。今の時代の空気と人間を書こうとしているのですから、ほかに選択肢はないのですが。思えば司馬遼太郎の『坂の上の雲』のような、一人一人が際立った明治の青年たち、というのは、もう実に遠い感じがしますね。

亀山 それは仕方ないと思います。めざしているのは、劇画ではないのですから。じつをいうと、私はドストエフスキーを平明に翻訳したことを、高村さんの前で羞じているところがあるんですよ。高村さんの『太陽を曳く馬』のような文体でドストエフスキーを翻訳したら、もっともっとグロテスクな迫力に満ちた小説が生まれた、と思うんですね。

高村 七月にお目にかかったときに、何に驚いたかといって、ドストエフスキーはもともと悪文で、どのようにも翻訳できるのだ、とお聞きしたことです。

亀山 ものすごく気分屋なんですね。癲癇症状の末期と分かるような文体が時々現れる。一文の中で同じ副詞を何度も用いる。全然筆が走っていないのがわかるんです。これはこれで一つの現実だと諦めをつけ、確信犯的に悪文を書き連ねているところがあるように思います。たとえば、『カラマーゾフの兄弟』がそうですが、しかし書き終えた後で手直しというものをまったくしようとしていない。

ですから、米川正夫さんは見事な日本語にしたと思うし、原卓也先生は、逆にギスギスしたところを正直に訳している。私は、一応日本語として読みやすいスタイルをめざしました。理由はあります。私が中学校二年のときに読んだ『罪と罰』で残ったものは何かといえば、文体ではなく経験そのものだったんですね。ですから、とにもかくにも読者にドストエフスキーを経験させよう、と考えました。難しい文体だろうが、いわゆる翻訳調だろうが、意識的につくられた文体だろうが、滑らかな文体だろうが、どうでもいい。見えてくるものは見えてくるだろうと思ったのです。

しかし、他方、僕自身、フォルマリズムの理論をずっと研究してきましたから、読みやすいスタイルの翻訳というのには少なからず抵抗があった。芸術の受容においては、そのプロセスが長引けば、長引くほど、困難であればあるほど、経験の密度が高まる、というのがフォルマリズムの理論です。詩的言語と呼ばれるものがその代表ですが、要するにツルツル読めてしまうようなものはダメだと言っているわけです。それをまさに裏切るような形で『カラマーゾフの兄弟』を訳したことで少し罪の意識はあるんです。自分のこれまでの研究に対する裏切りだという意識ですね（笑）。

高村　でも、読者が自由にドストエフスキーの訳を選べる日本は、贅沢ですよ。私が十代のころには米川さんの訳しかなかったので、私のドストエフスキーは米川さんのドストエフスキーということになりますけれども、今年初めて亀山先生のドストエフスキーを読ませていただいて、あらためて文体が小説体験そのものだということを痛感しました。私は昔から、文体こそが世界という読者だったようです。

詩的言語か日常言語か

亀山 それは根本的には、詩的言語を目指すか、日常言語を目指すか、という作者の選択なんですね。小説であっても詩的言語を志向するということは大いにあり得ます。髙村さんの小説を読むと、本来ならば日常言語をめざすべきところが、それとは裏腹に、どこか詩的言語を志向しているところが見受けられるようです。

髙村 そんなふうに指摘していただいたのは初めてです。でも、そうなのかもしれません。極端なことを言えば、私にとって小説はストーリーではない。文体でつくられる空間の手触りで、人間や社会や時代を表現できると考えている部分があるような気がします。なぜそうなのかは自分でも分からないのですが。でも、最初にすべての人の道が、散文か、詩的な言語かの二つに分かれてゆくんでしょうか。何が読者を分けるのでしょう。

亀山 自分が理想とするもののつくり方の問題なのでしょうね。『カラマーゾフの兄弟』の訳文のモデルに『照柿』のスタイルを利用できないかな、と考えたこともありますが、この濃密さでは、読者はついてこられないと感じました。

髙村 ふつうの人は自分の理想を考えて小説を読むわけではないですけど。それでも小説に接する最初の一ページのところで、言語野が強く反応するか、聴覚野が強く反応するか、といった違いが出てくるのかもしれません。

亀山 あとは読み手の読解力という問題もあるでしょうね。つまり、総じて日本人の読解力は、崖から転げ落ちるように落ちていますよね。詩的言語を受け入れるには、それこそ強い精神的エネルギーが必要ですが、日本人はそのエネルギーが著しく退化していますからね。私は、根本的なところで、教養教育の一環として詩の教育を積極的に行わなくてはダメだと思っています。異質なもの同士がぶつかって火花を散らす想像力の世界に遊ぶ喜びを教えていかないと。

髙村 やはりそこが問題ですね。

亀山 そう、僕が講演会などでよく話をするのは、ドストエフスキーが『カラマーゾフの兄弟』で最終的に向かいあったドラマは、ある意味でものすごく小さなドラマだということです。小さなドラマとは、自分の父親の死をめぐるドラマなのですが、これをいかに普遍的な構図に拡大し、読者にアピールしていくか。そのためにいろんなモチーフをかき集めてきて、原稿用紙三千枚分で書き上げる。しかし、その中心にあるテーマは、かぎりなく小さい。『太陽を曳く馬』も実は、人間の極限的に小さな心の問題がテーマになっています。それを普遍的な構図に拡大し、読ませるためにいろんなモチーフを集めて作られている。試されているのは、小さなドラマをどれだけ大きなものに構築できるか、というその点です。

『太陽を曳く馬』を読みながら、小説のジャンルというのも捨てたもんじゃない、と強く実感しました。

髙村 たしかに私の『太陽を曳く馬』では、動因は街角の交通事故一つです。

亀山 しかも、交通事故の中でも一番問題になりそうのない交通事故ですね。なぜこのテーマに思い至ったんでしょうか。

高村 物事の本質は何かと考えるときに、飾りはあまりなく、できるだけシンプルな方がいい、ということがあると思います。劇的な物語はいくらでもつくれますが、騒々しさはむしろ核心を見えにくくしますし。

亀山 それが高村さんのミステリ手法なんですか。

高村 ミステリは、逆に飾りたてるほうです。私がミステリを離れたのは、一つは物事を飾りたてずに、丸ごとテーブルに載せたかったからだと思っています。複雑なものも、単純なものも、まずは丸ごと言葉で捉えたい。

丸ごとの現実に人が向き合うと、たとえば一つのシンプルな死が劇的になったり、ミステリアスになったり、感動的になったり、とシンプルでなくなっていきます。そうやって人は、シンプルな出来事を日々それぞれ自分の言葉で変形させながら生きていくわけですが、一つの事件をそうして言葉でさまざまに形作ってゆくうちに、ほんとうはどうだったのかが次第に分からなくなってゆきますでしょう。人間の社会は概ねそういうものだとは思うのですが、小説家としては、そうしてもとの形が見えなくなってゆく過程を含めて、丸ごとテーブルに載せるということを考えるわけです。その結果、シンプルな交通事故が、まったくの混沌へと変わってしまうわけですけど。

亀山 混沌ということでいうと、カタストロフィは実はいつの時代にもあったわけですが、そのカタストロフィの可視化が否応のない現実になってきているのが現代です。たとえばアウシュヴィッツのガス室が明るみに出た時代、その現場を写した写真は後から出てきました。しかし動画でその現場を見ることは不可能だった。現代なら、さまざまな手法で、可視化できない現実を映像で見せることができる。古くはＳＦＸからＣＧにいたるさまざまな手法までを含めて、ありとあらゆる現実は可視化され、日常的に目の前のコンピュータ画面に届けられるという現実を人間は避けて通ることができない。今では、９・11のツインタワー崩落を内部から再構成する画像をYouTubeで見ることができる。

そうした超現実的な映像体験を根底に据えることがないと、今後、本当の意味で何か歴史的な意味を帯びる小説というのは書けないのではないかな、なんて思ったりします。もちろん、小説はそれぞれの時代に、作家が自由に現実からモチーフを切り取ってパッチワークしていけばいい、といった考え方もあるだろうけれども、でも、いったん長篇小説を書くとなったら何かを引き受けるという、高度に倫理的な態度が要求されてくると思うんですよ。それが、この、グローバル化時代に真に価値ある小説となるような気がしてなりません。

ドストエフスキーは皇帝権力の中で生きてきたので、常に神か革命か、という二分法を意識しながら書いてきたわけです。そして、その救いが二者択一のどちらかである以上は救いはない、と考えていたはずです。しかし、彼は現実に、対立しあうものは和解し、そのなかで人間はみずからの生を全うしていかなくてはならない、幸せにならなきゃならないという気持ちで、小説を書きつづけていました。

では、二十一世紀の現代に、文学はどうい

うテーマ的な広がりを持てるのか、ということです。どこまで、人間の認識の領野を広げることができるか、問題の根本はつねにそこにあると思います。私自身、今年（二〇〇九年）読んだ、村上春樹氏の『1Q84』、辻原登氏の『許されざる者』、そして髙村さんの『太陽を曳く馬』、この三つの小説がこれからの時代を生きる作家にとって一つの大きな目標になるのではないか、一つの規範になるのではないか、と感じています。面白いことに、この三作に共通するのが、ドストエフスキーの『悪霊』であり、「父殺し」の主題です。圧倒的なタナトスの影のもとで屹立する生命の主題、とでもいえばよいのでしょうか。

大逆事件を扱った辻原さんの小説は、最終的に死刑というカタストロフィが用意されているのにもかかわらず、なぜかしら、ほのぼのとした希望の光で閉じられる。歴史に対抗し、小説だけが生み出すことのできる世界です。村上春樹さんは、さまざまなアイテムによって、読者をどこまでも無意識の世界に降り立たせようとする。そこに現前する世界は、たとえば、アニメでしか創造できない独特の興奮に満ちあふれ、一種の曼陀羅的な宇宙を志しています。面白いのは、どちらの作家の文体も、スピード感にあふれ、ほとんど動物的といってよいリズムを刻んでいることです。

それに対して、髙村さんは、どこまでも言語的な構築物としての小説世界を志向していることがわかる。そこに現出した世界をもはや一言で言い表すことはできません。かりに総括的な物言いが許されるなら、やっぱり単純化は免れないけれど、世界と人間の無意識の関係のあり方をめぐるドラマということができると思います。『罪と罰』、『白痴』、『悪霊』、『カラマーゾフの兄弟』、いずれも扱われている事件は、現代のわれわれが日常的に目にしている事件からすれば、はるかにスケールは小さい。しかし読者がいったんそれらを手にすると、宇宙的なスケールへと拡大する。そのあたりにヒントがあるのではないでしょうか。主題はどんなに小さくてもいいわけです。

高村 小説の現在形が、もはや人間関係のドラマではないというお考えについては、私もひそかにそう感じています。私ももういい加減な歳で、若いときとは違う生命観を持っているのですが、その生命の実感をつくっているのは同時代の世界です。ですから、世界と向き合わずして小説は成立しない。これは作家の社会的責任といったものではなくて、作家の存在原理そのものだと思います。この先、世界がどんなふうになっていっても、そこで作家であるということは、ともかく言葉によって一人で立つということなんですね。傲慢と言われるかもしれませんが、その傲慢さと覚悟を持ってしか生きようがないのが、作家という生き物なんですよ。

これから世の中が厳しくなればなるほど、いまよりもっと共感するものが求められるでしょう。癒やされたり、慰められたり、元気が出たりといった調和的な空気が満ち満ちていくと思うんですが、作家はそこから距離を置いて、一人で立っていなければならないと思っています。

活字を通してのみ経験できる世界

――二〇〇〇年四月号の「文學界」で、髙村さんに「九〇年代、日本語は変質した」というインタビューをさせて頂いたときに、インターネットの発達などもあり、九〇年代は、醜悪な新語や略語や意味不明の片仮名語が次々と出てきた時代であり、日本人と日本語が劣化した時代だとおっしゃっていました。では、二〇〇〇年代はどうだったのでしょう。

高村 ますますその傾向は強くなったと思います。単純な言葉で世界を言い表しますと、みんなが分かりやすくて、心地よくて、頷き合うことができる。でも、そういうところから距離を置いて立つのが作家だとすれば、作家はこれからますます反時代的になるんでしょうね。でも個人的には、時代に違和感を覚えないと小説は書けないと思っていますし、この十年、私なりにそうして孤独に一人で立ってきたという思いがあります。

亀山 ドラマの新しい姿に出会えるというのは大きな喜びですが、『太陽を曳く馬』のような世界にまで行ってしまうと、次のドラマは見つかるのかな？　と余計な心配をしてしまいます。でも、きっと、こんこんと湧き出てくるのでしょうか。

高村 私の知らない世界は、まだまだいっぱいありますよ。この三部作で書いたような人びと、すなわち宗教や政治や芸術の言葉をもつ人びとのことは、作家と同じ言葉のフィールドで表現できるのですが、世の中にはそうした言葉が及ばない実生活の謎がありますでしょう。たとえば、そこらへんでバイクを乗り回しているおにいちゃん、そのへんの地べたで口紅を塗っているおねえちゃん。彼らの存在感覚は、私がもっている言葉では及ばない。及ばないものに挑戦するという道はまだ残されていますよ。それに、実際には彼らこそが社会の九割を占めていて、彼らこそが時代のほんとうの手触りかもしれません。

ドストエフスキーの作中人物たちは、底辺

の人たちなのに、妙にきちんと言葉がありますでしょう（笑）、それに比べますと、ほんとうに言葉をもたない日本人を表現するのは、私にとって最大の難関になるでしょうね。

亀山 でも、もう、とても大事なことを忘れてしまう人がどんどん増えて、圧倒的な数になりつつあるんですよ。古い世代が若い世代の人たちに不満をこぼすことはできないはずです。だって、インターネットを作りあげたのは、私たちの世代ですから。映像に一方的に負けていてはいけない。活字を通してのみ経験できる、果てしなく素晴らしい想像力の世界があることを教えなくてはならない。

そう、子どもたちに童話を聞かせなくてはならない、と思うんです。活字文化の将来を思うと、すごく暗澹とした気持ちにはなります。でも、そこで諦めちゃいけないですね。

おわりに

名古屋外国語大学出版会から出される叢書「Artes Mundi（世界の技芸）」の第一号を、ここにお届けする。タイトルは「世界が終わる夢を見る」――。最近十年間、折に触れて発表してきた、エッセー、書評、対談等を一つにまとめたもので、中心となるコンセプトは、端的に「終わりへの想像力」ということになる。

世界が「終わり」に向けて疾走を開始したという漠たる感覚に支配されるきっかけとなったのは、二〇〇一年九月である。「ミレニアム」やIT革命などの華やかな言葉とともに幕開けした二十一世紀だったが、そのイメージは、ツインタワー崩落のグロテスクな映像によって、たちまち暗鬱な色合いに塗り込められた。

ただし、悲劇の兆しはいたるところにあった。ソ連崩壊とほぼ同時期に起こる湾岸戦争、ボスニア・ヘルツェゴビナ紛争、チェチェン戦争……。一つの巨大な国家の滅亡とともに、世界秩序のいたるところに綻《ほころ》びが生じはじめた。9・11が示したのは、歴史に切れ目はなく、「ミレニアム」といった幻惑的な言葉でいかに世界を着飾らせようと、歴史の汚れに目をつむることは許されないということだったように思う。事実、９・11をミニチュア化したテロリズムは、世界のいたるところで生じている。サイバーテロ、ＩＳ問題、最近ではシリア難民の大移動……、世界の「終わり」を予感させるこうした数々の異変を、たとえば二十五年前にだれが予言できたというのだろうか。むろん、この「終わり」の感覚を亢進させている正体の一つに、私たちの認識の拡大がある。ＩＴ技術の進歩によって、私たちの可視空間は宇宙的な規模にまで拡大し、私たちは、さながら神のように、どのような遠い世界にも瞬時にアクセスできるようになった。

そこで私たちは、決断を迫られるにいたった。世界に満ち溢れるこれほどおびただしい悲惨を前に、黙過するのか、あるいは共感し、行動に結びつけるのか。まさに根本問題である。

過去五十年におよぶ研究生活のなかで、つねに私の視野にあったのが、この「黙過」の問題である。「黙過」とは、端的に、「知っていながら黙って見すごす」心の状態を言うが、その状態が、まさに見る側の人間の無力感を意味する場合もあれば、逆に、冷徹に対象を切り捨てようとする態度を意味するばあいもある。

ドストエフスキーの翻訳と研究に従事して十年、私は、この「黙過」こそは彼の文学の中心にある問題であるとの確信に立って、エッセーや批評文に手を染めてきた。わが国を代表する作家で、なおかつ優れたドストエフスキーの読み手である辻原登、髙村薫、平野啓一郎、中村文則の四人の作家もまた、「黙過」という問題に、優れた想像力を働かせてきた作家である。彼らの作品の読解や、彼らへのインタビューを通して、どれほど大きな示唆を得てきたことか。
最後に、本書の上梓に向けて努力を惜しまれなかった名古屋外国語大学出版会の皆さまに心から御礼申し上げる。

亀山　郁夫

二〇一五年十一月一日

本書で使用した書籍データ

中村文則……『悪と仮面のルール』（講談社文庫）文庫 – 2013/10　講談社刊
平野啓一郎……『決壊〈上〉〈下〉』（新潮文庫）文庫 – 2011/5　新潮社刊
辻原登……『許されざる者〈上〉〈下〉』（集英社文庫）文庫 – 2012/8 集英社刊
辻原登……『韃靼の馬〈上〉〈下〉』（集英社文庫）文庫 – 2014/7　集英社刊
髙村薫……『太陽を曳く馬〈上〉〈下〉』– 2009/7　新潮社刊

出典一覧（以下のタイトルは初出時のものを基本にしています）

はじめに　深い衝撃、または、世界が終わる夢を見る
——「現代思想」2011年7月臨時増刊号，青土社

Part 1　神の夢——『1Q84』のアナムネーシス
——台湾日本語文学会講演用原稿（2010年）より
憑依力と反射神経　中村文則『悪と仮面のルール』を読む
——「新潮」2010年11月号，新潮社
悪とドストエフスキー……中村文則との対話
——「群像」2010年11月号，講談社

Part 2　報復、または白い闇
——「総合文化研究」2004年3月18日発行，東京外国語大学総合文化研究所
今、ドストエフスキーを読み直す……平野啓一郎との対話
——「現代思想」2010年4月臨時増刊号，青土社

Part 3　アイスランドのファウスト
——「キネマ旬報」2015年5月下旬号，キネマ旬報社
救済が終わる　アンドレイ・タルコフスキー
——「キネマ旬報」2015年3月上旬号，キネマ旬報社
空前なる小説の逸脱　辻原登『許されざる者』『韃靼の馬』を読む
『許されざる者』
——「文學界」2009年10月号，文藝春秋
『韃靼の馬』
——「新潮」2011年12月号，新潮社
「主人公の運命」と自由……辻原登との対話
——「すばる」2013年3月号，集英社

Part 4　神のなきがら、または全体的災厄を見つめるドストエフスキー
——ベオグラード大学講演用原稿（2011年）より
裁かれた虚空　髙村薫『太陽を曳く馬』を読む
——「新潮」2010年9月号，新潮社
カタストロフィ後の文学——世界と対峙する長篇小説……髙村薫との対話
——「文學界」2010年3月号，文藝春秋

掲載時における明らかな誤記、誤植と思われる箇所は、謹んで訂正させていただきました。タイトル、固有名詞なども、本書全体の整合性に鑑みて、一部変更または統一させていただいた箇所があります。

亀山郁夫……かめやま・いくお……

1949年、栃木県生まれ。専門はロシア文学、ロシア文化論。

東京外国語大学外国語学部ロシア語学科卒業、同大学大学院外国語学研究科修士課程修了、東京大学大学院人文科学研究科博士課程単位取得退学。

1990年、東京外国語大学外国語学部助教授。

1993年、同学教授。

2007年、同学学長に就任。

2013年、名古屋外国語大学学長に就任、現在に至る。

著書に『甦るフレーブニコフ』(平凡社ライブラリー)、『ロシア・アヴァンギャルド』(岩波新書)、『ドストエフスキー　父殺しの文学』(NHK出版)、『ドストエフスキー』(文春新書)、『『カラマーゾフの兄弟』続編を空想する』(光文社新書)、『謎解き『悪霊』』(新潮選書)、小説『新カラマーゾフの兄弟』(河出書房新社)など多数。

訳書にドストエフスキー『カラマーゾフの兄弟』、『罪と罰』、『悪霊』(光文社古典新訳文庫)、『地下室の記録』(集英社)など多数。

名古屋外国語大学叢書
Artes Mundi
「世界の技芸」
……知の扉が開かれるときには……

世界が終わる夢を見る

2015年12月1日 第1刷発行

著者 亀山郁夫《かめやまいくお》

発行者 諫早勇一

発行所 名古屋外国語大学出版会
470-0197 愛知県日進市岩崎町竹ノ山57
電話 0561-74-1111
http://www.nufs.ac.jp/

発売所 丸善株式会社
105-0022 東京都港区海岸1-9-18

組版 株式会社フレア

印刷・製本 丸善株式会社

ブックデザイン 大竹左紀斗

Printed in Japan

ISBN978-4-908523-91-5